走进西藏

陈雷武 题

林生 编著

西藏人民出版社

图书在版编目（CIP）数据

走进西藏 / 林生著. -- 拉萨：西藏人民出版社，2013.4

ISBN 978-7-223-03767-9

Ⅰ．①走… Ⅱ．①林… Ⅲ．①游记-作品集-中国-当代 Ⅳ．①I267.4

中国版本图书馆CIP数据核字（2013）第045764号

走进西藏

编　　著	林　生
责任编辑	郭荣原　杨芳萍
封面设计	林子雄
出版发行	西藏人民出版社（拉萨市林廓北路20号）
印　　刷	四川大自然印刷有限公司
开　　本	787×960　1/16
印　　张	20
字　　数	200千
版　　次	2013年5月第1版
印　　次	2013年5月第1次印刷
印　　数	01-1,000
书　　号	ISBN 978-7-223-03767-9
定　　价	55.00元

版权所有　翻印必究

中央人民政府与西藏地方政府签订协议后，毛泽东主席招待西藏地方代表团团长阿沛（左）和班禅喇嘛（右）
（图片资料）

1951年5月23日，《中央人民政府和西藏地方政府关于和平解放西藏办法的协议》在北京签字，正式宣告西藏和平解放。
（图片资料）

1965年9月，拉萨市各族各界群众隆重集会，热烈庆祝西藏自治区人民政府成立。
（图片资料）

珠穆朗玛峰

喜马拉雅山脉

冈仁波齐峰

南迦巴瓦峰

念青唐古拉山

米堆冰川

来古冰川

纳木措

玛旁雍措

巴松措

羊卓雍措

然乌措

雅鲁藏布大峡谷

藏东南林海

藏北高原

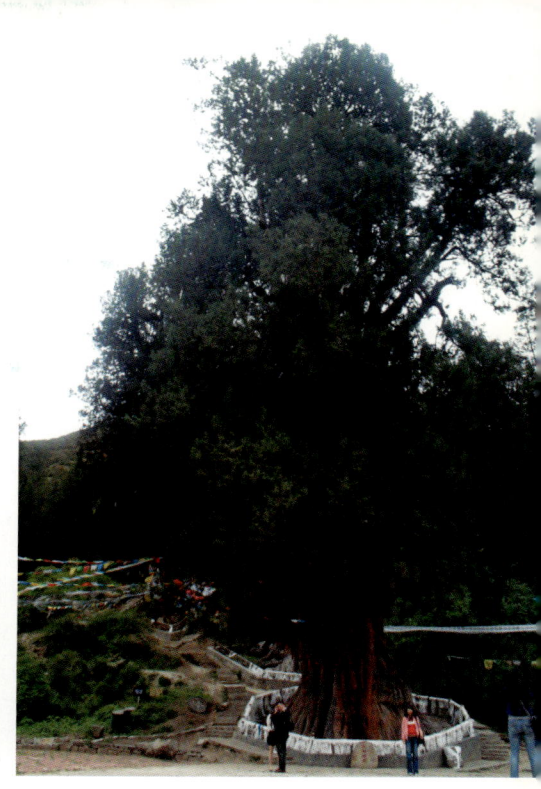

柏树王

藏羚羊

阿里札达土林

雍布拉康

春晖尼洋

古格王国遗址

罗布林卡

八廓街

松赞干布与文成公主像

布达拉宫

甘丹寺

大昭寺

扎什伦布寺

桑耶寺

白居寺

哲蚌寺展佛

六字真言

经　幡

玛尼堆

阿妈的经筒　　　　　　僜人少女

朝 圣 路 上

抱石头比赛

工布射手

锅庄舞

欢快的热巴舞

藏族同胞达央向作者献哈达

作者同布达拉宫住持大师曲札拉（右）交谈

作者在中印边界乃堆拉山口同边防战士交谈

虔诚的行走

——《走进西藏》（代序）

刘伏宝

雨夜，一字一句地品读着《走进西藏》。眼前蓦然跃起一幅生动的风景——

一位清瘦的老者，不知疲倦地跋涉在青藏高原上。在后藏珠峰，在万里藏北，在秘境米林……藏地处处留下了他激情的足迹。他以虔诚的眼眸叩读着雪域高原的冰川草地，以虔诚的心灵与圣地佛国进行着真诚的对话。面对着这天人合一的纯净世界，他尽情放逐着一颗狂野的心，尽情释放着澎湃的激情，他的灵魂灿烂而恬静。

《走进西藏》便是这位老者以蹒跚的脚步行走高原的结晶。全书11章、77节，它以知识性、资料性、史料性为经纬，编织了一幅恢弘的西藏全景图。

跟随作者行走的脚步，一个浓缩的西藏，一个有血有肉、魅力四射的万千世界，渐次展现在我的面前。我惊叹于那些奇绝浑成的诗一般的山山水水，那些风韵鲜艳而又独特神秘的古风异俗；我震撼于那厚重的浸润着千年风霜的高原历史文化，那卓异的闪耀着金色光环的藏传佛教……那清澈透亮的蓝天，那静静绽放的雪莲花，那山口上飘扬的经幡，以及那一张张坦然、淳朴的藏民的笑脸，时时撞击着我炽热的胸怀，令我一次又一次地感动着。我忽然彻悟了作者在"后记"中写的一句话："其实走进西藏并不需要理由，仅仅是这个名字本身，就足以让人魂牵梦萦。"

伴随作者行走的脚步，一首苍凉而又雄浑的高原生命赞歌悠然响起。朝圣路上的三步一叩，情圣仓央嘉措的不羁浪漫，冬虫夏草的涅槃重生……在高原的阳光下，一幕幕独放异彩的生命奇观在我眼前穿行而过。于是，我的脸上写满了惊奇，心中盈盈升起一种对自然与生命的全新感悟。

有异于诸多西藏书籍行文的大开大合、激呼呐喊，《走进西藏》文字质朴如玉。在作者自然、酣畅的表述中，西藏丰富的资讯如江水般奔流不息。西藏的一草一木是那么亲切随和，西藏的人文宗教又是那么美好与纯净。

读一本《走进西藏》，读得我心旌荡漾。循着《走进西藏》的印迹，我翩然走进了西藏的内核，走进了西藏的魂魄。

目录

序　虔诚的行走

第一章　雪域神韵 /001

雪山冰峰环绕的高原 /003

美丽的湖泊星罗棋布 /009

"天河"雅鲁藏布江 /013

变幻莫测的祥云 /017

历史悠久的藏族 /020

名垂千古的赞普松赞干布 /026

汉藏友谊的使者文成公主 /030

历史长廊唐蕃古道 /035

心灵天堂香巴拉 /043

第二章　佛国奇观 /047

独具民族特色的藏传佛教 /049

达赖班禅与活佛转世 /056

金碧辉煌的寺庙 /063

难忘的玛尼堆和经幡 /068

神秘的"六字真言" /073

神圣的转经 /075

虔诚的磕长头朝圣 /078

第三章　古风异俗 /082

真诚祝福献哈达 /084

好听的藏族名字 /088
望果节别开生面的转田 /093
欢快的"林卡节" /096
藏族的沐浴节 /098
形影不离的木碗 /100
独具韵味的斜襟藏袍 /103
别具一格的帐篷碉房 /106
飘香的酥油茶青稞酒 /110
雪域之宝燃烧到今 /114

第四章　圣城拉萨 /117
巍峨壮丽的布达拉宫 /119
深幽宁静的夏宫罗布林卡 /127
"圣庙"大昭寺 /132
转经要道八廓街 /137
闻名于世的拉萨三大寺 /142
佛教圣地扎耶巴寺 /151
雪顿节亮宝晒佛 /152

第五章　雅砻探古 /156
贡布日神山的传奇故事 /158
风姿绰约的羊卓雍措 /161
西藏第一座王宫雍布拉康 /164
西藏第一座寺庙桑耶寺 /166
历代高僧修行圣地青朴 /171
拉加里王宫遗址 /173

千年藏王墓 /176

第六章　后藏揽胜 /180
历代班禅驻锡地扎什伦布寺 /182
"艺术宝库"萨迦寺 /186
建筑风格独特的白居寺 /190
富丽堂皇的帕拉庄园 /193
抗英遗址"宗山城堡" /195
"地球之巅"珠穆朗玛峰 /197
中印边境重镇亚东 /202

第七章　万里藏北 /204
"天湖"纳木措 /205
长江源头格拉丹冬雪山 /208
雪域温泉羊八井 /210
象雄王国遗址 /212
风情无尽的那曲赛马会 /215
神奇的冬虫夏草 /217
"东方神犬"藏獒 /223

第八章　古格追踪 /226
"神山"冈仁波齐 /228
"圣湖"玛旁雍措 /231
昔日藏传佛教中心托林寺 /234
异彩纷呈的普兰 /238
古格王国遗址 /241
国家地质公园札达土林 /246

"圣地藏药"红景天 /248

第九章 康巴风姿 /251
令人回肠荡气的横断山脉 /253
延续千年的茶马古道 /256
深山古刹噶玛丹萨寺 /259
风光无限然乌湖 /262
壮丽的盐井景观 /264
"康巴敦煌"德格印经院 /267
英雄史诗《格萨尔王传》/269

第十章 秘境秀色 /273
"云中天堂"南迦巴瓦峰 /275
气势磅礴的雅鲁藏布大峡谷 /278
蔚为壮观的藏布巴东瀑布群 /280
生活在峡谷里的古老民族 /282
不羁的"情圣"仓央嘉措 /288
"世外桃源"巴松措 /293
《郑宛达瓦》的故事 /295

第十一章 历史跨越 /299
西藏百万农奴解放纪念日 /300
改革开放给西藏带来的历史巨变 /303

后 记 /312

第一章　雪域神韵

喜马拉雅群山环抱的西藏以"世界屋脊"著称于世，这片从古海崛起的高原，是地球上最年轻的山地。它那令人景仰的海拔高度、险峻奇特的地形地貌、独具特色的风土人情以及浓郁鲜明的宗教氛围，千百年来吸引着无数的探险家和虔诚的朝圣者，踏上他们心目中的"香格里拉"。

西藏，地处我国西南边疆，南起北纬26°50′，北至北纬36°29′；西起东经78°15′，东至东经99°07′。南北最长约1000公里，东西最宽达2000公里。面积120多万平方公里，约占国土面积八分之一。它北邻青海、新疆，东接四川、云南，西、南与印度、尼泊尔、不丹、缅甸等国接壤。国境线在这里蜿蜒曲折4000多公里，其中横亘于西南的喜马拉雅山脉绵延2400公里，构成了祖国西南边疆的天然屏障。

青藏高原是全球海拔最高的高原。西藏是青藏高原的主体，是高原上的高原，有人称之为西藏高原。这里高山环拱，大河云集，平均海拔4000米以上，是当之无愧的"世界屋脊"，也是名副其实的离天最近的地方。

"西藏"一词为汉藏两语的组合。这一名称是从清朝开始采用的。"西"是汉语，表示这块土地在祖国西部，"藏"则是藏语中的"卫藏"（拉萨一带为"卫"，日喀则、阿里一带为"藏"）一词省去"卫"字，用以概指全藏。据藏史记载，自古以来，西藏曾有过羌人、西羌、苏毗、吐蕃、乌斯藏、图伯特、唐古忒、卫藏等称谓。1727年清廷正式设置驻藏大臣，"西藏"从此成为法定名称，沿用至今。

最早关于西藏的文字记载来自汉文史料，是公元前2255年舜驱三苗于"三危"的记事。中国史学家和地理学家一致认为，"三危"就是西藏高原。后来，中国编年史把这个地区归入羌族部落的居住地。

西藏自治区成立于1965年，首府设在拉萨。现行政区包括拉萨一个地级市以及日喀则、阿里、那曲、昌都、山南、林芝6个地区，73个县（市、区），718个乡（镇）。人口300多万，是我国人口最少、密度最小的省区，平均每平方公里仅2.5人，相当于全国平均人口密度的六十分之一。其中藏族占全区人口的90.48%，其他民族还有汉族、回族、门巴族、珞巴族等。

在世人眼中，西藏显得神秘而又沧桑。让我们走进西藏，去看那雪山、草原、美丽的寺庙，还有那青稞酒、酥油茶、玛尼堆上的五彩经幡。去呼吸、去聆听、去触摸、去发现、去遐想、去感受心灵与自然融为一体的至高境界。

雪山冰峰环绕的高原

西藏是巍峨雄伟的青藏高原的主体部分，位于青藏高原西南部。它幅员广袤，地势高兀，平均海拔4000米以上，5000米以上的地区占土地面积的45.6%。青藏高原由一系列高大山系和山脉组成，是地球上一个独特的地理单元，所以被人们赞誉为"世界屋脊"、"地球第三极"。因为它高峻的海拔及与之相联系的寒冷气候，也只有地球南、北两极地区可与之相比。与南北两极纯粹的冰雪世界不同的是，西藏还神奇地拥有高山大川、肥沃的良田、翠绿的湖泊与辽阔的牧场，既有天寒地冻的无人区，又有热带和亚热带的雨林区。

青藏高原的形成具有传奇浪漫的色彩。面对地球上最高的苍茫大地，人们怎么也想象不出从前这里竟是一片汪洋大海。近代地质科学家神话般地描绘了这一不可思议的事实：约4000万年以前，现今西藏的这块地方叫"特提斯海"，后来（地质年代第三纪的后期，距今约300～400万年），从遥远的南边飘来的一块巨大的称作"冈瓦纳古大陆"的板块（在2亿多年前，地球面貌与今殊异，那时只有两个古陆，位于南半球的叫冈瓦纳古陆，包括现在的澳洲、南极洲、非洲、南美和印度等地。位于北半球的叫劳亚古陆，包括现在的欧、亚大陆以及北美等地），在此与欧亚板块发生了惊心动魄的相撞，从此地球上隆起了一块最高的地方（数百万年间，青藏高原急剧上升，直至目前的高度）。这不是神话，其实自1亿8千万年前开始，印（度）巴（基斯坦）次大陆就从非洲大陆断离出来，每年以12厘米的速度朝着现在的位置漂移。与亚洲大陆碰撞之后，它依然以每年6厘米的速度向北移动，像个楔子一样渐渐从南麓插入喜马拉雅山脉。于是喜马拉雅开始崛起，地形渐渐升高。而今，印巴次大陆仍在向北移动，青藏高原仍是世界上最年轻、最富有活力、抬升最强烈的高原。不过，整个高原的抬升速度并不一样，最直接受力的喜马拉雅山吸收了南来应力的一半，每年抬升速度达6～8毫米。而高原北部广大地区吸收另一半的应力，因此抬升稍慢，约为每年4毫米。地质学家曾在珠峰脚下，采集到沧海桑田的见证——海洋生物化石菊石，而在海拔5000米以上的喜马拉雅山脊上发现了一块几百万年前生活于此的三趾马头颅化石，这说明西藏不但经历过波涛汹涌的海的时代，还经历过气候湿润炎热、热带森林遍布的原野时代，有过类似于现今海南岛、西双版纳的自然景观。

　　青藏高原的隆起，是地球上千百万年以来发生的最大地质事件之一。从烟波浩渺的原始大海到冰峰雪岭的高地，青藏高原的生成演化过程，就是一部壮丽的大自然史诗。

　　青藏高原的出现是地球乃至宇宙间多种因素综合作用的结果，青藏高原的存在又是地球环境诸多结果之因，地球内外充满了诸如此类环环相扣的因果链。假如没有青藏高原会怎么样？当代地理学家李吉均院士说：那么至少在中国，西部就不至于如此干旱，东部也不至于如此湿润，长江不是长江，黄河不是黄河，地理气候格局就不是我们所眼见的这个模样。中国科学院自然地理学家杨勤说：青藏高原的形成是地球上最伟大的神来之笔。放眼整个北纬30°线，阿拉伯半岛、北非、墨西哥都处于广袤的荒漠，惟有喜马拉雅年轻的隆起，打断了地球的这道"高原压"腰带，高原让大气变为下沉气流，带来了降雨，也让亚洲的东南部享受到亚热带的海洋季风，在世界地图上染出一片葱葱的浓绿，如果没有青藏高原，说不定广州、厦门都会变成开罗、迪拜呢。

西藏全境有许多世界著名的山脉，它们海拔高、面积大、时代新，是地球上最雄伟的山脉群。西藏不仅四周高山环绕，而且内部也广布众多山脉，起伏绵延。高耸的喜马拉雅山脉逶迤绵延在西藏的南缘，全长2400公里，宽200～300公里，平均海拔6000米以上，其中超过7000米的高峰有50多座，8000米以上的高峰有11座，海拔8844.43米的世界第一高峰珠穆朗玛峰就耸立在喜马拉雅山中国和尼泊尔边界上，雄踞地球之巅。

横亘西藏中部的冈底斯山、念青唐古拉山，西起阿里地区狮泉河，东抵西藏东部横断山区的伯舒拉岭，是绵延连续的弧形山系。它们是藏北与藏南、藏东南的分界线，也是西藏外流河与内流河的分界线。其全长1600公里，南北宽80公里，平均海拔5800～6000米，超过6000米的高峰有25座，其中冈底斯山主峰冈仁波齐峰海拔6721米，念青唐古拉山主峰念青唐古拉峰海拔7117米。

喀喇昆仑山脉耸立于西藏西北侧,从西向东连接着帕米尔高原、喜马拉雅山脉及唐古拉山脉。喀喇昆仑山脉是世界第二高山脉,平均海拔6000米,海拔8000米以上的高峰有3座,有世界第二高峰乔戈里峰,海拔8611米。与喀喇昆仑山脉东接的唐古拉山脉,东南延伸接横断山脉怒山,是西藏与青海省的界山。南北宽达160公里,主体部分海拔都在6000米以上。唐古拉山巍然挺立,其山脉连绵不断,成为横亘在唐蕃古道上的一座天险。最高峰格拉丹冬峰海拔6621米,是长江的发源地。

巍峨雄伟的昆仑山位于西藏北部,是西藏与新疆的界山。它西起帕米尔高原,向东延伸至四川盆地西部,东西长达2500公里,南北宽150公里,平均海拔5500～6000米,是中国大陆中部地形的骨架。昆仑山脉是我国永久积雪与现代冰川最集中的地区之一,仅玉龙喀什河上游冰雪覆盖面积就达3000平方公里。昆仑山脉冰川数量极多,有大小冰川近千条,最长冰川达25公里。

西藏东部是南北走向的横断山脉,海拔4500米以上,由一系列平行延伸的高山深谷所组成。最高峰贡嘎山,海拔7556米,是川西进入西藏的要道。这些高大的山脉构成西藏的地貌骨架,也是古代和近代冰川的发育中心。

在上述这些高大山系之间,分布着盆地、高原和宽谷。大致分为藏北高原、藏南谷地和藏东的高山峡谷三个不同的自然区。西藏大地的特点很难以一概全,因为西藏境内自然与人文景观差异巨大。我们更倾向于现今流行的划分方法,即依西藏各地不同的自然环境及生产方式所作经济地理划分,分别为北部高寒牧场、南部宜农谷地、东部高山峡谷、西部干旱高原、喜马拉雅山地5个自然经济板块。这种划分也基本与千百年来自然形成的社会人文地理状况相吻合。

藏北羌塘（含青海省部分藏区）为牧区；山南、拉萨、日喀则等一江两河（雅鲁藏布江、拉萨河、年楚河）中部流域，古称卫藏地区，是支撑藏族文化基础的农业地区；东部康巴（含川西、昌都及甘南等地）半农半牧；西部阿里，亦农亦牧；还有一个贡布地区（今林芝地区），是多山林的喜马拉雅地区。按各自方位，差不多均匀地占据着青藏高原的东西南北中。这五大自然与文化板块的有机拼合，是自然与文化吻合的必然结果，充分显示出环境对于人类生存风格的决定性影响。

西藏地势西北高，东南低，海拔由5000米左右下降到几百米，气候类型也因此自东南向西北依次有热带、亚热带、高原温带、高原亚寒带、高原寒带等。在西藏东南部和喜马拉雅山南域的高山峡谷地区，由于地势迭次升高，气温逐渐下降，气候发生着从热带或亚热带到温带、寒温带和寒带气候的垂直变化。"一山有四季，十里不同天"，在这里得到了最真实的体现。

在西藏有这样一种感觉，总离不开一连串的"山口"，如色季拉山口、冈巴拉山口、优弄山口、加措拉山口、唐古拉山口等等，藏语中的"拉"就是山的意思。山口就是关隘，艰险陡峭，气候多变。山口是宝贵的交通孔道，打破了山山脊脊的壁垒。山口是一道风景，既意味着隔绝，又意味着交流。山口是西南季风向亚洲东部耕云播雨的最好通道，也是不少动物东去西往或南迁北进的途径。而西藏的山口尤其多，成百上千，随处可见。我就到过拉萨的米拉山口、林芝的色季拉山口、当雄的念青唐古拉山口和亚东中印边境的乃堆拉山口。

米拉山又称"印格江宗"，意为"神人山"。它横亘于东西向的雅鲁藏布江谷地之中，从而成为雅鲁藏布江东西两侧地貌、植被和气候的主要界山。米拉山以西属于拉萨地区，以东属于林芝地区。从印度洋上吹来的暖湿气流，顺着雅鲁藏布江这个天然通道长驱直入，当行进到米拉山时，被南北走向的米拉山体像一扇门似地挡住了。于是，这些暖湿气流不再西进或北上，而是在林芝地区形成降水，从而使得林芝地区长年笼罩在来自热带、亚热带的雨水中，使其原本海拔较高而干燥的气候得以改变。与林芝仅仅一山之隔的拉萨地区，没有了来自印度洋的暖湿气流，从而变得干燥寒冷，不仅没有林芝那样丰富的动植物资源，就连山体也浑圆低矮，而且岩石松动，易于滑坠。因此说，米拉山是大陆气候与海洋气候的分水岭。

米拉山口海拔 5020 米，地势险峻，景观秀美，湛蓝纯净的朵朵白云在头顶飘移。让人在这里感受到离天是那么近，好像伸手就可摸到美丽的云朵。和西藏大大小小的山口一样，米拉山口也遍布五色的经幡，风动经幡猎猎作响，山坡上的玛尼堆挂满白色的哈达。我们乘车沿盘山公路到达山口后，我按照当地风俗，下车爬上山坡，向玛尼堆敬献哈达，顿感头晕目眩，脚步吃力，匆匆照个相，就上车下山，随着公路下坡，海拔降低，人才逐步恢复常态。

巍然耸立于西藏的群山，除了喜马拉雅山南麓雪线以下和藏东南地区有森林以外，其他都没有植被覆盖，山体褶皱纵横，顽石裸露。它们有的泛着白的亮光，有的尽显灰褐的石色，当年被海水侵蚀的肌体透着天然的粗犷之美。藏族信仰"万物有灵"，认为山有山神，水有水神。他们相信天神以山为阶梯，上下往返于天地间，每一个山系都有山神矗立，他们把神山上的神灵称之为"念"。强烈的生存欲望驱使一代又一代藏民去祈求雪山，敬畏雪山。西藏著名的神山有冈底斯山、念青唐古拉山、苯日神山等。

1996年，我第一次乘机从成都进入西藏，越过四川盆地后，飞临青藏高原。人烟稠密、草木葱茏的川西平原转眼间变成了冰雪覆盖的高山峡谷。透过机舱窗口俯视，机翼下面连绵起伏的雪山一直蜿蜒到天际，在阳光照耀下，晶莹闪耀，婀娜多姿，仿佛是一个银色的世界。那巍然壮观的景致，令我惊叹不止。

美丽的湖泊星罗棋布

西藏高原是我国最大的湖泊密集区，也是世界上湖面最高、范围最大、数量最多的高原湖区。西藏的湖泊是随着高原隆起而形成的。大约在300万年前开始的第四纪中曾有过几次冰川活动，造成了一个个洼地，在后来气候转暖时，冰川融化聚水于洼地，水不能外流而形成湖泊。还有一些湖泊是由于冰碛物或泥石流壅塞了河道造成的。如上世纪末才形成的易贡措，便是2000年4月因特大泥石流壅塞而成。

西藏的湖泊以成群分布为特点，而且绝大多数又自立"门户"，独成"一家"。在众多山脉之间，发育有大小不等的山间盆地和纵向谷地。谷地低洼处和盆地中央往往有湖泊分布，大多在海拔4000～5000米，湖面海拔超过5000米的有17个。西藏有大小湖泊1500多个，湖泊总面积为24100平方公里，是我国湖泊最多的省区，约占我国湖泊总面积的四分之一以上。面积最大的是纳木措，以下依次是色林措、扎日南木措、当惹雍措、羊卓雍措。

西藏的湖泊可以分成羌塘、东部、藏南三个湖区。

羌塘（藏北）湖区位于昆仑山脉与冈底斯山脉、念青唐古拉山脉之间的高原腹地。广袤千里的羌塘高原四周高山环绕，内部宽谷湖盆与起伏和缓的山岭相互交织，成为中国内陆湖泊分布最集中的区域，有"中国湖泊之乡"的称号。羌塘高原上，湖水面积大于1平方公里的湖泊有497个，湖水面积5平方公里以上的湖泊有307个。湖泊特别密集的地方，湖与湖之间相隔距离还不到200米。著名的纳木措、色林措、扎日南木措等大湖都分布在这里。

纳木措湖水面积1920平方公里，湖面海拔4718米，是西藏第一大湖，称为"天湖"，居西藏三大圣湖之首。湖的对面，高高耸立着念青唐古拉山，主峰白雪皑皑，倒映在湖中，奇妙美景，令人叫绝。色林措湖面海拔4530米，东西轴长75公里，南北最大宽度40公里，湖水面积1640平方公里，是我国第三

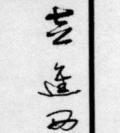

大内陆湖,湖泊形状不规则,西侧有许多半岛和峡湾,景色幽美。

东部湖区属外流区。凡长江、澜沧江、怒江等流域内的湖泊都划入本区。长江、澜沧江及怒江上游是西藏湖泊最少的地区,高山深谷限制了湖泊的发育,现存湖泊个体小,有帕桑措、易贡措、巴松措、然乌措等,这些湖泊周围的景色都很秀丽。然乌措湖面海拔3807米,长26公里,平均宽1~5公里。湖南面有著名的来古冰川,数百条巨龙般的冰舌延伸到湖面,湖边绿草茵茵,岸边山腰上则是莽莽森林,再往上是五颜六色的杜鹃花和灌木丛林带,山顶则是重叠起伏的雪峰,又有"西天瑶池"之称。

藏南湖区位于冈底斯山脉和念青唐古拉山脉以南。藏南地区有一些地势相对平缓而封闭的盆地,这就为湖泊的存在创造了条件。著名的玛旁雍措、佩枯措、羊卓雍措等就是点缀在这些盆地中自成体系的内陆湖泊。此外,雅鲁藏布江流域和狮泉河流域也有一些外流湖泊,它们分布在河流源头,如森里措是雅鲁藏布江上游真都藏布的上源。藏南湖区有大小湖泊38个,面积超过5平方公里的有25个,总面积2550平方公里。其中面积超过200平方公里的有玛旁雍措(412平方公里)、佩枯措(300平方公里)、普莫雍措(295平方公里)、拉昂措(265平方公里);超过500平方公里的有羊卓雍措(638平方公里)。

羊卓雍措号称西藏三大圣湖之一,湖面海拔4441米,平均湖水深30~40米,最深处达58米,湖岸曲折,多湖汊岬湾,犹如珊瑚,安详地躺在群山之下。玛旁雍措与拉昂措是一对孪生姐妹湖。玛旁雍措海拔4588米,最深达81.8米;拉昂措海拔 4572 米,位于玛旁雍措西边。两湖的南北山体高大,南侧的纳木那尼峰海拔 7694 米,冰雪盖顶,白雪皑皑;北侧耸立着冈底斯山脉主峰冈仁波齐,远眺两峰均可映入湖中,湖滨景色宜人。

西藏的湖泊千姿百态,湖泊的分布和形态大体与构造线一致,以东西和北西向排列为主,呈长方形,除东部和东南部有少数外流湖外,绝大部分是内陆湖。湖水来源主要是高山冰雪融化水及部分地面径流,湖水矿化度高,入湖河水大多短小,以湖盆为归宿。大体上东部和东南部,几乎都是淡水湖,往西和西北方向逐渐出现咸水湖,乃至盐湖。

西藏的湖泊不仅面积大,而且多为深水湖,其水资源的蕴藏量丰富。如经常有成群结队的尼泊尔、印度香客前来朝圣的玛旁雍措,湖中淡水储量多达 200 亿立方米。

西藏的神山与圣湖在藏民心中拥有非常崇高的地位,而转山和转湖在藏族文化的历史中更是悠远神圣。在西藏,向来有"羊年转湖"、"马年转山"的习俗,这也是他们祈求神灵赐予福祉的方式。神山、圣湖对于每一位信徒而言,都是朝拜洗礼的必经之地。笃信藏传佛教的藏族认为朝圣能尽涤前世今生的罪孽,增添无穷的功德,圣湖正是上天赐予他们净化身心的磁潭。因此,总有数不尽的藏民,以独有的磕长头方式俯仰于天地之间,向强磁场般的圣湖跋涉。他们坚信,没有血肉之躯的砺行,便无朝圣之举的虔诚;没有风尘仆仆前往圣地之行,便无法到达圣地。朝圣在信徒的心目中,是可以花一生的时间去完成的神圣之举。

西藏的湖泊多与雪山相伴，湖泊、雪峰和蓝天、白云融为一体。这里远离尘世喧哗，大地万籁无声，只有湖边玛尼堆上空迎风招展的五彩经幡猎猎作响以及湖中鱼儿偶尔跳跃时的水声，让我们仿佛置身于仙境一般。我曾游览过著名的纳木措、羊卓雍措、巴松措，深深被那自然纯朴、清净安详、美丽多姿的景色所感动。

"天河"雅鲁藏布江

西藏高原上林立的皑皑雪峰是亚洲许多大江大河的发源地。西藏境内流域面积大于2000平方公里的河流有100多条以上，流域面积大于10000平方公里的河流有20多条。著名的河流有金沙江、怒江、澜沧江和雅鲁藏布江。西藏还是国际河流分布最多的一个省区，亚洲著名的恒河、印度河、布拉马普特拉河、湄公河、萨尔温江、伊洛瓦底江等河流上源都在这里。

西藏高原的河流可以分为内流区和外流区两大部分。内流区河流中较大的有注入色林措的扎加藏布（主干长400公里），注入达则措的波仓藏布（主干长200公里），注入依布卡的江爱藏布以及措勒藏布和惹多藏布等。内流区的河流多以湖泊或盆地为中心，呈向心状排列。由于深处内陆，降水稀少，源短细流，河网稀疏。

西藏境内外流区较大的河流，由西往东有狮泉河、雅鲁藏布江、察隅河、怒江、澜沧江、金沙江、雅砻江、大渡河、黑河、白河。这些河流中，金沙江、澜沧江、怒江并肩南流；雅砻江汇入金沙江注入东海；澜沧江流入南中国海；怒江长驱直下，最后流入印度洋安达曼海，流入印度洋的还有狮泉河和雅鲁藏布江。西藏外流河产水量约为3000多亿立方米，占全国河川径流量的12%。西藏河流还蕴藏着巨大的水能资源，平均天然水能蕴藏量约为2亿千瓦，约占全国的30%。

如果说山脉架起了西藏的骨骼，那么这些江河就是西藏的血脉，它们奔涌流动，为高原注入生命的活力，为高原带来蓬勃的生机。

著名的雅鲁藏布江，像一条银色的巨龙奔流于"世界屋脊"的南部。古代藏语中称雅鲁藏布江为"央恰布藏布"，意思是从最高顶峰上流下来的水。雅鲁藏布江发源于喜马拉雅山脉北麓的杰马央宗冰川，由西向东沿着喜马拉雅山脉和冈底斯山脉之间的一条狭长谷地横贯西藏南部，一路上穿过许多峡谷、平原，汇集了无数大小支流，其中长度超过100公里的支流有14条，主要有多雄藏布、拉萨河、尼洋河、帕隆藏布、年楚河等，到了米林、波密境内，绕过喜马拉雅山脉最东端的南迦巴瓦峰，急转南下，最后在喜马拉雅山脉东端的巴昔卡泻出境。进入印度境内后称布拉马普特拉河，流入恒河。最后经印度、孟加拉国注入印度洋的孟加拉湾。

雅鲁藏布江全长2900公里，在我国境内长2093公里，流域面积24万平方公里，呈东西狭长，南北窄短。雅鲁藏布江是我国第五大河。长度不及长江、黄河、黑龙江及怒江；流域面积则次于长江、黄河、黑龙江及珠江。雅鲁藏布江资源丰富，全年河川径流总量达989亿立方米，平均流量达每秒3000立方米，仅小于长江和珠江，居全国第三位。天然水能蕴藏量达7912万千瓦，仅次于长江，居全国第二。雅鲁藏布江河面海拔在3000米以上的河段约占总长的四分之三，流域平均海拔4500米，是世界上海拔最高的大河，故称"极地天河"。

雅鲁藏布江是亚洲板块与印度板块相联的一条大地缝合线。长期的地质运动造就了这个流域密如梳齿、束放有度的山谷群和小盆地。像年楚河谷、尼洋河谷、拉萨河谷都是这样形成的，这里晴朗温润，富饶秀美，成为西藏的天府。上游水道曲折分散，湖塘星罗棋布，两岸花草丰富，艳丽悦目。中游汇集了众多的支流，水量充沛，江宽水深，为水上通航提供了有利的条件，是世界最高的通航河段。下游河段，江面狭窄，河床滩礁密布，水急浪高，响声隆隆，蔚为壮观。

天上有一条银河，地上有一条"天河"。被称为"天河"的雅鲁藏布江，滋润着两岸肥沃的土地，孕育出源远流长的藏族文化，是西藏文明诞生和发展的摇篮。

雅鲁藏布江干流依自然条件、河谷形态及其流程变化，可划分为河源区、上游、中游和下游。从杰马央宗冰川的末端至里孜为上游段，称马泉河，海拔4600～4800米，两岸山岭连绵，河长268公里，集水面积26570平方公里。马泉河穿行在南面的喜马拉雅山脉和北面的冈底斯山脉之间，谷地开阔。马泉河流域基本上是牧区，在帕羊以下河谷两侧是沼泽化草甸景观，这里是优良的夏季牧场。马泉河谷地上段人烟稀少，茫茫的草地就是一个动物乐园，有藏羚羊、岩羊、野驴、野牦牛、熊、狼、狐狸、兔等多种动物。

从里孜到派乡为中游段，河长1292公里，集水面积163951平方公里。这里江流以雷霆万钧之势奔流而下，惊心动魄。河谷像串珠一样宽窄相间，窄谷段有的谷宽仅100～300米，水面不足百米宽，宽谷段可宽达5000～6000米，水面亦宽达1000～2000米。雅鲁藏布江中游段集中了几条主要支流，这些支流不仅提供了丰富的水量，而且沿河有广阔的平原，是高原的粮仓。西藏一些主要城镇，如自治区首府"日光城"拉萨，西藏第二大城市日喀则，具有抗英斗争光荣历史的英雄城市——江孜，新兴的工业城市林芝八一镇，山南重镇泽当等，都坐落在雅鲁藏布江一些支流的中、下游河谷平原上。

派乡到巴昔卡为下游段，河长496公里，集水面积49959平方公里。谷底海拔从2800米一直降至155米，相对切割2000～4000米。在下游，峡谷一个接着一个，峡谷两侧群峦叠嶂，森林密布，构成一幅壮丽动人的画面。雅鲁藏布江下游的大拐弯峡谷，从派乡到墨脱县希让河长220多公里的河段内，河床下降2200米，平均1公里内跌落10米多。奔腾的江流在迂回曲折的峡谷中奔流，蕴藏着充沛的水力资源，这一段的水能资源为世界上最集中的地区之一，天然水能蕴藏量达到6880万千瓦以上，占雅鲁藏布江全流域天然水能蕴藏量的69%。位于雅鲁藏布江大拐弯中的墨脱县沿江狭长分布，就像镶嵌在峡湾中的一块绿色翡翠，是著名的"高原上的西双版纳"。

变幻莫测的祥云

　　蓝天白云的美，是踏上西藏这块神圣土地后最初的感动。那湛蓝如洗的纯净天空，那婀娜多姿飘浮的白云，使人一见难忘。

　　西藏的云彩，有独特的性格，别样的风姿。它不依附于天，而是独立存在的。那飘浮着的朵朵白云，不论云卷云舒都显得恬淡与悠闲，给人轻松安逸之感。对于摄影师来说，西藏的自然景观中云彩是不可缺少的重要元素，光是云彩就可以出版一本很美的摄影集。

　　西藏的云有很多种，不同地区有不同的云彩。拉萨的云一般不在当空，而是飘浮在山的周围，拥抱着山不离开，与山体融为一体。天阴的时候，云仍然是独立的，并不肯和天搅在一起，只不过这时它们更加繁密了，更加厚重了。在暴雨来临时，浓云密布，厚重得甚至让人觉得就是在头上压着，这时的云不再是白的，那重重的黑灰色中透出绛紫色。在云与云的接缝处，镶着灿灿的金边。

　　出了拉萨，我们驱车往藏东方向，在大山中行驶的时候，那云又是另有一番景色。那些飘浮的云一片片一朵朵地悬挂在路的前方，有时甚至会飘浮到人们的脚下，时隐时现，使人有一种腾云驾雾、飘飘欲仙的感受。

在藏北广阔无垠的草原上，那云就更奇特。浓浓的乳白或浅灰的云朵熙熙攘攘，凸现在地平线之上。放眼向远处望去，你会看到那一块块形状各异的云朵静静地躺在地上，就像散落在地上的一朵朵棉絮，风一吹来，它们就会轻轻地跳跃起来，风再大些，它们就随风飘到远方去了。它们似乎就在离我们很近的地方，但如果你朝它走去，想了解进入云朵中的感觉，你会发现不管你走多远，那云和你的距离丝毫没有缩短，它永远在你的前面。

如果你去阿里，就有机会感受到山雨欲来时的浓云。那时的云不是一朵朵、一块块，活跃轻巧的了，它们就像洪水般咆哮而来，瞬间聚集起来，形成势不可挡的力量，将天地紧紧地挤压在了一起。这时，人在天地间显得格外渺小无助，就像随时都可能粉身碎骨似的。这时的云就不是那么可爱了。

被称为"云中天堂"的南迦巴瓦峰高耸入云，因终年被云海遮掩，人们难睹其芳容。偶尔能见到也只有短短一瞬，转眼间漫卷的云烟又遮盖了它。欲再看时，却只见天空流云如织，云下群山含羞。淡淡的云气从谷底蒸腾而上，轻灵的云瀑从山顶忽然滑落，白缎般的流云环绕着山腰，发着蓝色寒光的雪峰在云缝中若隐若现，宛如梦幻里的仙境。国内外许多探险家、摄影家，为了一睹其芳容，拍上一张照片，常常要等上一个多月。我在拉萨遇见一个北京援藏干部，曾去过20多次，都没有见到南迦巴瓦峰的真面目，他感到十分遗憾。他说我的运气太好了，一去就看到它的全貌，真是不易。那天上午11点多钟，我们驱车赶到南迦巴瓦峰脚下，远远就见到高耸入云的南迦巴瓦峰棱角分明的三角体峰顶，山体白雪皑皑，光彩照人，山腰白云飘浮如带。

世界上有14座海拔8000米以上的高峰，其中有10座分布在藏南的喜马拉雅山脉之中。珠穆朗玛峰（8844.43米）则是世界第一高峰。眺望珠峰，确实神奇美丽，无论云雾之中的山峦奇峰，还是耀眼夺目的冰雪世界，无不引起人们莫大的兴趣。不过人们最感兴趣的，还是飘浮在峰顶的云彩。这云彩好像是在峰顶上飘扬着一面旗帜，因此这种云被称为旗云或旗状云。珠峰旗云的形状姿态万千，时而像一面旗帜迎风招展，时而像波涛汹涌的海浪，时而变成袅袅上升的炊烟，堪称一绝。

珠峰旗云是由峰顶附近的对流性积云形成的，有经验的登山队员，常常根据珠峰旗云飘动的位置和高度，来判断峰顶风力的大小。由于旗云的变幻可以反映出高空气流的变动，因此，珠峰旗云又有"世界最高的风向标"之称。

藏南樟木口岸的云也别具一格。那薄如轻纱的云缭绕山头，大团的，小股的，形形色色，姿态万千。这里的"对顶云"最引人注目。从北方飘来的云与南边的云在樟木镇附近山腰处相遇，南行的白云在下，北往的白云在上，平行相向运动，互不侵犯，和平过渡，连中间的移动线都十分清楚。当双方运动一小段距离后，因受风力影响，两方云彩同时向上垂直升去成为挂树状，绕过山头，又向别处飘去，从而形成独特的奇观。

2010年夏天，我来到藏南边境与印度、不丹交界的亚东县。这个在喜马拉雅山脚下的边境县城，四周群山环抱，景色幽静优美。那天上午，我们办好边防通行证，乘车前往地处中印边界的乃堆拉山口。"乃堆拉"，意为风雪最大的地方，这里自古就是西藏通向印度的主要通道。当我们站在乃堆拉山口，往下远望，被脚下四周巍然耸立，高低、大小、形态不一的蜿蜒雪峰所惊叹。置身于如此广阔壮观的冰雪世界，让人不禁忘了时间和自我。不知过了多长时间，抬头才发现原来雪峰上空飘浮的一片片、一朵朵的白云是那么美丽动人，变幻莫测。西边一片白云飘来，我叫朋友赶紧拍照，刚拍完，又见远处东边飘来一片白云，急忙催朋友换个方向拍照，没想到转过头来，西边原来拍照过的白云，又变幻成一种新的形状。

历史悠久的藏族

　　藏族是中华民族大家庭中相互依存、统一而不可分割的整体。主要聚居在西藏自治区和青海、甘肃、四川、云南等地，共有540万人，其中一半多的藏族人口居于西藏。

　　藏族对自己称呼"博日"，"博"意为"藏"，"日"意为"族"，博的起源地是雅鲁藏布江中游的卫藏地带。一个民族的自称或族称，有着很强的历史稳定性。远古时，居住在西藏高原上的先民们把自己生存之地称"博域"或"博吉域"。这个称谓延续至今。

通过考古普查、文化遗址的发掘和研究藏学家们的论著，现在对藏族起源有了统一的说法。《王统世系明鉴》等藏文史书记载，位于雅砻河与雅鲁藏布江交汇处的泽当（现山南地区行署所在地），东面有一座贡布日神山，相传一只得道的猕猴在山上修行后在菩萨的授意下娶了一位美丽的妖女，生下6只猴子，猴子一代代繁衍下去而进化成今日的藏族。"泽当"也因是"猴子玩耍之地"而得名。

猕猴变人的故事，在藏族民间广为流传，并记录在古老的经书之中，还绘在布达拉宫、罗布林卡的壁画上。很多年后，当这个传说被现代学者得知，他们大吃一惊，藏民族的起源神话竟然与进化论吻合——猿猴走出丛林，进化为人，这是一种什么样的巧合呢？而这一神话早于达尔文的人类起源学说几千年。

卡若遗址的发掘为藏民族的起源勾出了大致的轮廓。据考古发现证实，在距今5万年前的旧石器时代，这一地区就有原始人类活动生息，渐渐地他们和来自南亚以及我国西部的羌人共同融合，在吐蕃时期形成了藏族。

新石器时代晚期，西藏各地形成了许多部落，活动于雅鲁藏布江中游的雅砻河谷地区。公元前4世纪，青藏高原出现了3个较大的部落联盟：吐蕃、苏毗、象雄。象雄起初分布最广，西藏北部到黄河河源都是其势力范围，后来因为吐蕃、苏毗部落联盟崛起，其势力仅限于阿里地区和克什米尔东部。象雄拥有自己独特的文化，并诞生了西藏本土的原始宗教——苯教。

苏毗，是羌人的一支，最初活动于青海和四川，进入西藏地区后逐渐发展成一个东到昌都，西接象雄，南邻吐蕃的强大部落。

吐蕃，也就是著名的雅砻部落，诞生于藏南谷地，主要由6个部落组成，所以又叫"六牦牛部"。公元前3世纪左右，聂赤赞普作为雅砻部落的第一个王出现在西藏历史上，他建立了部落奴隶制王国。7世纪初，松赞干布继任赞普，迁都逻些（今拉萨），征服了苏毗和象雄，逐步统一了青藏高原，宣告吐蕃王朝的到来。"吐蕃"的"吐"，藏语意为"高原"，而"蕃"是西藏人对自己的称呼。"吐蕃"作为地点和王朝名字，于隋唐之际首现于古代中国版图中。松赞干布一心和唐王朝结好，学习唐朝的先进技术和文化。641年，唐朝的文成公主入藏，一段佳话就此诞生。822年，唐与吐蕃结盟于拉萨东部，也就是历史上的"长庆会盟"。

松赞干布身后百年，到赞普赤松德赞（741～799年）时期，吐蕃王朝走向巅峰。吐蕃疆域大幅扩展，一度威震中原、中亚和南亚。从现今四川雅安、陕西凤翔、河西走廊，直到喜马拉雅山脉至喀喇昆仑山脉以南，都曾为吐蕃范围。"丝绸之路"南下支线重镇、即现今巴基斯坦的吉尔吉特——巴尔蒂斯坦地区，史称大、小勃律两国，即是唐蕃争夺的古战场。其中巴尔蒂斯坦亦称"小西藏"，最近那里出土了一段藏文残碑，刻有"……祈愿天神赞普圣寿绵长，国政广大，最终征得无上果位，对我等以共同信仰养育……成就无上佛陀"字样，可作为公元8～9世纪为吐蕃统治达千年之久的佐证。

赤松德赞身后不过40多年，公元846年，吐蕃王朝由于王室内讧，更由于连年征战，各方矛盾激化，历经230多年后，终于崩塌。其后进入长达400年的分裂割据时期。统一的地方政权直至元朝方才出现。古格王朝也就是在这个时期建立起来的。

9世纪后期，佛教在西藏再次兴起。1247年，萨迦派高僧萨班·贡噶坚赞同蒙古汗国达成了西藏诸部归顺蒙古汗国的协议，建立了萨迦地方政权。在元朝的支持下，萨迦政权达到了鼎盛，这段时期被称之为"萨迦时期"。13世纪，元朝统一中国，西藏地区也正式纳入中央政府行政管理体系。依据藏地的地形特征和不同的自然条件以及方言区的不同，青藏高原藏族聚居区被划分为三个"却喀"（地区）：乌思藏、朵思麻、朵甘思，这些历史地理名词承前启后，大致对应现今的西藏自治区、以东的康巴藏区和东北部的安多藏区。

当时，三大藏区被形象地归纳为"安多马区"、"康巴人区"、"卫藏法区"。顾名思义，总括了各地特征：青藏高原东北部的甘肃甘南藏族自治州、青海藏区大部地区称"安多"。安多一带草原辽阔，牛羊成群，以牧为主，古时盛产"青海骢"，因盛产良马，被称为"马区"；东部横断山区的四川甘孜、阿坝，西藏昌都，云南迪庆，还包括青海玉树地区叫做"康巴"。"康"是边地之意。康巴又称"霍尔"，藏北昌都地区的"霍尔三十九族"和四川甘孜地区的"霍尔"部落，构成康巴方言区的居民主体。康巴汉子剽悍豪迈，康巴女人妩媚多情，所以被称为"人区"；"法区"是指藏传佛教中心地区乌思藏即卫藏，其中拉萨和山南为"卫"，日喀则地区所在的雅鲁藏布江中上游地区为"藏"。也称前藏、后藏。

元代设"乌思藏纳里速古鲁逊"宣慰使司，将"阿里三围"一并划入。1260年，忽必烈封八思巴为国师，1270年又晋封其为帝师。中央政府对西藏的管辖自13世纪中叶开始，从此并无中断。

1347年，萨迦政权分裂。1349年，新兴的帕竹政权得到元朝中央政府的承认。1354年，帕竹军队占领萨迦，建立了帕竹王朝。

1368年，明朝沿袭元朝的办法，采取了普通封赐的政策。1372年，明太祖封帕竹首领为"灌顶国师"，承认了帕竹政权对西藏的统治。15世纪中叶，帕竹因内讧而衰落。15世纪末，仁蚌家族控制了帕竹的实际权力，成为帕竹政权首席执行官。

后来仁蚌家族势力逐渐衰弱。1611年，辛厦巴家族（明朝的典籍中记载为"藏巴汗"）掌握后藏地区。1618年，藏巴汗进攻拉萨，取代帕竹政权，建立了第悉藏巴政权。1642年，蒙古和硕特部固始汗率兵入藏，消灭了第悉藏巴政权，尊达赖喇嘛为宗教领袖，建立了蒙藏联合政权——甘丹颇章政权。

1653年，清朝顺治皇帝分别册封达赖和固始汗，进一步确定清朝与西藏的宗主关系。1717年，新疆准噶尔部进军西藏，攻入拉萨，消灭了和硕特部。1720年清军入藏，驱逐准噶尔部。1721年，正式废除蒙藏联合政权。

1653年，顺治皇帝敕封五世达赖，正式确定了"达赖喇嘛"的封号。1713年，康熙皇帝册封五世班禅为"班禅额尔德尼"，正式确定了班禅喇嘛的名号，由此达赖和班禅各统一方的格局形成。1721年，清政府在西藏废除了郡王制度，建立西藏地方政府（噶厦），规定了驻藏大臣与达赖喇嘛共同掌握西藏事务的体制。1727年，清朝设立驻藏大臣。1793年，清朝政府就驻藏大臣的职权、达赖与班禅及其他大活佛转世、边界军事防务、对外交涉、财政税收、货币铸造与管理及寺院的供养和管理等，颁布了著名的《钦定藏内善后章程》，共29条，此后100余年，清朝一直沿用这种行政管理体制，政教合一制度在西藏正式确定。

鸦片战争后，西藏一度成了英、俄、法、日等国角逐的场所。进入19世纪，英帝国主义还妄图把西藏从中国分裂出去。在"西姆拉会议"上，英方提出内藏（青、川、滇藏区）和外藏（前、后藏）的划分草案。在此期间，英方代表还和西藏地方当局的代表秘密炮制出一条所谓划定中英东段边界的"麦克马洪线"，妄图把中国领土划归英属印度。中方代表拒绝在"西姆拉会议"的文件上签字，致使英方的分裂阴谋破产，中国历届政府也从未承认过"麦克马洪线"。

1911年，辛亥革命爆发，国民政府成立后，将西北、西南的藏族地区分属川、青、甘、康、滇五省管辖。1940年，蒙藏委员会驻藏办事处在拉萨成立，西藏地方与中央政府的关系得到很大改善。

1949年中华人民共和国成立，1951年西藏和平解放，实行民族区域自治。1959年进行民主改革，废除了封建农奴制度，百万藏族农奴翻身解放，获得新生。1965年9月正式成立了西藏自治区人民政府。此外，西北、西南藏族聚居区也相继成立了自治州、自治县和自治乡。

名垂千古的赞普松赞干布

吐蕃赞普松赞干布是西藏历史上一位最具有影响力的古代民族英雄。

吐蕃王朝是西藏历史上第一个统一的王朝。6世纪时，吐蕃部落进入奴隶社会阶段，当时的部落经济、政治力量都非常强大，第三十代赞普达日年塞（松赞干布之祖）开始了统一西藏的宏图大业。

达日年塞采取了一系列的改良政策，使吐蕃的经济得到突飞猛进的发展，邻近许多部落慑于吐蕃的强大，纷纷投奔归附，吐蕃部落日渐强大。

第三十一代赞普囊日伦赞继承了祖先的事业后，继续进行艰苦的征战。他雄心勃勃想吞并周边所有部落，兼并强大的邻国。在他扩张一帆风顺的时候，部落里的旧贵族为了争夺权位，在囊日伦赞的饭菜中下毒药，将他毒死了。囊日伦赞死后，他的儿子松赞干布继承了王位，为第三十二代赞普。

620年，松赞干布继位后，在部落一些得力大臣的帮助下，平定了内乱，进行了改革，大力发展经济，稳定了部落。这位年轻有为的赞普深受人们拥戴。

松赞干布于633年把王都迁移到逻些（今拉萨）。据《王统世系明鉴》记载，松赞干布的祖先"拉脱脱日年赞"是普贤菩萨的化身，早先在红山建宫隐居修行，吐蕃历代子孙遵从此地是造福之禅地。所以松赞干布决定迁都到红山（现在的布达拉宫），营建宫室。其实，松赞干布迁都拉萨有两个原因：一是山南有吐蕃的旧贵族盘踞，这些旧贵族曾对其父下毒手，对这些人松赞干布存有戒心。搬迁王都，远离这些旧贵族，是他迁都的一个动机。二是松赞干布雄心勃勃，想统一西藏高原。这时吐蕃以北有吐谷浑，以西有象雄，如果不把王都迁到雅鲁藏布江以北，便不能有效地组织对外进攻。而且吐蕃的军事力量集中在拉萨河流域，如果政治中心放在山南，不利于松赞干布的指挥和控制。此外，松赞干布看到拉萨河流域地形开阔，平原四周群山环抱，地势险要，进可攻，退可守，是建基立业的好地方。

迁都以后，松赞干布采取了一系列措施，主要是稳定内部，巩固王权，统一官制和兵制，发展经济，制定法律，规范藏文，与周围各国友好往来等。

第一项措施是稳定内部。松赞干布是个精明能干的赞普，他敢于对叛逆之臣斩尽杀绝，又善于慑服尚伦等官员。这是稳定内部的重要措施。吐蕃王族称"伦"，宦族称"尚"，尚伦构成了吐蕃的统治阶级，他们世代承袭，各自治理所属地方的百姓。松赞干布迁都后，便着手进行改革，自上而下设置了各种官制，这些官制仍然按照贵族原来的地位高低给予他们领地，并承认他们的附属关系。但是，把氏族变为王臣，两者的关系不同了,臣应忠于王,服从王的指挥。另一方面,又大力扩大王权,对大将、副将、部落吏、千夫长等官职,由王室直接任命和罢免。这样扩大中央集权,赞普便独掌生杀大权,大大减少了新旧贵族和大臣间争权夺利和对王权的威胁。王朝内部很快稳定了。

　　第二项措施是巩固王权。松赞干布继承其父囊日伦赞的传统做法,注重起用新臣。松赞干布用松巴降臣,征服了反叛的旧贵族势力。但是,新臣依靠战功,势力超过旧臣,又成为王族权力的竞争者。于是,松赞干布通过频繁更换大伦等巧妙手段,不断削弱新贵族的势力。最后大伦(相当于宰相)的职位仍然落到王族身上,王权得到了进一步巩固。

　　第三项措施是建立官制和兵制。据藏文文献记载,松赞干布把地方行政与军事组织一致起来,实行吐蕃全境军事化。他把全境分为4个"茹"。"茹"译音为翼,四茹即四翼,是一种军事编制的名称。每个"茹"有2个"分茹",每个"分茹"有4个"千户",共有32个"千户",每个"千户"有兵万人;每个"分茹"设元帅1名,副将1名,判官1名。这些军官平时是地方行政官,即地方的首领,他们手里既有兵权,又有政权。在官制方面,除了地方官制与兵制相联系外,中央的官制有大相及副相,兵马都元帅、副元帅等人。大相下属分为内政、农业、刑部、外务和财政各大臣。事无巨细,都要通过大相才能定。可见吐蕃这一时期的中央官制,已经十分完善。

　　第四项措施是制定法律。松赞干布共制定了法律六大部则。在六大法律中,可以看出明确保护了私有制,规定了各阶层的社会地位和农牧主的统治特权。松赞干布所制定的刑法，绝大部分沿袭到以后的封建农奴制社会。

第五项措施是发展生产。松赞干布即位后，造册登记平民户口和耕地面积，将征服邻邦各族的田地分予平民耕种，使过去的无田奴隶有了耕地，成为农民，极大地调动了广大平民的生产积极性。松赞干布还采取"分富济贫"政策，把农田拨给平民开垦，一部分牲畜分配给平民饲养，王朝向他们征收赋税。这明显是封建所有制的萌芽。这种制度的建立，使贵族和平民之间的矛盾趋于缓和，促进了生产发展。

第六项措施是厘定规范了藏文。松赞干布派遣吞米·桑布扎等十几名富有才智的青年人到天竺留学，拜婆罗门"里敬嘎热"、班智达"天智狮子"等为师，学习梵文、声明论著、佛学和语言知识。吞米·桑布扎学成回来以后，根据藏族大众语言的实际需要，厘定了30个字母，4个韵母，5个前加字，10个后加字，2个再后字，3个上加字和4个下加字，撰写了《三十颂》、《音势论》等八部文字音韵学专著。吞米·桑布扎规范的新藏文一直沿用至今，它对藏族文化的发展与繁荣，对文明社会的建设起到了极其重要的作用。松赞干布亲自带头学习，大力提倡，还先后派遣许多青年人到天竺和汉地学习先进文化，同时邀请天竺和汉地的大学者协助吐蕃译注出书。从此，藏族历史进入了新的文明阶段。

在实行上述重大措施的同时，松赞干布向邻国泥婆罗请婚，迎娶赤尊公主。又于634年派遣使者向唐朝求婚，迎娶文成公主。这是松赞干布的联姻外交政策，也是藏汉关系见于史籍记载的开始。

650年，松赞干布去世。在他的一生中，结束了西藏的分裂局面，促进了吐蕃政治、经济、军事、文化、外交等方面的发展，建立同唐朝的友好往来，促使吐蕃社会得到进一步的发展。这一时期所建立的诸多制度、规定和措施，在历史上一直沿袭下来。松赞干布是一位杰出的政治家、军事家，对西藏的繁荣与发展做出了重大贡献。

汉藏友谊的使者文成公主

中国历史上，有不少以公主或宗室女下嫁番邦国王和亲的事例。唐太宗时期，文成公主远嫁吐蕃，便是和亲的典范。在她的影响下，汉藏两个民族间的友谊有了很大的发展。不畏艰险进藏的文成公主是西藏人民心目中的白度母。白度母是藏传佛教中至高无上的女神，是善良、美丽的化身。

就在大唐帝国日益兴盛强大的同时，西藏高原上的吐蕃王朝也崛起了。雄才大略的松赞干布建立了西藏历史上第一个统一的吐蕃王朝。这位年轻的王者看到突厥、吐谷浑等部落先后与大唐修好，就认为凭借自己的英名和实力，更应该得到大唐的青睐，甚至当上大唐的女婿。贞观十年（636年），唐太宗派遣使者冯德前往吐蕃，于是松赞干布顺势派遣使者携带贵重礼物随同冯德一起来到长安，向太宗致谢并求婚，不料却遭到拒绝。

接讯后，松赞干布又羞又怒，于贞观十二年（638年），亲率10万大军从玉树进入康巴，进攻大唐边城松洲（今四川松潘一带）。唐太宗立即派遣侯君集率领5万大军分四路急进西康，大败吐蕃于松洲城下。松赞干布只好俯首称臣，并对大唐的强盛赞叹不已。他在上书谢罪的同时，再一次向唐廷求婚。唐太宗经过一番考虑，决定答应他的请求，于是在宫中选定了一个通晓诗书的宗室之女，封她为文成公主。文成公主原是唐太宗一个远亲李姓王侯之女，时年15岁，长得端庄丰满，是一位顾及国家大局的女子。经过两个多月的准备，贞观十五年（641年）初春，一支盛大的送亲队伍，在礼部尚书江夏郡王李道宗的率领下，从长安出发，护送文成公主到吐蕃和亲。松赞干布也派禄东赞为专使前往唐朝迎亲，并决定于公主途经路上，建筑城寨以作纪念。

送亲队伍除了携带丰厚的嫁妆外，还带有大量的书籍、乐器、绢帛和种子；随行成员除文成公主陪嫁的侍婢外，还有一批文士、乐师和农技人员，几乎就是一个"文化访问团"和"农技队"。选择这些人是因为当时吐蕃已经击溃了吐谷浑，成为了大唐西南举足轻重的强邦。唐太宗深谋远虑，觉得只有对吐蕃加强笼络，才能保证大唐西南边陲的稳定，因此才对他们从经济和文化上给予协助，使吐蕃感激和追随大唐。文成公主实际上就是肩负着汉藏和睦的政治任务而远嫁，这支送亲队伍也是前去协助她完成这项使命的。

送亲队伍一路顶风冒雪，涉水翻山，艰苦跋涉。第二年，春暖花开的时候，文成公主一行到了黄河发源地河源。这里水草茂盛，牛羊成群，一改沿途风沙弥漫的荒凉景象，于是送亲队伍在这里作了数日的短暂休整。

这时，松赞干布亲自率领的大队迎亲人马也赶到河源。松赞干布一行见到大唐使臣江夏郡王李道宗纳头便拜。李道宗请出文成公主与松赞干布相见，这位驰骋高原的吐蕃王一见到中土的金枝玉叶，顿时为她而倾倒，只见文成公主身着华美的盛服，神态端庄，气度文雅，与原始质朴的吐蕃女子完全不同。而文成公主见到的松赞干布，虽然被高原的烈日和狂风塑造得黝黑而粗犷，但配上他高大健壮的身材和眉宇间流露出来的豪爽之气，显得十分威武，文成公主心中暗自庆幸，自己嫁了一个伟丈夫。

经过两年多时间、近2500公里的长途跋涉，文成公主终于在643年安全到达逻些（今拉萨）。她在送亲和迎亲的队伍前呼后拥中，威风八面地进入了逻些城。吐蕃人民闻讯欢腾雀跃，隆重庆祝。在李道宗的主持下，松赞干布与文成公主按照汉族的礼节，举行了盛大的婚礼，全逻些城的民众都为他们的婚礼歌舞庆贺。

文成公主入藏后，应松赞干布及其从泥婆罗迎娶的赤尊公主之请求，筹划在卧塘之上，为赤尊公主建一座寺庙，这就是后来的大昭寺；后公主又在卧措西北面沙滩上建了一座汉式的寺庙，即今天的小昭寺。这两座寺庙的建设过程都显示了公主的博学多才，她从设计到施工都出了许多主意，同时公主又招来唐朝工匠，参加这两次宏伟的建筑工程。646年，大昭寺工程破土动工，这一填土建寺的工程，是拉萨历史上第一大建筑工程。经过两年的施工，卧塘上终于矗立起一座宏伟的庙宇，这就是今日香火不绝的大昭寺。648年，小昭寺也建成，赤尊公主和文成公主所带来的佛像分别被安放在寺中。

文成公主是一位信佛的人，她跋山涉水携带佛像到西藏，本身就说明了她对佛教的虔诚。松赞干布大力推广佛教，在政治上，由于佛教的教义比吐蕃原先信奉的苯教更适合松赞干布的统治需要，他借助君权神授的思想，巩固王权，树立赞普的绝对权威。于是，他极力拥护文成公主提倡崇信佛教的主张。佛教主张轮回报应，善恶俱报，贫富贵贱，前世所定，君臣、百姓之位，乃前世积德多寡而成，并非人的意志能够改变等，为统治者宣扬等级不可逾越找到了理论依据。

正因为佛教有利于松赞干布的统治，所以在文成公主进藏后，他积极建造寺庙，前后建造了400余座庙宇。

大昭寺建成后，松赞干布又从唐朝及天竺、泥婆罗等地请来一批工匠造佛画像，与此同时，他迎请高僧到逻些设坛作法，并组织人员大量翻译佛经。僧人来往和翻译佛经的工作，促进了吐蕃与唐朝及泥婆罗、天竺的交往与贸易。

文成公主到逻些后，把唐朝的先进生产技术和文化，传授给藏族同胞，对促进吐蕃社会进步起到了重要作用。

文成公主见西藏有许多湍急溪流，便令人在小河上安装碾磨，利用水力粉碎青稞，比吐蕃手工碾磨法先进。吐蕃人民很快接受了这种先进技术。松赞干布见这种技术对促进吐蕃经济发展有利，便向唐朝请来技工，广泛推广。

文成公主还和她的侍女一道，把先进的纺织及刺绣技术传授给藏族妇女，使西藏的纺织技术得到很大的改进。

贞观二十三年，唐太宗李世民驾崩，唐高宗继位。新任大唐天子授松赞干布为驸马都尉，封西海郡王；并且派特使送去大量的金银、绢帛、诗书、谷种，并特为文成公主送去了饰物和化妆品，以嘉勉她和亲吐蕃的功德。

松赞干布因之上书谢恩，并衷心表示："天子初即位，若臣下有不忠之心者，当勤兵赴国除讨。"并献上珠宝15种，请代置太宗灵前，以表哀思。唐高宗对松赞干布的忠心十分感动，又晋封他为賨王，更赐彩帛3000段。

650年，松赞干布去世，他的孙子即位为赞普。因赞普年幼，所以国事多由禄东赞一手掌握，家事则由文成公主操持。这时一切还算平稳。然而不久禄东赞也去世，他的儿子钦陵沿袭作了大伦。这时吐蕃与邻邦吐谷浑关系恶化，吐蕃上书向唐廷请求论断是非。而唐高宗迟迟不予裁决，钦陵按捺不住，起兵击溃了吐谷浑。不料这一举动却触犯了唐朝廷的威严，唐高宗认为在他还没有作出决定之前，吐蕃就擅动武力，简直不把大唐王朝放在眼里，因此在咸亨元年（671），派薛仁贵督师讨伐吐蕃。

谁知薛仁贵的军队在大非川一带被吐蕃军队打得一败涂地，从此吐蕃人不再臣服大唐，连年兴兵进犯大唐边境。唐廷派大军长驻洮河镇守，以防吐蕃军队的骚扰，双方陷入了敌对的状态。

从唐贞观十五年（641）初春，文成公主下嫁松赞干布开始，到唐高宗咸亨元年（671）薛仁贵率兵征伐吐蕃为止，整整30

年的岁月，由于文成公主的博学多能，对吐蕃的影响很大，不仅扩大了民族交流，还改善了唐朝与吐蕃的关系。可惜唐高宗不能善加利用，轻易挑动战争，造成了不可收拾的局面。

唐高宗永隆元年（680），文成公主在逻些病逝，享年54岁。当时唐朝与吐蕃战火未灭，唐廷特派使者前往祭奠，但也没能改善彼此的关系。吐蕃仍然为公主举行隆重的葬礼，并和松赞干布合葬于藏王墓中。据史书记载：在雅砻琼堡建造的三陵是松赞干布和文成公主及赤尊公主的合陵。由于文成公主深受吐蕃人民的热爱，她去世后，专门有较详细的记载。在藏文史料中，对于后妃丧葬事宜从未见过记载，唯文成公主例外。文成公主去世后，吐蕃人到处为她立庙设祠，与她前来的随员也一直受到丰厚的待遇。从古至今，文成公主的功绩不断被民歌、藏戏等赞扬，广泛流传于民间。可以看出，由于文成公主是汉藏人民友谊的使者，对西藏的经济、文化作出了不可磨灭的贡献，所以藏族人民给予她无限崇高的荣誉。

历史长廊唐蕃古道

在1300多年前开辟的唐蕃古道，是古今中外最艰难的路途之一。唐蕃古道，要纵穿平均海拔4000米以上的"世界屋脊"青藏高原，要翻越阿尼玛卿山、巴颜喀拉山、唐古拉山、念青唐古拉山等世界上海拔最高的几座山脉，要渡过黄河、长江、澜沧江、怒江源头等无数大小河溪，要越过上千公里人迹罕至的冻土荒原。

为和亲而开辟的唐蕃古道，是古代中原通向西藏的重要通道，它是汉藏人民政治、经济、文化交流的桥梁，从而使汉藏人民更加紧密地联系在一起。

唐蕃古道，从唐朝古都长安（今西安）为起点，经陕西、甘肃、青海到达吐蕃都城逻些，全程约3000公里。这条古道大致可以划分为东、西两段：其东段在唐境，由长安至鄯城（今青海省西宁）；西段在蕃域，由鄯城至逻些（今拉萨）。东段的路程与历史上"丝绸之路"南线的走向大体上是一致的。

唐蕃古道全程从东至西，可分为关中道、渭水道、河湟道、青海道、江河源道、山阴道和羌塘道。在这条千年古道上，曾经演绎过许多动人的故事，留下了诸多历史人文景观。

关中道，指从唐蕃古道的起点长安城，经咸阳、兴平、马嵬坡、扶风、凤翔至汧源（今陇县）的陇阪。当年文成公主和金城公主远嫁吐蕃的送亲队伍都是从长安城的开远门出发，西行15公里到三桥镇，这里便是秦始皇修筑的阿房宫遗址，过了咸阳到兴平县。公元709年金城公主远嫁吐蕃，唐中宗一直把干女儿送到离长安城50公里的临平县。《汉唐书》记载："景龙四年，中宗送金城公主入蕃，别于此，因改金城县，至德二年十月，改兴平县。"

马嵬坡镇，在唐代曾设马嵬驿。文成公主于公元641年经过马嵬驿时，这里只是一个平凡的驿站，但在114年之后，却发生了一件惊动中国的大事。那年，安禄山反叛，兵临长安城下，唐玄宗李隆基和爱妃杨玉环仓皇出逃。不料，在途经马嵬驿时发生兵变，护驾的将士认为天下大乱的罪魁祸首在于杨氏一门，于是乱刀砍杀宰相杨国忠，又逼玄宗赐死杨贵妃。72岁的唐玄宗陷入绝境，被迫让愤怒的乱兵缢死38岁的爱妃。

凤翔是先秦的故都，在唐肃宗时期又定为"西京"。肃宗李亨是唐玄宗的第三子。马嵬驿兵变刚结束，李亨以"太子于国难当头，应替父皇分担重任"为借口，留在陕、甘、宁一带安抚百姓。公元756年，即马嵬驿兵变的同年7月，李亨转战至甘肃灵武县，擅自宣布登基，并尊逃亡在成都的父亲为太上皇。757年，李亨又南下到凤翔，"改雍县为凤翔县，并治郭下。十二月，置凤翔府，号称西京。"

渭水道，指甘肃清水经天水、甘谷、武山、陇西、渭源至临洮。古道经清水向西南延伸，越过渭河到达历史名城天水。在中国远古传说中，有5位被载入史册的杰出祖先：有巢氏、燧人氏、伏羲氏、神农氏、轩辕氏。而智商最高的是伏羲氏，因为他发明了农具，还演绎出八卦的阴阳图，首创象形文字，制定历法，华夏文明开创于他的手中。伏羲氏传说生于成纪，即今天水以北的秦安县。而伏羲氏的同胞妹妹女娲，则被后人供奉在秦安县北部的陇城镇上。这陇城镇其实就是三国时期蜀将马谡失守的"街亭"。

而早于文成公主13年路过天水，去天竺取经的唐朝高僧玄奘，还留下自己的一篇笔记。这里《西游记》故事"遗迹"遍布各处，比如天水市西的二十里铺，就是当地老百姓认定的猪八戒娶媳妇的"高老庄"。

河湟道，指甘肃临洮经广河、临夏、民和、乐都至青海鄯城。

今天的临洮县，即唐代的狄道县。唐开元二年十月，吐蕃曾入侵狄道，并攻下渭源。玄宗派骁卫大将军裴元哲领军2万，赶到陇西郡与当地驻军将领薛纳共同讨伐。唐军于武阶驿大破吐蕃军，把吐蕃驱赶到了洮河以西。但在半个世纪之后，到了唐代宗宝应元年，唐朝经过"安史之乱"的折腾，已经像一个大病的老人。吐蕃乘其之危出兵猛攻，不但侵入了狄道，还侵占了陇山以西、渭河上游的大片土地，而且连长安城也曾被吐蕃攻破过。

唐朝后期的河州（今临夏），一直被吐蕃占领。到了唐宣宗大中年间（847～858年），河西沙洲人张议潮率民众起义，驱逐吐蕃占领军。甘肃各地起兵响应，远离本土的吐蕃军队纷纷瓦解。唐朝又收复河州。当时未撤走的吐蕃人便留居河州，并与羌、党项、吐谷浑等族人相互融合，逐渐形成了后来的甘肃藏族。13世纪中叶，随蒙古大军南下的阿拉伯军队被元朝政府遣散在河州。从此，河州便成为穆斯林的聚居地。今天的临夏市，还有周围的东乡族自治县、积石山保安族撒拉族自治县，以及永清、和政、广河、康乐诸县，成了西域穆斯林移民后裔的家园。

青海道，系古代吐谷浑部落的故土，指从青海的鄯城，经临羌（今湟源）、赤岭（今日月山）、尉迟川（今倒淌河）、青海湖至吐谷浑城（今都兰）。

离开古鄯城，出西关，踏上青藏高原一路西去。当年的文成公主到了赤岭山口，猛然看到天苍苍、野茫茫的地域，心中充满悲哀与痛苦。在民间流传着这样一段美丽的传说：1000多年前，文成公主奉命远嫁吐蕃。临行时，唐太宗赐她日月镜，说日后思念家乡，就拿出宝镜来看，家乡长安就会出现在你的眼前。文成公主千里跋涉，来到唐蕃分界地赤岭。公主思念起家乡父老，泪如泉涌，难以成行。然而，公主又想到自己和亲的重任，便将日月宝镜抛下赤岭，没想到那宝镜落地之时闪出一道金光，变成碧波万顷的青海湖。公主翻过赤岭继续西行，她的眼泪变成河，随她西流，变成有名的倒淌河。于是后人为了纪念这位伟大的公主，就把赤岭改为日月山。

江河源道，指暖泉驿（今温泉乡）经玛多、黄河沿（今黄河大桥）、巴颜喀拉山口、众龙驿（今清水河乡）、牦牛河（今通天河）、列驿（今结隆），到截支川（今子曲河谷）。

玛多附近的鄂陵湖，在1300年前，曾经建过"柏海行馆"。松赞干布和文成公主分别从数千里之外的逻些和长安，历尽艰辛，跋涉而来，在"柏海行馆"相会。"柏海"即两湖（鄂陵湖、扎陵湖）。

山阴道，指从澜沧江进入唐古拉山的古道。古道从结古镇（今玉树州府所在地）经巴塘、长拉山口、大月河（今扎曲）、杂多、乞量宁水（今当曲），到达查午拉山口。

距结古镇20公里的巴塘贝纳沟，有一处险峻的大峡谷。峡谷边的大山上，矗立着一座藏式风格的文成公主庙。庙共3层，高9.6米，建筑面积600多平方米。庙四周所有的悬崖和面积较大的石头上，都刻着藏经。1300多年来，这里香火不曾间断，酥油灯昼夜常明，前来朝拜的藏汉族群众络绎不绝。其实，该庙供奉的主佛是大日如来，正规名称应该是"大日如来佛堂"。文成公主庙是百姓的叫法。民间传说，这大日如来佛和他两侧的8位菩萨是文成公主当年经过贝纳沟时，命当地工匠雕刻的。后来，金城公主又路过此地，见大佛露天而坐，色彩已被风雨剥蚀，便让人加盖大殿为佛遮雨。但进入距贝纳沟约8公里的勒巴沟之后，文成公主的石刻像却出其不意地出现在野山的石崖上。该石刻像被人称作《松赞干布礼服图》，制作年代当在松赞干布至赤松德赞时期。

羌塘道，即翻越念青唐古拉山，进入吐蕃都城逻些的最后通道。古道走向从大速水桥（今索曲），经野马驿（今白雄附近）、阁川驿（今那曲附近）、汤罗叶遗山（念青唐古拉山）、农歌驿（今羊八井以北），到达逻些。

从野马驿到聂荣后，便再无险阻，直接可到阁川驿。从那曲南下经过350公里的坦途可达拉萨，北上750多公里到格尔木，那曲是藏北的交通枢纽，早在唐朝，这里就设立了阁川驿。只要唐朝天子的使臣来到阁川驿，赞普都会派大臣在这里迎接。

我们走在布达拉宫达松格廊道时，可以在墙壁上看到有关唐蕃古道的一系列历史壁画。先是古都长安的简易图，再是禄东赞受松赞干布求婚之重托，发挥超人的智慧，5次破解难题的情景，随后是文成公主入藏途中的故事和抵达逻些后受到隆重欢迎的场面。而在措木钦厦的东壁上，则绘制了金城公主入藏途中的场景。

公元 680 年文成公主病逝，吐蕃再次向唐朝求亲。这位新即位的赞普颇为精明，竟然直接点名要武则天的爱女太平公主。武则天"乃为立太平观，以公主为观主以拒之"。谁知吐蕃赞普杜松芒波杰十分诚挚，在唐高宗死后，武则天登基为女皇的长安三年（703 年），再次"遣使献马千匹，金二千两，以表求婚"。这次武则天松口了，但这回充当远嫁新娘的不是太平公主，因为她已经出阁。谁知这位赞普还没有等到来自大唐的喜报，就在与泥婆罗（今尼泊尔）的战争中阵亡。又过了一年，武则天年迈退位，她的儿子唐中宗李显再次登基。这时，新赞普赤德祖丹为了借唐朝的支持来稳定国内局势，再次求婚。当时中宗为了安定边疆，减少兵役，便痛快地答应了婚事。先宣布将雍王李宗礼的女儿收为养女，再赐封为金城公主，然后下诏许嫁给吐蕃赞普。

景龙三年（709 年）十一月，吐蕃大臣赞咄率领上千人马，到长安接迎公主。第二年（710 年）一月，金城公主远嫁的队伍出发了。中宗不但派左骁卫大将军杨矩担任护送使臣，他本人还亲自送行到始平县（今兴平）。这便是唐朝和吐蕃的第二次和亲，时为文成公主嫁到吐蕃之后的第七十个年头。

金城公主颇有政治才能，她入藏后，曾利用吐蕃王妃及大唐公主的特殊身份，多次介入唐蕃之间的战事。在她的努力斡旋下，先后促成了唐蕃之间的"河源议界"和"赤岭定界"。在《旧唐书》中就有这样一段记载说："金城公主上言，请以今年（开元十一年）元月一日树碑于赤岭（日月山），定蕃汉界，"赤德祖丹在给唐玄宗的奏折中称："外甥是先皇帝舅宿亲，又蒙降金城公主逐和同为一家，天下百姓，普皆安乐。"这生动地说明唐朝与吐蕃亲密的政治关系。金城公主入藏两年之后，生下了一个孩子，他就是后来著名的赞普赤松德赞。

在大昭寺门前矗立着一块石碑，顶部是盘龙的石刻，这就是有名的"唐蕃会盟"石碑。石碑的两面，分别以汉藏文字，记录了签署于823年的唐蕃关系正常化的盟约。

这已经是唐蕃之间的第八次，也是最后一次和盟，而且惟有此次谈判比较隆重。和盟之初，先是吐蕃赞普赤热巴坚于821年派大相伦纳罗到长安请和，随即在长安西王会寺举行会盟典礼。唐朝的3位宰相、各部尚书及京兆尹都参加了谈判。822年4月，唐朝任命的谈判大使刘元鼎抵达逻些，与僧相钵阐布和大相尚绮心儿举行和盟谈判。5月6日在逻些设坛，由僧相钵阐布宣布盟文和誓言。823年，立唐蕃会盟碑于大昭寺前。

这次和盟是在双方势力都已经极度虚弱，无力再相互用兵的情况下签署的。树立和盟碑23年之后，吐蕃末代赞普朗达玛遇刺身亡，随即吐蕃王朝崩溃，形成分裂局面。在吐蕃灭亡之后不到半个世纪，大唐帝国也宣告覆灭，中原陷入了五代十国割据的状态。

虽然这一对既和盟、和亲，又互相征战、侵扰的王朝都相继消亡了，但它们共同创造的中国多民族融洽、统一的基础却已打牢。在唐以前，吐蕃与内地绝少往来。吐蕃兴起，统一群羌广大地区，且进而兼并吐谷浑、党项，使中国辽阔的西部和西南边陲首次出现了统一局面。而唐朝和吐蕃扩张的领土接壤之后，虽然双方战火不断，但多数是发生在边境地区的局部战事。而且在唐朝和吐蕃王朝交往的200余年中，一直没有间断过以联姻、结盟、通商、互市等方式来促进双方的交往。据统计，在整个吐蕃王朝时期，唐蕃使臣往来共290次。其中唐使入蕃100余次，蕃使来唐180余次，所有这些交往都是通过唐蕃古道进行的。

心灵天堂香巴拉

香巴拉，又译为"香格里拉"，藏语意为"极世乐园"。"香巴拉"的概念来自佛教，即大乘佛教认为的彼岸世界。

藏文典籍中，对香巴拉有这样的描述：香巴拉是人类向往的圣地，位于雪山中央，地形浑圆，雪山环绕，状如八瓣莲花，每瓣有河流贯穿其间，中央有大雪山，如莲花之蕊。整个国土恰如一个曼妙优美的曼陀罗。从白雪皑皑的山顶到山脚下的森林，生长着各种鲜花和药草，大小湖泊星罗棋布，青草茂盛，绿树成荫，有许多修行圣地。耸立在山顶的是富丽堂皇的迦罗波王宫殿。这里物产丰富，人民安居乐业，从王臣权贵到庶民百姓，都虔诚信佛法，供养三宝。这里的人们不执、不迷、无欲；没有贫穷，也没有困苦；没有疾病，也没有死亡；没有嫉恨与仇杀，也没有人与人之间的尔虞我诈。人的寿命以千年来计算，想活多少年，就可以活多少年。无论国王还是平民，每一个都是道行极高的时轮密法修行人,都依照佛法培养慈悲心,开发自心,因而具足智慧。

"香格里拉"在英语中是"世外桃源"的意思。在藏语中则称为"心中的日月",象征着一种人神共在、人与自然和谐共生的美好境界。它曾是第二次世界大战后盛极一时的名词效应。以此为名的歌曲、饭店、酒店、旅游景点应运而生,经久不衰。香港实业家郭鹤年以"香格里拉"为名创办了酒店集团,冠名"香格里拉"的高级酒店遍布世界各地。

有关"香格里拉",曾流传着一个动人的故事。

1933年,英国作家詹姆斯·希尔顿写了一部风靡世界的小说《消失的地平线》。小说描写美国驻南亚某国领事馆康威等4位官员在飞行中被劫持到喜马拉雅山东北麓一个遥远而神秘的地方。那里雪山环绕,鲜花遍地,牛羊成群,有茂密的原始森林和幽深的大峡谷,谷地之间景色秀美,物产丰饶,宁静和谐。作者将这片世外桃源称作"香格里拉"(SANGYILA)。书中描写的故事和自然景象,深深地打动了全世界的读者,使香格里拉声名远扬,成为和平、永恒的象征。

香巴拉作为藏传佛教信仰的人间净土,原本只是一个理想世界的隐喻。许多虔诚的信徒都相信,香巴拉肯定存在于雪域高原的某处,有缘的人能够找到它的入口。其实,早在《消失的地平线》出版以前,20世纪法国著名的东方学家、汉学家、探险家、藏学家亚历山大莉娅·大卫·妮尔在1921年6月,在义子庸登喇嘛的陪同下,化装进入西藏腹地。后来她写了《一个巴黎女子的拉萨历险》这部著名的作品。书中记述了她入藏探险经过竹卡山时,和她的义子一起坠入了香格里拉秘道,目睹了香巴拉王国的风采。

数十年来,寻访"香格里拉"的行动一直在进行,号称是"香格里拉"地区有位于喜马拉雅山脉下的印度巴尔蒂斯坦小镇和尼泊尔的木斯塘镇,前者每年旅游收入高达7亿多美元。

但是,"香格里拉"究竟在何方,半个世纪以来一直众说纷纭。无数探险家四处寻找消失在地平线上的"香格里拉",但所见的景物都与书中所描写的景致不尽一致。

云南的中甸、四川的稻城等地,为"香格里拉"之名争了大半个世纪,直到2001年12月,经国务院批准,中甸县更名为香格里拉县。

21世纪初,人们以云南的香格里拉、四川的稻城为中心视线向更广阔的领域延展,搜索到这样一片疆域,这里不仅有相似的美景,而且拥有和谐的人文。由此,涉及到西藏的昌都、林芝,四川的甘孜、阿坝、凉山,云南的大理、丽江、迪庆等8个地市州,是一个名副其实的"大香格里拉"地域。

多年来,我在许多地方书店都没买到《消失的地平线》这本书。2010年初夏,我在拉萨的一次聚会时,谈论起"香格里拉"的话题。第二天,最高人民检察院援藏干部、时任西藏自治区人民检察院副检察长的罗庆东知道我在找这本书时,就送了我一本崭新的《消失的地平线》。连夜阅读后,我想藏民心目中的香巴拉其实并不遥远。藏西、藏南、藏东南等许多地方都有书中描绘的自然景色以及和谐的人文世界。如我们所熟悉的"西藏江南"林芝,藏语意为"太阳的宝库"。那里雪山环绕,到处是苍郁的原始森林，大江横流，湖泊星罗棋布，多彩多姿，处处洋溢着仙气与灵性。

　　我又想起西藏那首十分优美的歌曲："有一个美丽的地方，人们都把它向往。那里四季常青，那里鸟语花香，那里没有痛苦。那里没有悲伤，它的名字叫香巴拉。传说是神仙居住的地方，香巴拉并不遥远，它就是我们美丽的家乡。"西藏人把自己的家乡叫作香巴拉——神仙居住的地方。

第二章　佛国奇观

西藏自古以来就被称为佛教圣地。由于历代中央王朝和西藏地方统治者的大力扶持，佛教在西藏不仅成为在思想领域占统治地位的宗教，而且作为一种雄厚的经济势力和强大的政治势力，对西藏的历史、文化、政治制度、经济生活、风俗习惯等各方面都产生了深刻的影响。藏族的哲学思想、历史传说、文学、艺术、社会风尚等都与宗教意识密切关联。诸如语言文字、历史典籍、政治法规、文学著作、音乐、舞蹈、戏剧、绘画、雕塑、建筑等，无不沾染浓郁的宗教色彩。宗教意识和宗教活动在藏人日常生活中占据着重要地位，影响着人们衣食住行、生老病死的各个方面。

藏族是一个对神灵充满敬畏的民族。藏族人民对大自然抱有某种希冀和祈求，并加以崇拜，逐渐地产生了原始的自然宗教——苯教。苯教是一种万物有灵的信仰，所崇拜的对象包括天、地、日、月、星辰、雷电、冰雹、山川、陵谷、土石、草木、禽兽等自然物。苯教可以说是泛灵信仰在藏区的地方形式。苯教认为宇宙分为3层境界，最高层是天神居住的地方，中层是人居住的地方，下层是妖魔鬼怪居住的区域。天神、人、魔鬼各自处于相互联系又独立的方格之中。天神、人、魔鬼之间相互联系，也存在诸多矛盾，而矛盾的解决都要借助苯教巫师的力量。巫师称为"本波"，既能近神，同时又能役使精灵鬼怪，常以神的代言人的面目出现，并逐步发展为护持国政，可谓位高权重。而长期把持巫师之位的贵族常常为了自己的利益而公然向王室挑衅。因此，从松赞干布时期开始，传入不久的佛教即受到王室的扶持。赤松德赞即位后，全面尊崇佛教。苯教虽与佛教进行过长期斗争，但终因失去统治者的支持，又抵不过佛教庞大精密的唯心主义思想体系，最终退出西藏的政治舞台，演变为一种民间信仰，在西藏偏僻地区流传。和平解放前后，西藏各地苯教的大小寺庙只剩30多个。

西藏历史人文丰富独特，藏传佛教为其精要。宗教成了西藏社会文化发展中最重要的因素。

在西藏，人们可以千里迢迢磕着等身长头前赴拉萨，目的是看一眼大昭寺中文成公主带进藏的真佛，并给佛殿中的酥油灯盏添一砣酥油；人们可以把辛劳一世积攒的财物无偿地献给寺庙，那是对佛的虔诚至爱。

在拉萨的大街小巷，到处可以看到佛经的木刻印本，佛祖、菩萨的塑像和佛龛，以及画有各类菩萨的唐卡。至于人们手中转动的转经筒、佛珠，屋顶上随风飘扬的五彩经幡，山坡田野间的玛尼堆，人们不断默念的"唵嘛呢叭咪吽"六字真言等等，也都是常见的佛教景观。

独具民族特色的藏传佛教

佛教与基督教、伊斯兰教并列为世界三大宗教之一。佛教起源于古印度（天竺），相传公元前6世纪由北天竺迦毗罗卫国（今尼泊尔境内）净饭王的长子乔达摩·悉达多所创立，距今已有2500多年的历史。悉达多传说生于公元前565年，圆寂于公元前485年，活了大约80年，大致与我国的孔子同一时代。因他是释迦族人，所以后来他的弟子又尊称他为释迦牟尼，意为释迦的圣人。

佛教是在古印度处于奴隶社会制度，社会极为动荡的历史条件下产生的。当时身为小邦王子的悉达多不满印度社会婆罗门的独尊地位和种族制度，产生了消极厌世的念头，不愿继承王位，便外出寻道，闭居山林静坐。经过多年的冥思苦想，一天他坐在一棵毕钵罗树（后称为菩提树，"菩提"就是"觉悟"的意思）下，终于悟出了所谓的解脱苦难之道。他宣布自己成为佛了，又到中天竺各地进行传教活动，进而组成僧侣集团，逐渐形成了佛教。

佛教的教义是一个相当庞大、精细的唯心主义体系。"四谛"是佛教的基本教义之一，据称是释迦牟尼最初说教的内容。"四谛"即苦谛、集谛、灭谛、道谛。"谛"是真理的意思。

所谓"苦谛"就是说人世间一切都是苦的;"集谛"则指造成世间人生极其痛苦的原因;"灭谛"表示作为佛教最后理想的无苦涅槃;要达到这种理想境界,就必须修道,这就是"道谛"。佛教所说的"道"就是涅槃之道,意为寂灭、圆寂、无为、安乐、解脱等,实际就是死的化名。四谛之中,苦、灭二谛尤为重要。人生最苦,涅槃最乐,这就是佛教的基本思想。

佛教最基本的规则是因果关系。佛教在进一步分析苦难和造成苦难的原因时,提出了"十二因缘"说。佛教经典又把"十二因缘说"解释为"三世因果报应"说,宣扬人们在社会中所处的地位和各种遭遇,都是自己前世所作"善业"或"恶业"的结果,是早就注定了的,无法改变的。根据"因果报应",佛教又提出"轮回"的说教。"轮回"的原意是"流转"的意思。人若做了善事(指信佛等),死后就可升入天界。人若做了坏事(指不信佛,不安于自己的命运,触犯了他人的利益等),死后就会变成畜生、饿鬼或坠入地狱。

释迦牟尼涅槃后百余年,僧团因传承和见解不同,发生分裂,形成部派佛教(上摩部和大众部等)。公元前1世纪,从部派佛教大众部中产生了"大乘佛教",把以前的佛教称为小乘佛教。大乘宣称是"普度众生"的,说小乘是只管自己修行得道当"罗汉",不管别人,所以很不可取。

公元3世纪,大乘佛教中又有"空宗"和"有宗"的不同派别。空宗(又称中观宗)宣扬"一切皆空"的教义;有宗又称"瑜伽宗",宣扬"万法唯识"的教义,认为一切客观事物都是佛性的表现。

传说龙树是大乘佛教的祖师,他不仅创立了大乘空宗,还把佛教的某些教义和婆罗门教的某些教义、仪式相结合,创立了"密宗"(或称"密教")。后称密宗以外的教派为"显宗"(或称"显教")。所谓密宗,主张秘密传教,由一人直接传授给另一个人,有巫术和烦琐的宗教仪式。

孔雀王朝时期(约公元前324～185年),佛教被定为印度的国教。佛教由此便逐渐向亚洲其他各国传播。南从印度传到斯里兰卡、缅甸、泰国、柬埔寨、老挝等国,北经帕米尔高原,在公元前后传入中国,再由中国传入朝鲜、日本、越南等国。南传教以小乘佛教为主,北传教以大乘佛教为主,以后佛教便一步步地发展成为世界性的宗教。但在印度,中世纪后佛教便逐渐为印度教融化,到13世纪就衰落了。

西藏的佛教是在公元7世纪,同时由中原和印度、尼泊尔传入的。由中原传入的主要是大乘佛教,由印度、尼泊尔传入的主要是密教。佛教传入西藏后,曾经为苯教所不容。佛教和苯教进行了长期的斗争,后来终于战胜了苯教,同时也融合了苯教的一些教义、神祇和仪式,并形成了自己浓厚的地方特色。这种带有地方民族特色的佛教,被称为"藏传佛教"。佛教正式在西藏流传是7世纪中叶,吐蕃王朝松赞干布在位时期。松赞干布先娶尼泊尔国王盎输伐摩的女儿赤尊公主为妃,后又与唐朝通好,并娶文成公主为妃。盎输伐摩是笃信佛教的,唐太宗也是支持佛教的,赤尊公主和文成公主亦都是虔诚的佛教徒,两人都带了佛像、佛经去西藏。松赞干布在两位公主的影响下皈依佛教,开始兴建寺庙,翻译佛经。

到8世纪后期，赤松德赞继位，大兴佛法，使佛教有了很大的发展。到9世纪初，赤祖德赞继位后，翻译了大量的佛教经典，同时下令每7户平民赡供1名僧人。从赤松德赞在位到赤祖德赞在位的80多年，佛教在西藏空前繁荣，这一时期藏文史籍称为西藏佛教的"前弘期"。佛教徒将松赞干布、赤松德赞、赤祖德赞并称为祖孙三法王。9世纪中期，朗达玛登上赞普宝座，在他执政的6年里（841～846年），执行灭佛政策，在西藏历史上叫做"毁法时期"。随后100多年里，佛教趋于衰落。

10世纪，由西康、青海、阿里等地逐渐将佛教戒律传回卫藏地区，并从印度迎请佛教大师阿底峡进藏，传授显宗教理，兼及密宗，使佛教逐渐开始在西藏复兴。佛教由此再次在藏区全面兴盛，并发展成独具藏族民族特色的藏传佛教，藏文史籍称这一时期为佛教的"后弘期"。1056年，阿底峡的弟子仲敦巴创建热振寺，以该寺为基础逐步形成噶当派。从11世纪开始陆续形成各种支派，到15世纪初格鲁派的形成，藏传佛教的派别分支才最终定型，主要有宁玛派、噶当派、萨迦派、噶举派等前期四大派和后期的格鲁派。格鲁派是在原噶当派基础上发展起来的，后噶当派则并入了格鲁派。

格鲁派，"格鲁"意为"善律"，以教戒严格、教律严明和教义完善著称。因该派僧侣穿戴黄色衣帽，曾俗称为黄教。

格鲁派的创始人宗喀巴出生于青海省湟中县塔尔寺一带，16岁入藏。他对西藏佛教各教派的教义教法，兼收并蓄，集其大成，同时对藏传显宗密宗进行了全面整顿。针对当时各教派戒律松弛、教风败坏的问题，提出了一整套严格的清规戒律，要求僧侣必须严格遵守，严戒僧侣娶妻生子、干涉俗务，必须常住寺院，严格划分僧俗界限。1409年，宗喀巴始创大祈愿法会于拉萨大昭寺，这就是流传至今的传召大法会。同年修建甘丹寺。由此，以甘丹寺为主道场的格鲁派正式形成。1416年，命弟子降央曲杰在拉萨西部修建哲蚌寺，1418年，其弟子强钦曲杰在拉萨北部修建色拉寺。拉萨三大寺的建立奠定了格鲁派坚实的基础。

格鲁派是藏传佛教中最后兴起的一个大教派，不但迅速成为藏传佛教的主流，而且逐渐成为执掌西藏地方政权的教派，在西藏社会和文化的发展中占有举足轻重的重要地位。明嘉靖二十一年（1542年），格鲁派开始采用活佛转世制度，至清代，正式形成了达赖和班禅两大活佛转世系统。至今，格鲁派依然是藏传佛教中最主要的教派。

宗喀巴是藏传佛教的重要思想家和改革家，是格鲁派的祖师，对佛学的显密两教都有高深的造诣。他针对当时上层僧人不仅直接参与政治、经济权力的角逐，而且生活腐朽堕落，在社会上逐渐失去民心的状况，到处讲经说法，著书立说，抨击僧人的腐败，积极推进西藏佛教改革。1419年12月25日，宗喀巴在甘丹寺圆寂，享年62岁。宗喀巴一生著书18卷，主要有《菩提道次第广论》、《密宗道次第广论》、《缘起赞》、《中观子正文之注释》和《公义和不公义精要》等。藏传佛教尊奉他为文殊菩萨化身，西藏各地的寺庙常供宗喀巴三师徒像。

藏传佛教是中国佛教的一个重要支派，也是当今世界佛教三大系统之一。藏传佛教最初主要在西藏、青海、内蒙古等地区生活的几个民族中传播，在不丹、尼泊尔、蒙古等国家和印度锡金地区也有流传，近现代逐渐传播至欧美的许多国家。

藏传佛教除了具有佛教思想的一般共性之外，还具有不同于印度佛教和汉地佛教的许多自身特点，概括起来主要体现在以下四个方面。

一是融合了原始苯教的思想内容。印度大乘密教在传入西藏时，为了尽快立足，利用某些内容与苯教的传统巫术咒语相似的有利条件，从苯教中吸取了占卜、历算、祈福、禳灾等术以及"火祭"一类的宗教仪式。藏传佛教发明的转经轮，也是佛教神秘主义与苯教巫术结合的产物。藏传佛教各派（除格鲁派以外）大都允许僧侣娶妻生子，从事寺外职业，与家庭保持联系，这一点与苯教的巫师相似。藏传佛教密宗以"欢喜佛"为本尊佛，提倡修"方便行"，这些都与苯教相近而与汉地佛教迥异。

二是兼容并蓄的教义教法。藏传佛教以大、小乘兼容而以大乘为主，大乘中显密共修，先显后密，并以瑜伽密为最高修行次第形成藏密。显宗和密宗是佛教的两大流派。汉地佛教显、密二宗互相对立，互不通融。藏传佛教则显密兼修，以密为主。宗喀巴在创教时阐明了先显后密的修习次第，从而融合了两宗之间的关系。藏传佛教的基本教义是，为了让灵魂摆脱轮回转生之苦，求得解脱，必须抛弃一切人间的欢乐，严守教规、诵咒祈福、苦苦修行。这里既包含了显宗的理论，也包括了密宗的主张。

三是宗教与政治紧密结合。政教合一是藏传佛教最显著的特点之一。由于实行政教合一制度，藏传佛教掌握着各级政权、教育权、文化领导权等各项权力，因此，藏传佛教与政治便紧密地结合在一起。他们宣传"神佛为一"，将神、佛和世俗统治者合而为一，即把一些统治者说成是"佛"的化身，死后灵魂不灭，轮回"转世"。这些被称作"活佛"者圆寂后，寺院上层通过占卜、降神等仪式，寻觅在他圆寂时出生的若干婴童，从中选定一个灵童作为他的转世，迎入寺中，继承他的宗教地位。这种政治领袖和宗教领袖合二为一的活佛转世制是藏传佛教所特有的。

　　四是宗教思想渗透于文化和生活的各个领域。由于藏传佛教占据着统治地位，因而当地的文化教育以及文学、艺术、自然科学乃至生活习俗等都深受其宗教思想的影响。以宗教经法为主要内容的寺庙教育垄断了文化教育。一切哲学、历史、文学、艺术、地理、天文、历算、医药等文化知识都包含在藏传佛教的经典书籍之中，渗透着佛理佛事，具有浓厚的宗教色彩。

　　佛教文化与藏族本土文化的结合，对西藏文化发展起到了一定的促进作用。闻名中外的藏文大藏经，以及传记、道歌、赞诗、小说等大量文学作品，还有医药、星算、建筑等方面的书籍也应运而生。

　　宗教传入，建立寺庙，画佛像，雕刻本尊菩萨，无形中促进了建筑、绘画、雕刻等艺术的发展。聪慧的藏族人民又从佛教中汲取了医药、历法等科学知识，创立了独具一格的藏医和藏族天文历法。总之，佛教的传播，给西藏人民留下了一笔宝贵的文化遗产。

达赖班禅与活佛转世

"活佛"是藏传佛教发展到一定历史阶段的产物，也是西藏高原这块神奇的雪域之地培育出的一种独特的宗教文化现象。时至今日，"活佛"依然是藏传佛教中最主要的宗教神职人员，他们扮演着不可替代的重要角色，在广大信教群众中享有至高无上的宗教地位。至于其称谓在汉文中写作"活佛"，从字面上看，这一称谓并不十分准确，因为在藏文中，其本意是指"转世尊者"，而且"活佛"在藏语中有多种不同的尊称，常用的有"朱古"、"喇嘛"、"仁波切"等。

"活佛转世"是藏传佛教特有的一种传承方式，也是藏传佛教主要特色之一。它是寺庙集团为了解决其宗教首领继承问题，以灵魂转世说为依据，以寺庙经济关系为基础而产生出来的一种宗教制度。

活佛转世，藏语称为"朱古"，意为"化身"。所谓活佛转世大体上是这样的：一个活佛圆寂之后，即按照他生前提供的线索，去寻找他的转世灵童，然后依照一定的宗教仪式加以确认，使之正式成为该活佛的继承人。

活佛转世制度始创于噶玛噶举派。1193年，藏传佛教噶玛噶举派创始人都松钦巴大师，临终时口嘱他将会转世，后人遵循大师遗言寻找并认定转世灵童，从而开创了藏传佛教活佛转世之先河。此后，活佛转世这一创新的宗教文化相继被藏传佛教各宗派普遍采用，并在长期的发展过程中逐步形成了活佛转世制度。但真正广泛地在西藏各寺庙沿袭相承，则是格鲁派寺庙集团形成以后的事情。

15世纪初，宗喀巴对佛教进行改革，创立了格鲁派，为巩固和发展以独立经济为基础的寺庙集团，格鲁派广泛采用了活佛转世制度。宗喀巴的弟子根敦珠巴的继承人、哲蚌寺的法台根敦嘉措去世后，根据宗喀巴以前的遗嘱，格鲁派在1546年找来了年仅3岁的索南嘉措作为根敦嘉措的"转世灵童"。这是格鲁派采用活佛转世制度的开始。1578年，蒙古土默特部落首领俺答汗赠予索南嘉措"圣识一切瓦齐尔达喇达赖喇嘛"的称号。由此格鲁派便追认根敦珠巴为一世达赖，根敦嘉措为二世达赖，索南嘉措便成了三世达赖，后转世相承十四世。

五世达赖之师罗桑曲吉坚赞是日喀则扎什伦布寺的住持，于1645年被固始汗赠予"班禅博克多"的名号。他圆寂后，五世达赖阿旺罗桑嘉措为他选定转世灵童，建立了格鲁派另一转世系统。后宗喀巴的另一位弟子凯朱结被追认为一世班禅，索南曲朗被追认为二世班禅，罗桑敦朱被追认为三世班禅，罗桑曲吉坚赞则为四世班禅，至今传十一世。

达赖和班禅转世制度的确立，标志着格鲁派寺庙集团已发展到了巩固的阶段。此后，格鲁派各大小寺庙，均效仿沿袭，普遍采用活佛转世制度以巩固和发展其经济利益和宗教特权。

每一个活佛转世系统，都有自己的"喇让"，即私邸和庄园等，其中聚集了大量的财富，一个转世灵童确定后，他的家属也就相应地上升为农奴主阶级。

活佛转世制度，是西藏政教合一僧侣贵族联合专政的社会政治制度的必然产物。宗教领主和世俗领主是西藏封建农奴制社会的两根台柱子，二者之间互为补充，互为依持，通过活佛转世制度这一纽带，把它们联系得更紧密了。重要的转世活佛大都出现在当权的农奴主、贵族之家。尽管活佛中也有转世在百姓家庭的，但当其跃登活佛宝座后，本人及家属均变成了农奴主。在宗教占统治地位的西藏社会里，活佛的地位是极其尊贵的。正因如此，活佛转世又成了各农奴主之间争权夺利、进行权利再分配的一种手段。三世达赖死在蒙古后，俺答汗的一个曾孙被确认为四世达赖，1705年拉藏汗废除六世达赖仓央嘉措，另立益西嘉措为六世达赖，就是蒙古族统治阶级和西藏统治阶级之间互相勾结和争夺权势的反映。九世达赖隆珠嘉措、十世达赖楚臣嘉措未亲政就暴亡，十一世达赖凯珠嘉措、十二世达赖成烈嘉措刚一亲政就暴亡，都表明了这种斗争愈演愈烈。

1792年，清乾隆皇帝派福康安平定了廓尔喀之乱后，制订了《钦定藏内善后章程》。章程中规定，以后达赖、班禅转世灵童的选择要经过皇帝特赐的金瓶掣签来决定。这是对活佛转世制度的一个肯定，又是对活佛转世制度的一个利用。利用金瓶掣签的办法来解决转世活佛的争执问题，提高清王室的威望，以巩固其在西藏的统治权力。

达赖和班禅是格鲁派的两大活佛。分别在前藏（拉萨地区）和后藏（日喀则地区）传教，其驻锡地分别为布达拉宫和扎什伦布寺。达赖喇嘛是蒙古语和藏语的合称。达赖是蒙古语，意为"大海"，喇嘛是藏语，意为"上师"。达赖喇嘛的含义，表示道德深广，犹如大海，无所不容，无所不能。

达赖喇嘛这个称号，始于1578年（明万历六年）。当时担任色拉寺第十三任赤巴的索南嘉措到青海、蒙古地区传教，劝蒙古土默特部首领俺答汗改奉藏传佛教。当时蒙古信仰萨满教，奉行夫死妻殉及宰杀大量驼马祭祀死者的习俗，索南嘉措劝导俺答汗废除这些残酷的风俗，他也因此得到蒙古人的敬仰，俺答汗赠予他"圣识一切瓦齐尔达喇达赖喇嘛"的尊号。该尊号原专指索南嘉措，后来格鲁派寺院僧团又追认索南嘉措的两位老师根敦珠巴和根敦嘉措分别为第一、第二世达赖喇嘛。从此，才有了"达赖喇嘛"之称。1652年（清顺治九年），五世达赖阿旺罗桑嘉措由西藏前往北京，朝见顺治皇帝。次年，返藏途中，顺治皇帝派人送去满、汉、蒙、藏四种文字的金册，封阿旺罗桑嘉措为"西天大善自在佛所领天下释教普通瓦赤喇怛喇达赖喇嘛"，此封号表明清承明制，其中"普通"就是"识一切"，即"一切智"，是对显宗方面有最高成就僧人的称号，"瓦赤喇怛喇"意为"执金刚"，是对在密宗方面有最高成就的僧人的称号。至此，达赖喇嘛这一封号及其在西藏的宗教地位，才正式宣布确定下来，而且以后每世达赖喇嘛的继承，都必须经中央政府批准。

班禅额尔德尼是梵语、藏语、满语的合称。"班"是梵语，

"禅"是藏语，二字合起来意为"大师"。"额尔德尼"是满语，意为"珍宝"，相当于藏语的"仁波切"，这是藏族信徒对活佛最亲切、最推崇的一种尊称。

班禅称号的出现，也有其历史原因。1641年（明崇祯十四年），进入青海的蒙古固始汗，应四世班禅和五世达赖的邀请，率蒙古军入藏，推翻了噶玛地方政权，帮助五世达赖建立了甘丹颇章地方政权。固始汗为了分散五世达赖在格鲁派僧团中的领导权势，巩固自己在西藏的政治统治，于1645年（顺治二年），赠予四世班禅"班禅博克多"的尊号。到了18世纪初，桑结嘉措与拉藏汗之间的矛盾日益激化。1705年（康熙四十四年），拉藏汗诛杀桑结嘉措，次年又废六世达赖仓央嘉措，另立益西嘉措为六世达赖，但三大寺喇嘛和青海诸蒙古汗不予承认，并极力表示反对。康熙为了安定人心，稳定西藏局势，加强对藏族地区的统治，于1713年（康熙五十二年）派员入藏，正式册封五世班禅罗桑益西为班禅额尔德尼，赐予满、汉、蒙、藏四种文字的金册，确定了他的宗教地位。以后，历世班禅亦必须经中央政府册封才算有效。

按照藏传佛教的解释，达赖是"欣然僧佛"（观世音菩萨）的化身；班禅是"月巴墨佛"（无量佛）的化身，在神的地位上班禅高于达赖。但在西藏，达赖在宗教上和政治上的实际地位和权力都是高于班禅的。

活佛转世的程序，起初比较简单，后来越来越复杂，特别是大活佛的转世，不仅手续繁多，还具有浓厚的神秘色彩，但主要是以活佛生前的预示和遗嘱为线索。活佛转世的"预言"，藏语称为"龙单"。有许多活佛在圆寂前，往往预示或遗嘱自己再生的地点，其形式是多种多样的：有遗嘱，有梦示，或者对某一地方的赞誉，委婉预示或以诗、书预示等，根据这个线索，通过占卜、降神、观圣湖等方式确定其下世活佛出生的方向，然后前往寻访转世灵童。这个过程往往时间很长，有的甚至要经历数年。对寻访到的若干幼童还要进行筛选，最后确定的转世灵童，要迎回寺庙，举行坐床仪式。

一般来讲，活佛转世需经过六道具体的程序。

一是寻访灵童。须在前世活佛圆寂 1 年后开始进行，其过程由各寺庙僧官执行。首先是确定灵童出生的方向、路程及地方特征等，然后由僧官们按照这些线索分路寻访。寻访的结果，有时只找到一位灵童，有时则找到两位或两位以上。

二是辨认器物。取前世活佛生前常用的最喜欢的器物，再取相同形状和数量的其他器物，将二者混在一起，然后让灵童辨认，如果灵童抓到的都是前世活佛生前所用的物品，就认为该灵童系前世活佛的转世。

三是降神询问。由活佛所在的寺庙请护法神"降神"，询问哪一位灵童是前世活佛转世。如果护法神答复的同辨认器物的结果一致，则该灵童便成为候选的转世灵童。

四是金瓶掣签。这个程序仅限于"达赖"与"班禅"两大活佛寺院转世灵童的认定，别的教派和寺庙不搞这个仪式。金瓶掣签是清乾隆皇帝于 1792 年颁布实施的，即辨认和降神的结果由驻藏大臣向清廷皇帝报告，如果仅一位候选灵童，则免于掣签，如果有两位或两位以上灵童，即把各位候选灵童的名字写在象牙签上，每人一签，均投入金瓶内，然后由喇嘛念上7天的"金瓶经"之后，由驻藏大臣从金瓶中掣出一签，定夺转世灵童，并禀报皇帝批准。

可是，有时也会出现这种情况：几名候选人被召集到拉萨，但其中一位转世灵童的呼声极高，已到他人无可争议的地步。如果是这样，大家公选这一位灵童而不用金瓶掣签。不过，自从乾隆皇帝颁令以来，有一条规矩获得了全藏的默认：达赖喇嘛不得具有强大的贵族家庭背景，必须来自卑微阶层。

五是批准继位。转世灵童经皇帝批准后才算是新一世达赖或班禅。清朝消亡后，达赖和班禅转世灵童仍延续由中央批准生效。

六是坐床典礼。坐床典礼的举行，标志着达赖、班禅活佛正式登位。举行坐床典礼，首先要向灵童宣布皇帝的批复，接着要请高僧大德予以披衣剃度，制定法名。达赖转世的剃度者一般为班禅大师。举行坐床典礼除钦差大臣外，通常有班禅、噶厦成员、三大寺代表、各大活佛、呼图克图等。此外，还有尼泊尔、克什米尔等邻近国家和地区的代表。

清朝实行的驻藏大臣主持金瓶掣签制度，把活佛转世置于中央集权的监督之下，使驻藏大臣的威望高于达赖、班禅，提高了驻藏大臣在西藏的地位。这表面上是为杜绝活佛转世中弄虚作假、徇私舞弊的现象，实际上则是由中央集权控制了主要活佛的转世，巧妙地将西藏地方神权和朝廷的权威结合起来，从而进一步维护了国家的统一。

现在许多活佛都很年轻，而且都有文化，思想也随着社会的进步而发展。有个活佛说过一句话：佛教"普度众生"，共产党"解放全人类"，目标一致，道路不同而已。有人问活佛：对苍蝇应该怎么办？活佛回答：按照佛教规定，苍蝇是苍生，不准杀生，但按科学的说法，苍蝇传播疾病，应当消灭。

金碧辉煌的寺庙

造物主的神奇功力使西藏目之所及都是画景：气势磅礴的冰峰雪山，蓝天白云下苍茫的草原，青草地上的牛群、羊群、牧羊犬、帐篷……而金碧辉煌的寺庙，又使得一方山水变得神圣无比。

在西藏，寺庙随处可见。在一些山背上，远远就可以看见闪着黄光的寺庙，飞动着五彩经幡或袅袅桑烟，感觉山是活的。西藏的寺庙大都是依山而建，以显示佛教之尊，悲悯天下。最著名的寺院建筑当属布达拉宫、大昭寺、哲蚌寺、甘丹寺、色拉寺、扎什伦布寺、桑耶寺、楚布寺、萨迦寺，还有昌珠寺、白居寺、托林寺、强巴林寺、噶玛寺等等。除了有名的大寺院以外，西藏还有许许多多中小寺庙，1737年，西藏地方政府向清政府理藩院申报时，有格鲁派寺庙3477座，僧侣30万。

西藏的寺庙气势非凡，一个主要原因是选址。绝大多数寺庙都依山或坡而建，随着山势坡度的起伏，寺庙内的建筑也高低起伏，错落有致。如布达拉宫从山脚到山顶，层层攀升，共有13层，从低处抬眼望去，必须仰首，山寺一体。如哲蚌寺，建筑面积达28万平方米。一些寺庙所占面积就是一座山，从远处眺望，简直就是一座城，方圆数十里之内，惟此建筑醒目，不能不让人产生气势非凡之感。

西藏寺庙富有气势的另一个原因是建筑的富丽堂皇。在主要的佛殿、灵塔殿上，一般都有巨大的鎏金铜瓦的金色的顶，在阳光的照耀下，金顶灿烂辉煌。在金顶的屋脊，装饰着铜鸟、宝瓶、金鹿法轮等，屋脊四角翘起，悬着随风而响的铜铃和铁板。除了金顶，一些建筑顶部还建有金阁、金亭。寺庙经堂门口，都设有装饰得非常精美的转经筒，不管是木制的、铜制的，还是皮制的，颇为壮观。殿堂之中，除了高大威严的佛像，四壁还绘满了各种佛像以及有关佛教的花纹、图案、壁画，殿内殿外还有许多与宗教有关的雕塑……

由于西藏各地自然条件的差异以及藏传佛教各教派的不同，各地的寺庙建筑风格也产生了一些差异，每座寺庙都有其特别的建筑。如山南的桑耶寺，是西藏最早的佛教寺庙，其建筑布局有别于其他寺庙，主殿居中，其他建筑绕主殿而建。萨迦寺是藏传佛教萨迦派的主寺，其椽木皆为整根圆木。而扎什伦布寺则有一座9层的喇嘛大食堂。总之，西藏的寺庙建筑规模宏大，制作精美，风格独特。

西藏自古被人们称为"小西天"，这是相对于印度的"西天"而言的。"西天"在我国神话中指的是佛、菩萨生活的地方，而佛教昌盛的西藏戴上"小西天"的桂冠，也是当之无愧的。西藏到处是雄伟壮丽的藏传佛教寺庙，所有的寺庙里酥油灯常年不灭，香烟缭绕，藏区虔诚的信徒千里迢迢磕着长头前往寺庙朝拜佛祖释迦牟尼，向佛前的酥油灯添加酥油，并将自己的财产，诚心地献给寺庙，表示对佛祖的赤诚。

寺庙是佛教信徒从事宗教活动的场所，也是弘扬佛教三宝的载体。佛教三宝，包括佛、法、僧。而佛、法、僧是构成佛教庞大体系的最重要的3种因素。"佛"是指已觉悟的人，特指佛教创始人释迦牟尼，也泛指普度众生的十方一切佛；"法"是指佛教正法，特指释迦牟尼所说的治贪欲等八万四千种烦恼的教法汇总；"僧"是指信奉佛陀教法的僧团，特指继承或宣扬佛教教义的出家僧众。

公元8世纪，赤松德赞继承前辈弘扬佛教的事业，经过5年的不懈努力，于778年完成了兴建桑耶寺的工程。从印度请来高僧菩提萨埵（又名寂护）和白玛迥乃（又名莲花生）为桑耶寺举行开光安坐仪式，并为7名藏族青年剃度并授比丘戒，史称"七觉士"。桑耶寺和藏族僧侣的出现，标志着佛教在雪域高原真正扎下根，也就是说佛教三宝被藏族信徒全面接受。从此，佛教三宝在西藏广为流传。目前，西藏是世界上少有的佛教沃土。这里有数不清的各类佛塔、浩如烟海的佛教典籍、富丽堂皇的寺院庙堂，以及庞大的僧侣集团。由于广大藏族信徒极为信仰和厚爱佛教三宝，才能使佛教在西藏长盛不衰。

佛教三宝在藏族信徒的心目中占据着无所不能的地位。通过对佛教三宝的修持，每个人的行为都具有佛教的慈悲为怀的精神，并有了自己独特的人生哲理：其一，在人的一生中会遇到许多风云不测的困境，要顺利摆脱这些困境，惟有乞求佛教三宝，别无选择；其二，人活在世上不能光顾自己的利益，还要关心别人，行善做好事，经过长期甚至几代人的积德，最后才能修成"佛果"，达到尽善尽美的境界。

佛、法、僧三位一体，三者缺一不可。佛教三宝中的"僧宝"是佛教三宝的基础，他们在宣传佛教经典的同时，还要帮助人们认识"佛宝"。所以，"僧宝"即僧侣在藏族信徒的心目中占有极其重要的位置，信徒们心甘情愿地供养僧侣，为他们创造了生存的良好环境。随着这种观念的进一步深化，上世纪60年代以前，在藏族社会中形成了一种风俗，凡是一家人若有两子，就有一子出家当僧侣，他们以出家当僧侣为荣耀。1959年民主改革时，察雅全县仅有3万余人，僧侣人数就占了6000，大小寺院126座。

拉萨三大寺（甘丹寺、哲蚌寺、色拉寺）是西藏最大的寺庙集团，是宗教界的最高权力机构，也是西藏政教合一的代表。三大寺僧人按规定哲蚌寺为7700人，色拉寺为5500人，甘丹寺为3300人。除班禅系统外，凡格鲁派有地位的喇嘛，自达赖以下，无不隶属于这些寺院。三大寺由喇吉、扎仓和康村三级管理机构组成。喇吉是全寺性的组织，扎仓是寺庙的中坚组织，康村是基层组织。喇吉的总领称"堪布赤巴"。成千上万僧侣的寺庙内真正能读经的人为数不多，其余多从事杂务活动、建筑、刻经、印经、绘画、雕塑、念咒、降神、打卦等。学经的僧人称"贝恰娃"，所能考取的最高学位是"格西"，获得格西资格的僧人可出任僧官，收授门徒，还可以升入上密院或下密院修习出宗。

上下密院是两个对等的密宗高级研习组织，比三大寺的密宗扎仓层次高。按规定，在上下密院修习的喇嘛，可以逐级升为上下密院的堪布，卸任后的堪布称为"堪苏"，上密院的堪苏可以升补为甘丹寺夏孜扎仓的法尊"夏孜曲杰"（东峰法尊之意），下密院的堪布可以升补为甘丹寺绛孜扎仓的法尊"绛孜曲杰"（北峰法尊之意）。而宗喀巴法位"甘丹赤巴"的继承人，则轮流由这两位法尊担任。寺庙内普通僧人一般称"扎巴"，"喇嘛"是对德高望重、学识渊博的僧人的专称。

西藏佛教寺庙集团占据着西藏大量的生产资料和社会财富，使寺庙成为西藏三大领主之一。据统计，民主改革前，全藏共有寺庙2700多座，占有耕地面积118.5万亩，为全藏耕地面积的39%，占有牧场400多个，占有农奴10多万人。属于寺庙上层喇嘛的"喇让"占有的财产数量最大，如功德林活佛就占有庄园50个，耕地1500亩，牧场3个，农奴数千人。哲蚌寺有大小活佛128人，他们也都有不同数量的"喇让"私产。

西藏佛教的广泛传播，使僧侣数量大得惊人，严重地阻碍了西藏人口的增长和社会生产力的发展。据西藏民主改革时期统计，全藏共有僧尼11.26万人，其中上层喇嘛4000多人。僧尼几乎占西藏总人口的十分之一，其中男性为僧的约占西藏男子总数的十分之四。这是导致西藏人口减少和社会生产力下降的主要原因。据1763年间的统计，西藏人口约为200万人（不包括昌都地区），但到民主改革前，已减少到87万人了（不包括昌都地区）。

宗教寺庙垄断了西藏的一切文化，西藏劳动人民长期在社会实践中创造出来的科学技术、文学艺术等，都蒙上了一层神秘的外衣。但在客观上，寺庙又保存了西藏大量的文化遗产，并刺激了西藏文化的发展。

难忘的玛尼堆和经幡

在西藏的山口、渡口、村口、山坡、山顶、桥头、草原、湖畔、河边、寺院、佛塔等处，常常见到由大小石块垒起的方形或圆锥形的石堆。这种石头藏语叫"玛尼"。"玛尼"是藏传佛教六字真言的简称，是藏传佛教最尊崇的一句咒语，反复念诵，可以消灾积德。这样的石堆通常称为玛尼堆。

玛尼堆藏语称为"多崩"，是"十万经石"之意。信徒们路过玛尼堆时按传统习惯，围绕玛尼堆转一圈，再添上一块石子，丢一颗石子就等于念诵了一遍经文。玛尼堆上悬挂着蓝、白、红、绿、黄5种颜色的幡旗，经幡随风摆动，每摆动一次就是向上天传递一遍经文。玛尼堆年复一年地增多增高，有的形成了小山，有的形成了玛尼墙，甚至是玛尼城。在西藏，只要有人走动的地方，必有玛尼堆。因为藏人要向各种神灵祈愿、祭祀，玛尼堆便是人间与天、地、神祇的连接点，成为人们对原始神灵的崇拜之地。

玛尼堆的组成形式各样，大致可归为两大类：一类是高约三四米的金字塔形石子堆，石堆上的石子普普通通，没有刻写任何图案文字，藏语中称它为"夺崩"；另一类则是在石块或卵石的石面刻上经文、图案，把那些刻好的石块堆积起来成为一道长长的墙体，这种玛尼墙在藏语中称为"绵档"。玛尼堆通常是善男信女们日积月累堆成的，玛尼墙则是由专门的工匠将刻有精美经文和图案的石块整齐地堆砌起来成为一道墙。这种墙一般高2米，宽约3米，长度则不限，有十几米，也有几十米甚至上百米长，犹如一条石刻艺术作品的长廊。

西藏东部的玛尼堆和玛尼石刻最负盛名。丁青县就有著名的根达多芒玛尼堆、阿南多芒玛尼堆、永仲巴日寺经石堆、玛尼多乃玛尼堆和崩杏玛尼堆等，尤其是号称"世界之最"的乃查姆玛尼堆，位于丁青县城以东50公里外，众多巨大的玛尼堆矗立在山谷旷野间，像一座座金字塔。在黑昌公路边上的类乌齐县巴夏区的黑松林，遗留了一片当年的玛尼石，上面所刻的佛像、护法神像颇具艺术品位，古典而高雅，其中6尊巨大的卵石上各刻有六字真言的一个字。

与昌都交界处的玉树玛尼城，是藏区最大的玛尼城，现已被列为国家一级文物保护单位。玉树玛尼城有一个足球场那么大，这个经过200多年发展形成的规模巨大的玛尼城，堆放着刻有经文的玛尼石1亿多块，而且每年还在不断增加。玛尼城像一座古老的城堡，它高10米，长宽都在百米以上。进"城"后是一道接一道的玛尼墙，狭窄的通道则是这座奇特"城市"

的街道，这些伸过来绕过去的街道，像是一条进入时光隧道的引线，一头牵绕着现实，一头引向尘封的过去。与玉树玛尼城交相辉映的是著名的巴格玛尼墙，其长达1.7公里，宽数米，犹如一座石头城矗立在青藏高原的天地之间。数以万计的玛尼石刻凿了全部的大藏经，还有许多佛教菩萨和高僧大德的造像，以及藏族文化精美的雕饰图案，这是一座藏传佛教的石刻艺术博物馆。

玛尼堆在西藏的起源应先于佛教的传入，它其实是西藏原始宗教苯教思想在形式上的张扬，其思想核心是向神膜拜和祈祷。苯教是一种万物有灵的宗教，倡导在山、水、林、路边，筑起玛尼堆，一是表示对神祇的敬畏；二是使其居有定所，不到处游动伤人；三是警示人们避让，以免冲撞神灵。

经幡，藏语称"隆达"，意为"风马"，也称风马旗、风马经幡；藏文大辞典解释为"气数"、"运气"，又称风旗。在西藏，无论在山口、江畔、山坡、河边、道旁、寺庙以及藏胞的房顶，随处可见印着经文的五彩经幡，在蓝天白云下随风飘扬。经幡每飘动一次，就是诵经一次，它们在不停地向神传递着人的愿望，祈求佛的庇护。

经幡有长有短，图案也各不相同。最长的经幡有3～5米，宽60厘米，上面印有佛经和鸟兽图案，颜色或红或白，一般挂在广场、寺庙前的经幡杆上。短的经幡一般为蓝、白、红、绿、黄五色的方形经幡，是我们常见的经幡，上面印有佛像、菩萨、护法、宝塔、曼荼罗、经文与六字真言，最普通的是宝马驮经图像。这些彩幡按照顺序一组组、一排排用绳子连在一起，高高地悬挂在山口、江畔、道旁和寺庙等显眼处。挂在居民房顶的经幡一般是无字幡,由上面 5 块蓝白红绿黄的幡条和下面一块单色镶边的主幡组成。

经幡的 5 种颜色象征自然界 5 种现象,其颜色都有固定的含义:蓝幡象征天空,白幡象征祥云,红幡象征火焰,黄幡象征大地,绿幡象征江河。

无字经幡常常挂在居民房顶,成了这所房子的家庭特殊象征。主幡的颜色代表了这个家庭中最尊敬的长者的生辰年号,或铁或土或木或火或水,铁年用白色,土年用黄色,木年用绿色,火年用红色,水年用蓝色。而主幡镶边的颜色也不能随意搭配,而必须符合藏历中关于生克学说中相生原理:主幡用蓝,镶边用白;主幡用绿,镶边用蓝;主幡用白,镶边用黄;主幡用红,镶边用绿;主幡用黄,镶边用红。

汉族历史上也有挂幡的记录,它是长方而下垂的旗子,最早用于军队标识,其后广泛用于山寨、城廓名号及祭祀、礼仪,一些店铺、酒楼、茶馆也常常挂幡旗作招牌。而在西藏,经幡的最初使命也不是用于承载藏族人祝福避灾的心愿,而是军户之标识,后来才逐渐演变成为如今意义的经幡。

逐水草而居的牧人,每迁徙一处,搭好帐篷的第一件事就是悬挂经幡,以祈求周围神灵的许可和保佑;朝圣者结伴跋涉荒漠,也一定要扛一面醒目的风马经幡,祈求神灵保护自己免入迷途;在丛林水泽,人们也要悬挂彩幡,以示对树灵、水灵的敬重和供奉;在莽原野岭高悬彩色经幡,以示对神佛祖灵和先哲贵人的敬仰与崇拜。阳春三月开犁播种,耕牛的头上也要

佛国奇观

高插风马彩旗，那是向大地之神祈求五谷丰登。总之，在西藏各地，但凡有人生活的地方，都要竖插或张挂风马经幡，喻示天、地、人、畜和谐吉祥。

新年里，家家户户都会换上新的经幡。此外，在重要的日子里，人们也会升挂经幡，如宗教节日、祭祀、乔迁、婚嫁，甚至外出朝拜、办事等。还有许多地方，更换经幡有固定的日子，比如被视为神山的冈底斯山，就在每年6月（藏历四月十五日）的佛诞日，隆重举行更换经幡仪式。冈底斯山麓的色雄滩中，竖立着一根高达26米的经幡旗柱，在更换经幡的这一天，由喇嘛念经做法事，仪式非常隆重。

西藏的风马经幡给我留下了深刻难忘的印象。横贯于布达拉宫与药王山之间绵延数百米层层叠叠的风马经幡，让我无比震撼；在林芝的比日神山上，我见到从山口、谷地到山顶，布满五彩风马经幡，那纵横交错、上下重叠的经幡阵，在雪峰翠谷的衬托下更是蔚为壮观。

神秘的"六字真言"

在西藏,六字真言(音译为"唵、嘛、呢、叭、咪、吽")随处可见,充耳可闻。藏传佛教将六字真言视为一切佛教经典的根源,循环反复不断念诵,即能消灾积德,功德圆满而成佛。僧俗人士不管是劳动还是休息,甚至在睡觉前都在诵念六字真言。街道上,常见一群又一群的人,手持转经筒,口念六字真言……

除了时时刻刻念诵外,人们还将六字真言刻写、绘制出来。在寺庙的里里外外,在居民的屋顶上、墙壁上,在牧民的帐篷周围,哪怕是一家现代咖啡屋,其门框上、天花板上、房檐上、吧台上,都有经过艺术加工的六字真言。

在西藏随处可见的还有六字真言旗、六字真言幡、六字真言桶(筒)、六字真言石刻等等。

六字真言,源于梵文,现由6个藏文字母"唵、嘛、呢、叭、咪、吽"组成,是藏传佛教密宗的一种咒语,也是一种发声法。通用的汉语音译为:唵(an)、嘛(ma)、呢(ni)、叭(bei)、咪(mi)、吽(hong)。

中国著名梵文专家季羡林先生对六字真言作过考证:所谓"六字真言",梵文原文的含义是"唵,摩尼宝在莲花中"。

西藏的六字真言，一般说是出自莲花生菩萨，是藏传佛教的。

六字真言是藏传佛教的名词，佛教密宗认为这是秘密莲花部落之"根本真言"，即莲花部观世音的真实言教，故称六字真言。从字面上解释，六字真言是"如意宝啊，莲花哟！""唵"表示佛部心，念此句时，必须身体要应于佛身，语要应于佛语，意要应于佛意，也就是说要身、语、意相应，与佛成为一体，这样才能获得成就。"嘛呢"二字系梵文，意思是如意宝，表示宝部心，这个宝贝又叫嘛呢宝，据说它隐藏在海龙王的脑袋里，如果得到这个宝，入海就会有各种宝贝前来会聚，进山则各种珍宝也能无所不得，所以又叫"聚宝"。"叭咪"二字意为莲花，表示莲花部心，比喻佛法像莲花一样出污泥而不染，永远纯洁。"吽"字表示金刚部心，是祈愿成就的意思，即必须依靠佛的力量，才能得到正觉，成就一切，普度众生，最后达到佛的境界。短短六字，竟包容了佛部心、宝部心、莲花部心、金刚部心，足见其内涵深厚。

有关藏文史籍对六字真言作了富有诗意的字面解释："好哟！莲花湖的珍宝！"于是，那枯燥无味的喁喁之音便有了形态、光彩和清香。这一行对已知与未知世界的赞美诗，恒久地响彻在西藏高原，震撼天地，摇荡人心。

根据法国学者今技由朗所撰《敦煌藏文写本中六字真言简析》一文，六字真言最早出现在一卷梵文《大乘庄严法王经》之中，由此可知，六字真言源于印度。

在松赞干布时期（公元7世纪中叶），迎请了印度、尼泊尔、克什米尔等地的大师高僧，翻译了《集密宝顶陀罗尼》、

《月灯》、《宝云》、《十方般若波罗蜜多经》等佛经。因此，这一时期不仅是佛教真正输入吐蕃的开始，也是六字真言在青藏高原风行的开端。

神圣的转经

转经，是藏传佛教的一种宗教活动。"转经"顾名思义，就是围绕一座寺院、一座佛塔、一座佛殿、一座神山、一座圣湖等，从左向右转圈，多的会转上百上千圈。藏区之所以盛行转经活动，主要是藏传佛教给"转经"赋予了特殊的功德和含义。"转经"不仅简便易行，人人能够做到，而且功德无量，深受广大信徒的喜爱。为此，转经成为藏传佛教中普及面最广的一种宗教礼仪。

在西藏几乎随处可见转经的人，因为人们认为转经就相当于念经，是忏悔往事、消灾避难、修积功德的最好方式。为了让这种最好的修德方式得到最完美的运用，西藏各处修有佛塔，寺院置有转经筒，个人随时携带转经筒，一有闲暇便转动经筒。在雪域大地上，几乎所有的百姓都被一种巨大的惯性旋进那个恒转不息的转经筒里了。

转经筒有大有小，小的拿在手中即可。手摇转经筒又叫作手摇玛尼轮，质地有金、银、铜等。这种可以拿在手中的转经筒主体呈圆柱形，中间有轴以便转动。不仅圆筒上刻有藏传佛教的六字真言，圆筒中间同样装着经咒。转经筒制作精美，上面刻了经文和一些鸟兽图案如同工艺品。一些转经筒上还镶以珊瑚、宝石等，更增添了其宗教以外的价值。手摇转经筒还有个耳孔，系着小坠子，转动圆筒下面的手柄，小坠子也随之而动，靠惯性加速转经筒的旋转。

尽管小转经筒转动很快，但信奉藏传佛教的人们还是认为无法与大转经筒相比，因为大转经筒上面刻的经咒和里面装的经咒比小转经筒要多得多，转一圈划过的轨迹也比小转经筒大的多，因而转一圈大的转经筒比转一圈小的转经筒积累的功德也高得多。这样一来，人们除了随时随地转动手摇转经筒外，还专门去转更大的转经筒。大的转经筒一般都集中在寺院周围，有专门的转经走廊，一排排转经筒被整齐地排列固定在木轴上，少则数十，多则千百。

寺院的大转经筒也是圆柱形，高约1米，直径40余厘米，一般有铜制和木制两种。铜制的转经筒外形仍为铜色，木制的转经筒则多为红色，筒外包有绸缎、牛羊皮等，并刻着六字真言和鸟兽图案，筒里装满了经文。转动这些转经筒得靠手转，一般轻轻一推即可转动，转动起来即意味着将里面所装的经文念了起来。也有特别大的转经筒，其高度可达2米，筒中可容纳全部的大藏经，要想转动它，必须众人协力方可。

藏传佛教转经有围绕神山、圣湖而转的，有围绕圣城、寺院而转的，有围绕佛塔、玛尼堆而转的。

神山和圣湖在藏民心中都拥有非常崇高的地位，而转山和转湖在藏族文化的历史中更加久远。藏民向来有"羊年转湖，马年转山"的习俗，这也是他们祈求神灵赐予福祉的方式。神山圣湖对于每一位信徒而言，都是朝圣的必经之地。

冈仁波齐是藏传佛教信徒心目中的神山，他们认为围绕冈仁波齐转经1圈，即可洗去一生的罪孽，转10圈可免下地狱之苦，转百圈可成佛升天。因而围绕冈仁波齐转经是他们心中最大的愿望。转山道分两条：外转山道是以冈底斯山为核心的大环山线路，内转山道是以冈底斯山南侧的因揭陀山为中心的转山道路。外转山道徒步需3天时间。朝圣者必须转完13圈外圈才可转内圈，转内圈一天就能完成。

玛旁雍措是西藏著名的三大圣湖之一，湖水呈宝蓝色，如同一颗晶莹剔透的蓝宝石镶嵌在白雪皑皑的山峰中。藏传佛教的信徒们认为绕湖转经1周，并用圣水洗浴一下身子，便能消除自身的罪过和污痕，增添无穷的功德。若饮用湖水，将会延年益寿，消除百病。因此，圣湖是信徒们必去的洗礼之地。

在藏族地区，规模最大、路程最远、人数最多的正规转经路要数圣城拉萨。这条转经路从大昭寺外围作为起点，最后又在大昭寺门前结束，将拉萨药王山、布达拉宫、小昭寺、下密院、尼姑庵等许多圣殿圣迹都纳入转经路之内。信徒们转经1圈需要二三小时，每天都有络绎不绝的转经信徒，以早晚最多。每遇藏传佛教的大小宗教节日，转经人数更是猛增，特别是藏历四月十五的萨嘎达瓦节，从一大早开始，内、中、外3条转经路就挤满了人，可谓人山人海，人们在这条路上一圈一圈地不停走着，手摇着转经筒，口里诵念着六字真言，个个表情庄严，以表达对佛祖的虔诚和祈祷。

藏传佛教的每座寺院都有特定的转经路,而且还在转经路上配置了许多转经轮。广大藏族信徒一边绕寺院朝拜,一边用手转动不同规模的经轮,这是一种积累功德的方式,也是加倍增长福祉的行为。

转经是藏族信徒心中的美好愿望,不管这个愿望能否实现,他们都为此而努力。无论何时何地,他们都会怀着虔诚的心情不停地走,以转经的方式走过自己的人生。

虔诚的磕长头朝圣

磕长头是藏传佛教信徒一种虔诚的拜佛仪式,也是信徒们为祈福避灾而进行的最虔诚的祈祷方式。同时磕长头也是藏传佛教密宗修持"三密加持"的方法之一。藏传佛教认为,对佛陀、佛法的崇敬,身(行动)语(咒语)意(意念)三种方式缺一不可,皆在使身、语、意"三业"清净,与佛的身、语、意三密相应,而修持是其唯一的途径。磕长头的人在其五体投地的时候,是为"身"敬;口中不断念咒,是为"语"敬;心中不断想念着佛,是为"意"敬。

磕长头是"磕拜长头"的简称,"长头"因其"五体投地"以身体量大地,故叫"等身头"。磕长头分为长途(行数千里,历数月经年)、短途(几个小时或十天半月)和原地磕长头3种。

在拉萨的大街上,随处可见磕长头的人们。在大昭寺前,在八廓街上,在藏历传统的节日中,磕长头的人就更多。

磕长头行进叩拜时,双脚并拢,直立,双手合十高举过头,前行一步,双手继续合十移至胸前,再迈一步,然后双膝跪地,全身匍匐,两手前伸,两脚伸直,在指尖能够触及到的地面作一个记号,额头轻叩地面。再站起,走到作记号处,又重新开始。叩拜时,要口中不断念诵六字真言,心中始终想念着佛。磕长头时,两手合十,表示领会了佛的旨意和教诲,触额、触口、触胸,表示身、语、意与佛相触,合为一体。信徒们认为在一生的修行中,至少要磕10万次长头,叩头时赤脚,这样才算虔诚。还有一种更为艰难的叩拜方式,有些信徒面向寺院,每磕1次,移动距离等于身体的宽度,这样围绕周长1公里的寺院1圈,约需磕头2000多次。叩拜者的手掌和膝盖往往会磨出鲜血。

世界上其他宗教虽然也有朝圣的,但磕头朝圣只有藏族才有,是藏传佛教所特有的。磕长头朝圣的人们从自己的家乡出发,近在拉萨附近,远到阿里,甚至甘肃、青海、四川、云南等地,他们不畏艰难地重复着一个动作,一直磕到大昭寺。有的人需要行走几百公里甚至上千公里,时间要用上一年甚至几年才能到达拉萨。也就是说他们从自己的家乡到拉萨的路程,是用自己的身体整个丈量一遍。

磕长头朝圣的信徒中不仅有男女老少,还有僧尼,这是他们一生的追求,他们认为一生只要有一次这样的经历就行了,凡是磕长头朝圣的人,都会感到格外光荣,他们的名字也会在家乡得以广泛传诵，这是许多人今生羡慕和追求的理想。当他们朝圣出发时，在乡亲们敬献哈达和热情的祝福中，便在山村的土地上磕下了第一个等身头，从此在荒山野地、风雪烈日中行进，一般都要走一年多，有的要走五六年。磕头前进的速度是缓慢的，一般每日只能走几公里。

磕长头朝圣，有一套严格的规矩。每天自上路起，只准念经，不能讲话，遇到非讲不可的时候，要先念经以求宽恕。途中遇到过河，要目测河距，涉水而过后补磕；下山时无法向前伏地磕头，下了山也要补磕相应的距离，绝不含糊。他们绝不偷懒耍滑，绝不弄虚作假。每天的磕头有一定的程序，早饭后行走到昨晚做了记号的地方，站立合掌诵祈祷经。傍晚结束时，要向东南西北四方磕头，意为拜见此地诸神圣，今晚我将暂栖于此，请求保护；向来的方向磕3个头，答谢一路诸神灵与万物，为我提供生活所需的水与火；向前方再磕3个头，告示我明天将要打扰的地方神；最后向后方唯唯鞠躬3次，不尽的感激与祝福尽在其中。

磕头朝圣，从山村磕到拉萨，路途遥远，而且一路要受尽磨难，因此多数是结伴而行，互相照应。有的一家人都去朝圣，丈夫儿子磕头，妻子女儿做后勤，他们认为分工虽有别，功德却相同。有些由多人组成的朝圣集体，内部也做了分工，有的管后勤，有的负责安营扎寨，有的化缘乞讨，分配所得的粮茶柴。路途一年多时间，有些人要磨穿生牛皮做成的围裙八九张，用坏木制的手套不计其数。还有许多人因体弱、营养不良、疾病和劳累过度死于半途。有一种说法，死在朝圣路上，不是不幸，而是有幸的。人们会说，他是死在朝圣路上的呀！

历经千辛万苦，终于到达圣地拉萨的信徒们，个个一身肮脏，衣衫褴褛，身体消瘦，面无血色，他们额头上全都有一块磕出的硬茧，有的人头上还贴着一块创可贴。脚上的鞋多半已经千疮百孔，露出了黑漆漆的沾满血和泥的脚跟。他们选择吉日来到魂牵梦萦的圣庙大昭寺，进入上万盏酥油灯映照的神圣殿堂。诵毕经文后，再磕3个头，就可以将头轻触在佛祖的脚下，结束了全部朝圣程序。

磕长头朝圣，是信仰藏传佛教的人最为虔诚的一种方式。他们用坚强的意志支撑着整个朝圣的过程，这种意志是我们所难以想象的。有一天，一位行动迟缓的老者，一路千辛万苦，一步比一步艰难地磕着长头，终于磕到大昭寺门前时，用尽最后的力气扶着经幡柱站起来，可没等他站稳，就一头栽倒在地，再也没有起来。

第三章　古风异俗

　　生活在相对封闭地域的藏民族在漫长的历史长河中，逐渐形成了自己独具特色的居住、饮食、衣着、婚丧等人生礼仪，形成了异彩纷呈的西藏民俗和雪域风情。

　　不过，西藏各地区，山南和藏北，农区和牧区，东部和西部的民情风俗也存在差异。藏族谚语说："一个喇嘛，一种教法；一个地区，一种方言；一方水土，一种风俗。"居住在藏北草原的人们，终年累月逐水草而居，与牛羊为伍，靠牧业为生，牧民大都以毛皮为衣，以牛羊肉和奶制品为食，住在用牛毛编织的帐篷里；而生活在雅鲁藏布江两岸和喜马拉雅山区的农民和山民，大都以羊毛织成的氆氇为衣，以青稞、豆类磨成的糌粑为食，居住在石头构筑的碉房；森林地区的人们则住竹楼和木屋。学者们把藏北牧区的民俗文化称为牦牛文化，而把农业地区的民俗文化称为青稞文化。

　　宗教信仰和神灵观念，对于藏民族生活习俗和礼仪的形成有着重要影响。一个人，从他出生、成长、婚姻、生产、生活直至死亡与丧葬，无不与宗教信仰有着千丝万缕的联系。在藏传佛教的观念里，灵魂是不灭的，只有肉体才会消亡，任何一个生灵都要在神界、人界、阿修罗界、畜牲界、地狱界、恶鬼界六道中生生死死，循环往复地轮回，直至进入佛的怀抱，进入极乐天堂，因此，佛是至高无上的。一个藏族人从小就被教导皈依佛，只有佛祖释迦牟尼和他的各种各样的化身，特别是生活在众生中的活佛才能拯救和超度人的灵魂，使之达到幸福的彼岸。

在西藏，神可以说是无处不有，无时不在。神灵崇拜是西藏民俗活动的主要内容。雪山有雪山神，森林有森林神，庄稼有庄稼神，江河有江河神，村落有村落神，每个人身上都有保护神，包括男神和女神。保护宗教的神被称为护法神。比起佛来，神要低一个档次，他们不能像佛那样超度，引导人的灵魂转生来世，他们只是利乐人的今生。因此，供养、登记、娱乐神灵的民俗活动在西藏随处可见。

藏民族在世世代代与严酷的自然和社会环境顽强不息的斗争中，创造了引以自豪的物质文明和精神文明，培育了他们对生活的乐观主义精神。他们热爱家乡，热爱生活，热爱生命，热爱真实、善良、美好的事物，创造了丰富优秀的民间文化，诸如音乐、戏剧、曲艺、绘画、雕塑，还有神话、传说、歌谣、故事以及各种各样的口头文学，都是西藏民俗重要的组成部分。

由于西藏人民长期面对单调的生产、生活环境，因而对色彩有着特殊的爱好和鉴赏能力。只要我们留意，在随便一个农家屋，都能看到屋顶上象征蓝天、白云、大地、江河、火焰的五色经幡和红、黄、蓝三色窗幔，还会看到农田里用彩线和老鹰毛打扮的色彩缤纷的耕牛，大路上来来往往装饰得极其漂亮的骡马和毛驴，藏族妇女腰间的七色围裙，肩上背的各式各样装饰精美的挎包和背袋,都是具有较高审美价值的艺术品。拉萨的布达拉宫由红宫和白宫组成,红宫是太阳和火的颜色,是权力和勇敢的象征;白宫是彩云和冰雪的颜色,是和平和圣洁的象征。红色和白色的搭配,红宫和白宫并立,无疑是矗立在世界屋脊上的建筑艺术的丰碑,是西藏人民美学观念和审美意识的最佳体现。

真诚祝福献哈达

说到西藏,就不能不提哈达,它宛如高原的纯净雪山一般,早已成为人们印象之中西藏不可缺少的一个元素。

哈达是一种礼仪用品,是藏语音译,就是一种"礼巾"。献哈达是藏族最普通的一种传统礼节,婚丧节庆、拜会尊长、迎送宾客、朝拜佛像、音讯往来、送别远行、求情办事等等,都有献哈达的习惯,以表示真诚的祝福。

"哈达"一词源自蒙古语,在蒙古语中"哈"是嘴的意思,"达"则是马,"哈达"一词可译为"口说的一匹马"。

古时候,游牧民族一般以自家牧养的牛羊马匹作为赠物,但不便随时随地牵带。元朝初年,通过内地与牧区的"互市",丝织品传入牧区,这种轻便易携的物品很快成了送礼佳品,不便携带的马匹被价值相当的丝织品所替代。公元641年和710

年，先后有文成公主、金城公主入藏分别与吐蕃赞普松赞干布、赤德祖赞联姻，吐蕃王朝势力日益强大，统一了整个雪域高原，包括现在的不丹。当时不丹生产一种手工精制的织品，叫"布鲁克布"，藏语称为"布热"。随着唐蕃交流日趋频繁，双方官员会见时主要的见面礼品为不丹的织品和唐朝的丝绸，这与古代汉族的礼帛相似，亦与哈达的异名"见面锦"的涵义相吻合。

传说首次将这种白色丝织品作为礼物赠送的是西藏的萨迦法王八思巴。据史籍记载，八思巴会见元世祖时，忽必烈仿效大禹"合诸侯于涂山，执玉帛者万国"之举，赠与"玉帛"，称之哈达，其上有长城的图案和吉祥如意的字样。"帛"重其洁，化干戈为玉帛，象征彼此友好和睦。八思巴于1265年返藏后，也效仿向前后藏地区各大寺院的菩萨、佛像及僧俗官员敬献、赐奉哈达。从那以后，哈达便作为礼仪的象征出现在西藏高原。后来，人们对哈达又附上宗教解释，说它是仙女的飘带。

在藏族的社会交往中，之所以长期盛行用哈达作为礼仪用品，是由哈达的丰富文化内涵决定的。藏民族崇尚白色，他们认为白色是纯洁、吉祥和繁荣的象征，并认为洁白无暇最能表达和象征人们真诚、纯净的心愿。因此，敬献白色哈达可以看作是藏民族崇白文化的一个重要表征，洁白的哈达便自然成为藏民族这一特殊文化心态的重要媒介和载体。

哈达是一种特制的丝制物或麻织物，通常长度为2米以上，宽60厘米左右。按质料来分，哈达分为3种：普通品为棉纺织品，称为"素喜"；中档品为一般丝织品，称为"阿喜"；高级丝织品，称为"浪翠"，主要用于政治、宗教界人物。按颜色来分，一种是象征纯洁、崇高、吉祥的白色哈达；一种是象征永恒、兴旺和忠诚的蓝色哈达。还有一种五彩哈达，颜色为蓝、白、黄、绿、红，它是献给活佛、菩萨或给近亲做阿西（彩箭）用的，为最隆重的礼物。佛教教义解释五彩哈达是菩萨的服装，所以它只在特定的情况下才用。按照藏族的习惯，献的哈达越长越宽，表示的敬意就越隆重越深厚。

献哈达是一种既普遍又崇高的礼节。献哈达是向对方表示纯洁、诚心、忠诚和尊敬的意思。当然在不同情况下代表不同的意义。佳节之日，人们互献哈达，表示祝贺节日愉快、生活幸福、身体健康；男女求婚时先由中间人献哈达，如接受哈达则表示可以议婚，退回则为拒绝之意；婚礼上献哈达，意为恭贺新禧，祝愿新婚夫妇恩爱如山，白头偕老；迎送宾客时献哈达，表示对远方来客的热烈欢迎和崇高的敬意；葬礼上献哈达，表示对死者的沉痛哀悼和对死者家属的安慰；佛法会上，向喇嘛和活佛献哈达，表示对喇嘛、活佛的无限敬仰和信教的一片虔诚之心；到神佛前祈祷时献哈达，表示信佛者的虔诚和希望菩萨保佑万事如意；在书信来往中，附上一条哈达，表示写信者感情的真诚和意愿的庄重；将钱物包在哈达里赠给演员，表示观众真诚的心愿；拜会尊长献哈达，表示对尊长的敬重，祝愿其幸福、长寿，吉祥如意；向对手献哈达，表示想化干戈为玉帛，重归于好。

献哈达是一种文明与礼貌的表现，因此十分讲究。献哈达者应将哈达对叠成四幅双楞，把双楞一边整齐地对着被献者，躬身俯首，双手奉献，表示恭敬。被献者也必须弯腰俯首，双手承接，表示回敬。切忌用一只手相送或一只手受礼。献哈达的方式也有许多区别：下级向上级，晚辈向长辈，或向活佛献哈达，应躬身低头，双手举哈达呈上或放在座位前的桌子上面或脚下，对方并不回赠哈达。这时的哈达表示敬意和感谢。同辈平级献哈达，表示友好，应该献在对方手上，对方回赠哈达。上级对下级，长辈对晚辈赠哈达，表示亲切关怀和慈祥的爱意，可直接将哈达挂在对方的颈上。如果是喜庆典礼，主人往往将所献哈达回赠给献者，并绕在他的脖子上。

在西藏，借债、请愿或请求帮助，也同样献哈达，不应允则将哈达当面退回，有时请求者坚持呈上，反复多次，若再不接受，说明请求者的愿望绝无实现的可能。不少地方，还有给建筑物、器皿、桥梁、牛皮筏等献哈达的习惯。新的建筑物落成，新的器皿做好，都要举行某种仪式，并为其系上哈达，表示敬贺。举行春耕仪式时，牛角上系哈达，祝福新的一年获得好收成。在结婚典礼上，新娘进门时，送亲者要给男方的大门、楼梯、房柱、厨房、羊毛垫、佛龛等敬献哈达，以示吉利和平安。

献哈达是藏族人民优良的传统习惯，世世代代的人们都把献哈达看成是至高无上的礼仪。"哈达有价情无价"。它虽无黄金贵重，却比黄金更加受到人们的崇敬。因为它象征着金子般的心，代表着最真诚的感情，寄托着最美好的祝愿和最崇高的敬意。

献哈达是热情好客的藏族人民对远方客人最真诚的祝福。我每次到西藏，一下飞机，热情的当地部门领导和藏族朋友都会献上洁白的哈达。在朋友聚会时，藏族朋友也是热情地献哈达、献歌、敬青稞酒。而每次离开西藏，登机前，他们也献哈达。他们将自己对远方而来的朋友的祈福寄托于白色的丝绸之中赠予对方，那份纯朴真诚的感情永远铭记在我的心中。

西藏有一首好听的歌曲叫《多彩的哈达》，歌词这样写到："手捧洁白的哈达，这是一条天上的白云，这是林中鲜花，湖边的清泉，这是我们的真诚，这是西藏的祝福，我们把哈达献给朋友，祝福朋友欢乐吉祥，我们把哈达献给母亲，祝福母亲幸福安康……"

好听的藏族名字

初到西藏的人，遇到藏族人，常开口问："您贵姓？"弄得对方很难回答。因为藏族人一般没有姓只有名字，在名字前面或后面加上一些表示祝福赞美的词，组成四个字的一个名字，如尼玛次仁，"次仁"即长寿之意；边巴拉姆，"拉姆"意即"仙女"。男孩多取象征权力、勇猛和具有阳刚之气的名字，女孩则多含有美丽温柔之意。无论是男孩或女孩，其名字均带有浓厚的宗教色彩。

一般平民取名字都有一定的含义，寄托了自己的思想感情，可谓丰富多彩。有的用自然界的物体做自己的名字，如：达娃

（月亮）、尼玛（太阳）、白玛（莲花）、梅朵（花儿）。有的用小孩出生的日子做名字，如：朗嘎（三十日）、次松（初三）、次捷（初八）、次吉（初一）。还有用星期为小孩起名的，如：达娃（星期一）、米玛（星期二）、拉巴（星期三）、普布（星期四）、巴桑（星期五）、边巴（星期六）、尼玛（星期日）。听到这样的名字，不用问便知道此人是星期几生的了。不少父母在给孩子起的名字中表达了自己的心意，如父母嫌孩子太多，便给小孩起名"穷达"，意为最小的，表示再不要小孩了。如果父母想生男孩，便给初生的女儿起名"布赤"，意思是"招弟"，下次要生男孩。要是父母希望儿子长寿，便给孩子取名"次仁"、"次旦"，这多数是前面有孩子夭折的情况。

　　西藏和平解放后，藏族名字的内容也有了很大变化，他们结合自己的翻身解放，采用一些新的词汇为孩子取名，如，金珠（解放军）、达玛（红旗）等。这几年，随着改革开放以及与内地交往频繁，很多地方出现了藏汉结合的姓名，如"江央宗"、"张旺堆"、"李次加"等等。

　　藏族的名字，大多数不分性别，可以通用。但有些则不能互相混用，如：旺姆、卓玛、卓嘎、央金、桑姆、曲珍、拉姆等只用于女性；贡布、帕卓、顿珠、多吉、晋美、旺堆、珠杰、占堆等只用于男性。为了称呼方便，有时人们只取藏族名字中的两个字来简称，有用第一和第三个字作简称的，如"更堆群佩"简称"更群"；也有用前两个字或后两个字作简称的，像"多吉次旦"，简称"多吉"；"索朗旺堆"，简称"旺堆"。但没有见用第二第四两字作简称的。

古代藏族也有姓氏,古代藏语称姓氏为"锐"、"日"。"锐"为骨血,"日"为族系,合之为姓,是家族系统的称号。藏族祖先有4姓氏、6姓氏、18姓氏之说。随着时代的变迁,这些氏族后来与其他部落融合,相继派生出诸多姓氏。这些姓氏仅仅表明家庭关系,并不意味着社会地位。

然而,到了阶级社会,人就有了高低贵贱之分。一些人为使自己的家族世袭相传,便把家族名作为自己的姓,如:昆·贡却杰布、昆·扎巴坚增。再如阿沛·阿旺晋美副委员长,"阿沛"意为"命运的安排",赞普的长子流亡工布时,建立了阿沛庄园,此后他的家族就冠以"阿沛"。这种以家族为姓的称法,就像汉族中的"李氏世家"、"林氏世家"一样。

公元7世纪以后,佛教在西藏盛行,人们的名字也喜欢请活佛来取。尤其是那些贵族及有地位的人物,更是郑重其事地请活佛给小孩举行取名仪式。主人献上哈达及其他礼物,活佛就开始念经,然后对小孩说一些赞颂和吉利的话,最后才取名字。活佛为这些孩子所取的名字都具有浓厚的宗教色彩,如:"丹巴"即教法、"多吉"即金刚、"达杰"即繁荣、"卓玛"即度母。

大约从元代起,藏传佛教各教派的大喇嘛、大活佛、地方官员等均有元、明、清帝王封赠的封号、尊号,且越来越多。出于对帝王的崇拜,他们常常把封号、尊号置于本名前,原来的姓氏反而不用了,久而久之就产生了不用姓氏,只用本名的习俗。虽然有些人在注册户籍、著书立说署名时用姓,但由于藏族的名字字数多,再加上姓氏,称呼时很不方便,所以经常只呼名，不称姓。由此可见，藏族人今天重名不重姓，虽知有其姓而不常用，是有渊源的。

一些僧人或活佛，如果上升到上层僧侣，他的名字便要加上僧职或封号。例如："堪布·伦珠涛凯"，堪布是个僧职，他自己的名字叫"伦珠涛凯"，又例如："班禅额尔德尼·却吉坚赞"，他的名字是"却吉坚赞"，"班禅额尔德尼"是封号，是公元1713年康熙皇帝第一次册封给五世班禅罗桑益希的。

活佛的名字前面，一般应加上寺院或寺庙的名字，如东嘎寺的活佛洛桑赤烈，简称叫做"东嘎·洛桑赤烈"；又如多吉次仁当了热振寺的活佛后，他的名字便是"热振·多吉次仁"。人们日常简称或尊称时，只叫"东嘎活佛"、"热振活佛"。

藏族取名字虽然很随意，却也有一定的规律，由于上述原因，所以相同的名字很多。同一个村子、一个学校、一个单位，有时会出现三五个，甚至七八个相同的名字。为了区别，人们在名字前面加一些说明。一种是在名字前加大、中、小，如：大巴桑、中巴桑、小巴桑；一种是对不同地方来的人，名字前加上地名，如堆穷旺堆、亚东旺堆中的"堆穷"和"亚东"都是地名；一种是用人的生理特征放在后面加以区别，如：格桑索却（拐子格桑）、扎西巴杂（麻子扎西）、巴桑甲巴（胖子巴桑）；一种是用职业来区别人名，如：玛钦次旦（炊事员次旦）、兴索强巴（木匠强巴）、阿姆吉格桑（医生格桑）等；还有用性别和老幼来区别的，如同样一个"达娃"，男的叫"普达娃"，女的叫"普姆达娃"，又如大人和小孩都叫扎西，那么区别老小可叫"波扎西（扎西爷爷），""普扎西"（小孩扎西）；"嫫央金"（央金老太）、"普姆央金"（央金姑娘）。

一个藏族朋友告诉我，他所在单位叫"达娃"的就有6人，其中男达娃4人，女达娃2人；叫"群觉"的4人，叫"尼玛"的5人，叫"穷达"的竟有8人。单位刚从内地分配进藏工作的一位财务人员，每月发工资就傻了眼，老是张冠李戴，不知所措。最后在同事的帮助下，她找到了一个窍门，即在工资表上每个人的名字前注上他们年龄大小、身份或特征，如：两个女达娃，一个是"高女达娃"，一个是"矮女达娃"；长相颇似明星演员张国荣的穷达，就称"明星穷达"，爱穿着一身西装的穷达，就叫"西装穷达"；从事电工的群觉，称"电工群觉"，有一颗大门牙的群觉，叫"大牙群觉"等等。这样，每一个同名的人在其工资表上都有了另一个名字，就不会出错了。而且，这些颇具特征的名字流传开后，大家相处也方便多了。

对亲戚的称谓，藏族与汉族也有许多不同之处。汉族对祖父、外祖父、祖母、外祖母的称呼是有严格区分的，但藏族就没有严格区分，祖父、外祖父统称为"波啦"，祖母、外祖母统称为"嫫啦"。汉族对比父亲大的称"伯伯"、"伯母"，比父亲小的称"叔叔"、"婶婶"。藏族就没有那么严格，凡是父亲的兄弟，都称"阿库"，凡是父亲的姐妹，都称"阿妮"。对老丈人称"曲波"，对丈母娘称"曲母"；对妻子的兄弟称"归不"，对妻子的姐妹则称"归母"。

好听的藏族名字，是一道绚丽多彩的风景线，反映出雪域文化的独特性。

望果节别开生面的转田

藏族是我国各民族中节日最多的一个民族。按藏历（与汉族农历近似）计算，几乎月月有节日。单是每个月初八的药师佛节、初十的空行聚合节、十五的释迦牟尼节、三十的无量光佛节，一年里就已经有48天节日了。一年里，大大小小的节日有100多个。只要在西藏住上十天半个月，定会碰上藏族的节日，能感受到节日里藏民族的狂热与欢乐。

当然，这里所说的100多个节日并不是单指一个地方，而是指各个地方不同的节日的总和。藏民们通过众多的节日，抒发他们的各种感情。

西藏农区的望果节是仅次于藏历年的盛大节日。望果节是藏族人民预祝农业丰收的节日，广泛流行于西藏农区，已有1500年的历史。"望"藏语意为田地，"果"即转圈，望果节就是围着庄稼地转圈的节日，表达对丰收的祈求和渴望。在西藏农业区，特别是雅鲁藏布江中游和拉萨河两岸的农村非常盛行。每当庄稼即将成熟时，当地寺院的喇嘛都会择吉日举行望果节。望果节这一天，人们穿上盛装，带上美酒美食，在喇嘛的引导下，浩浩荡荡地绕行在即将收割的田地之间，一边缓行，一边呼喊，祈祷神佛保佑庄稼丰收。转完庄稼地，还要举行跑马、射箭、歌舞等活动，以及丰盛的郊宴。

望果节的日期并不确定，因为不同的地方，庄稼成熟的时间不同。拉萨附近农区的望果节就早一些，而后藏日喀则一带略为晚些，但都是在秋收前的某一天，在青稞、小麦一片金黄之际举行。

望果节这天，一大清早，宁静的村庄就热闹起来。人们穿着最漂亮的新装，手提大小饭盒，背上酥油茶和青稞酒，从四面八方来到村头寺庙的空地上。

这时，在寺庙前的香炉旁，喇嘛已经开始进行活动前的宗教仪式了。出发前，村民们要先进行转寺庙、烧香等宗教仪式。随后，参加转田的人要逐个喝碗青稞酒，方才被允许启程。转田的队伍前头的一般是两个村姑扮成的"仙女"，以示天仙下凡同庆丰收。人们摇动着手中的彩箭，一边走一边高呼招财引福的口号。转田是围绕全村田园转上一圈，转到每一块农田前都要煨桑烧香，举行祭祀活动。祭完神后，妇女们则要高歌起舞，以此表达自己喜悦的心情。

转田队伍经过时，田间忙碌的人们都会停下手中的活计，跟着转田的队伍高喊口号。

按传统习俗，转田队伍每到一个乡神殿或山神殿前，都要举行祭祀仪式。一路祝福，一路欢歌，田园处处洋溢着欢快祥和的氛围。时近黄昏，转田队伍回到村边，还要绕村子转一圈，这时凡是转田队伍经过的人家，都有一人在屋顶上迎接，也是迎接福气。

最后，队伍回到出发地。大家在搭起的帐篷内席地而坐，各自端出带来的菜肴和美酒,全村人共享"百家宴"。入夜,广场上燃起熊熊的篝火,人们围成一圈,跳一种叫"果谐"的圆圈舞,甜美的青稞酒,美妙的歌声,伴着旋转的舞步,把节日的气氛不断推向高潮。

望果节已有悠久历史,最早流行于雅砻香布(今雅鲁藏布江中游河谷)地带。据《苯教历算法》等资料记载,早在公元5世纪末,即布德贡杰时期,雅砻地区已兴修水渠,使用木犁耕地,农业生产比较发达。这时,为了确保粮食丰收,赞普布德贡杰便向苯教师请求赐以教旨,苯教师根据苯教教义,教农人绕田地转圈,求"天"保丰收。但这时的"望果"还不是一个正式的节日,而是开镰收割前的一种祭神祈福活动。

西藏最早的"望果"活动,最初是以村落为单位,全体村民出动,绕本村土地转圈游行,祈求好收成。到14世纪后,格鲁派成了西藏的主要教派,这时"望果"活动加进了更多佛教的色彩。例如,在游行队伍前,要举佛像,背经文。这时的"望果"活动,已成为传统节日,娱乐活动增加了赛马、射箭、唱藏戏等内容。

实际上,望果节就是农民的娱神节。西藏地处高寒,气候变化莫测,夏秋之间多冰雹。农民们认为之所以遭此厄运,是庄稼人违背了夏日的禁忌,得罪了雪山神、江河神和乡土保护神。因此,在秋收之前,要举行一次祭神和娱神活动,以博取神的欢心,请他们手下留情,不要再降下冰雹和灾难了。这种转田习俗一直延续到今天。

欢快的"林卡节"

藏语"林卡"意为"圆圆的围子",是指绿草茵茵、绿树成荫的地方。一般译成园林,也有人把它称为"有水有树的绿色世界"。每当夏季来临,高原上鲜花盛开,阳光明媚,人们纷纷来到郊外逛"林卡",也叫"过林卡",享受大自然。过去人称之为"郊宴",外地人喜欢把这一活动称为"林卡节"。

林卡节并没有固定的日期,每年从6月到9月(藏历的四月中下旬到七八月)都可以过,但一般集中在藏历五月初一到五月二十日。人们过林卡节时,带着食品、炊具,身着节日盛装,在林卡里搭起帐篷,日夜狂欢,时间三五天、一星期不等。林卡节的活动内容非常丰富,但离不开敬神和娱乐这两个主题。

夏天的节假日里,在挺拔的钻天杨下,婆娑的古树边,绿茵茵的草地上,常常可见到穿着鲜艳服装的藏族群众或合家而出,或约亲邀友,他们三五成群,搭起白色的帐篷,在地上铺上塑料布,一边喝青稞酒、酥油茶,一边弹着六弦琴,唱着民歌,还有打克朗球、打扑克、下棋、掷骰子等娱乐活动,还有人打开录音机,和着优美的舞曲尽情舞蹈……这就是富有藏族特色的林卡节。

逛林卡,是藏族群众根据高原的气候、环境和生活条件形成的一种民族习俗，拉萨等地区称之为"赞林吉桑"，意为"世界快乐日"。在长冬短夏的西藏，阳光明媚、风和日丽的时节，是最为宝贵的，珍惜大自然的这种恩赐，是藏族人民的一种好习惯。拉萨海拔 3650 米，平均气温摄氏六七度，冬天很冷，春日短暂。拉萨河谷的夏天是美丽的，无论城区还是郊野，到处都有漂亮的林卡。这些翡翠般的林卡，带着大地的柔性，绿草如茵，鲜花怒放，令人赏心悦目。于是，长时间窝在石头碉房里的拉萨人，纷纷走出家门，来到绿色林卡，度过大自然慷慨赠予的舒服的夏日时光。

过去，喇嘛活佛、贵族世家与西藏地方政府官员等，都有自己游乐消夏的园林。历代达赖的园林在西郊，叫做"罗布林卡"，意为"宝贝园林"。这里有高大葱茏的树木、美丽奇异的花卉，还有各式各样的鸟兽。从 19 世纪开始，在这里为历代达赖建造了一座又一座宫殿、凉亭、别墅和人工湖，成了西藏最美丽、最豪华的林卡。

拉萨著名的林卡有罗布林卡、龙王潭林卡、嘎木夏林卡、尼雪林卡、喜德林卡等。从藏历四月到八月，几乎所有的节日，拉萨人都要到林卡里玩乐一番。

林卡节的娱乐活动很多。许多民间艺术团常常被请进林卡，表演歌舞节目。林卡中最盛行的体育活动，是射响箭，藏语叫"比晓"。箭靶用牛皮制作，靶心是活动的，箭头由木头雕制，有许多空洞，离弦时发出尖利的声音。每次比赛响箭，都有一些男女歌手站在两旁，热情地唱歌跳舞，为选手助威加油，这种助兴歌舞叫"达谐"，意为箭歌。

由于各地的节气不同，各地过林卡节的时间也不尽相同。在后藏日喀则地区，每年林卡节为公历6月1日，在年楚河畔的贡觉林卡举行节日活动。林卡内，帐篷林立，人流如潮，欢歌曼舞，热闹非凡。在昌都、林芝两个地区，由于原始森林丰富，草地树林都是天然公园。这一带城乡居民在夏天或步行或骑马，带上帐篷和食品到原始森林里野营消暑，数日后返回。

藏族的沐浴节

我到西藏之前，就听说藏族一生只洗三次澡：出生、婚嫁和死亡时，各洗一次澡。到了西藏后，才知道传闻并不准确，因为一年一度的沐浴节，使我们大开了眼界。

沐浴节，藏语称"嘎玛日吉"，是藏族独有的一个大节日。沐浴节于每年八九月（藏历七月六日至十二日）举行，历时7天，所以又叫"沐浴周"。它是一个富有浓厚民族气息和地方特点的民俗活动，在西藏已有800年的历史。

每年藏历七月，当"弃山星"（即金星）出现之时，即是沐浴节开始之日。在弃山星（金星）出现的7天里，无论城镇还是乡村，无论牧区还是农区，都有一个群众性的沐浴活动。这时，雨季刚过，秋季到来，高原风和日丽，阳光灿烂。据说此期间用河水沐浴可以清除百病，使人们全年身体健康。于是，一群接一群的男女老少，阖家而出，大家纷纷来到附近的江、湖、河、溪畔，搭起帐篷，尽情地在水中洗澡、游泳、嬉戏，欢度这一年一度的传统节日。

沐浴节期间，每当太阳刚露面，人们就携带着家中所有需要清洗的一大堆衣物、被褥、氆氇、地毯、卡垫等物品，到河边进行一年之中的大清洗，洗涮好的东西晾在河滩上或岸边，然后再痛痛快快地下河沐浴。这时平坦的河滩拥挤着人群，到处晾晒着五颜六色的衣服、被褥，场面甚为壮观。

沐浴节的情景多姿多彩。有夫妻同浴，也有母子同浴。婚后不久的年轻人在水中殷勤地给年轻的妻子擦身洗颈；年过花甲的老妈妈站在水里，慈祥地为成年的儿子搓背洗头；僧人们也纷纷结伴到河边沐浴；受此影响，有些外国人也加入沐浴者的行列。

相传，很久以前的一个秋天，西藏发生了罕见的瘟疫，人畜大量死亡。观世音菩萨指派七仙女从玉液池取来七瓶仙水倒在西藏的河流里。当夜，人们在梦中看到一个面黄肌瘦、遍体伤痕的姑娘，跳进一条清澈的河水中沐浴后，病态全无，容颜照人。于是人们就按照梦中的启示去河里洗澡，以驱除瘟疫，以后就逐步形成了藏族民间一年一度的沐浴节。

从西藏的自然环境和气候变化来看，选择初秋作为沐浴节是有一定道理的。因为西藏高原冬长夏短，春季冰雪消融，水寒刺骨；夏天往往大雨滂沱，河水混浊；冬天更不用说了，皮袍裹身，谁还敢下水。只有入秋时节，水温较高，河水清澈见底，加上日照时间长，正是沐浴的大好时光。

藏历七月，拉萨河谷鲜花盛开，绿荫遍地，到处流光溢彩。而拉萨河的沐浴之夜更是美妙而壮观。每当暮色降临，全城男男女女不约而同地出门夜浴。他们来到城南的拉萨河，脱掉臃肿沉重的衣袍，浸入清纯洁净而又微带寒意的水流之中，细心洗涤着自己的身体，一种舒畅豁达、愉快、清新的美妙感觉油然而生。

形影不离的木碗

西藏有一首著名的情歌："丢也丢不了，带也带不走；情人是木碗该多好，可以揣在怀里头。"既表现了热恋中男女的矛盾心情，也生动地道出藏胞和木碗的关系。

西藏人酷爱饮茶，也酷爱饮茶的茶具木碗。喝酥油茶、喝酒都用木碗，而且是人各一碗。在家用它，出门也用它，形影不离。浪迹天涯的旅人的怀里都揣着木碗，人到哪里，碗到哪里，人同碗在。

木碗以桐、桦等的树根和枝干上的巨瘤以及葡萄、杜鹃花等根瘤加工而成，品种样式繁多，质地结实，不易破裂。木碗的优点是方便耐用，光滑美观，便于携带。

藏民家中客厅的藏式茶几上，总是摆放着一大一小两只木碗，大的是父亲的，小的是母亲的。父母之碗有大小之别，一般都认为这是为了尊重父亲，父亲的地位高于母亲。旧西藏地方政府大法典规定："人有上、中、下三等，每等人又分上、中、下三级。"这样藏人就被划分为三等九级。即使偶有一对夫妇串门到别人家，主人招待客人的茶碗，女士的定比男士的小，反之，则被视为失礼。

西藏地区有"夫妻不共碗，父子不共碗，母女不共碗，兄弟不共碗"之说，若有哪个少不更事的孩子，一进门端起父亲的碗便喝，就会遭到母亲的责备。

夫妻的情分也体现在木碗上。若遇丈夫出远门，妻子回家喝茶时，会先将丈夫的碗添满，然后给自己添。喝罢茶后，将丈夫碗中之茶往干净处泼了，把碗收拾干净放好，待远行人归来时，盛满热茶，双手奉上，为其洗尘。

孩子们长大以后另立门户，回家看望父母时，仍用自己以前的木碗。所不同的是，儿子和儿媳一同前往时，儿子仍用他以前的木碗，儿媳没有，给她的碗则是瓷碗。

平民时刻不离木碗，贵族也随身带它。以往西藏地方政府的高级官员，随身携带木碗既是一种装饰，又是官阶大小的标志。俗官挂在腰边的餐具叫"贾赤布雪"。"贾赤"，是汉式切肉小刀，"布雪"是装在绸制套鞘里的木碗。每逢各种聚餐的场合，贵族们拔出小刀切割大块的牛羊肉，掏出木碗饮啜酥油茶。僧俗官员早晨朝拜达赖喇嘛，每人照例被赏赐3碗酥油茶。他们一边聆听达赖或摄政的训导，一边用木碗饮啜。喝过茶，四品以上的官员还能得到一勺酥油红糖人参果米饭。官员们将它小心翼翼地装进木碗，再以绸布包裹严实，带回家给妻子儿女品尝。

不同寺院的僧尼，使用的木碗大小不同，形状各异。木碗既是时刻不离身的餐具，又是识别所在寺院的标志。许多勇武好斗的喇嘛，木碗既不揣进怀里，也不装进碗套，而是常常抓在手里，如同拳击运动员的拳击手套一般。寺院或传召法会施粥，喇嘛们听到信号，即争先恐后奔向粥锅，先来者用木碗朝附近的廊柱，敲出清脆的一击，宣告自己是无可争议的优胜者。有时各不相让，喇嘛们混战一场，木碗又成了得心应手的武器。

旧西藏的铁匠、陶工、屠夫、猎户的木碗更不能离身，因为在那个时代，他们被当作贱民，无论在什么地方，他们都不能和别人共坐一张垫子，更不能在一个木碗里饮酒喝茶。假如没有自己的木碗，连茶也喝不到，饭也吃不上。

叫花子再穷，也有一只破木碗，他们沿门乞讨，或在街头坐等赏给食物或茶水，都是从怀里掏出木碗承接。

西藏的木碗种类很多，最著名的是阿里地区的普兰木碗。这种木碗都是用整块的树根或树瘤做出来的，有天然形成的花纹，色泽鲜艳。由于根瘤的木质不同，年代远近各异，花纹又分磷火纹、猪鬃纹、猫头鹰眼纹等等。过去一个上等的普兰木碗，可顶10头牦牛的价钱；一个中档的木碗，也要用二三只绵羊交换。

独具韵味的斜襟藏袍

藏袍是藏族最具代表性的服装。高原的气候条件恶劣严酷，决定了藏族人对衣着的保暖要求，因此，他们的服装都极为厚重。同时，藏族人以畜牧为生，流动性很强，为适应骑乘、劳动等，他们又刻意把衣服做得很宽大。为适应高原昼夜温差大、冬寒夏热的特点，服装还要兼顾御寒和抗热两种功能。穿藏袍需要裸露右肩和右臂，据说是纪念佛祖释迦牟尼从母亲右腋下降生。这种奇特的穿着方式是藏族男人的标志之一。

农区的服装有藏袍、普麦、衬衫等。藏袍以氆氇（用羊毛制成）为主要原料，藏装左襟大、右襟小，一般在右腋下钉一个纽扣，有的用红、蓝、绿、雪青等色布做两条宽4厘米、长20厘米的飘带，穿时结上，就不用扣了。男女的藏袍都是大襟服装，男式以黑、白氆氇为料，领子、袖口、襟和底边镶上色布、绸子。所以，藏袍本身就是一种古朴典雅的装饰，可以用作舞台服装。

藏族人穿袍子，里面都要有一件衬衫，外面再穿藏袍。夏天只穿左袖，右袖从后面拉到前胸，搭在右肩上，也可以左右袖均不穿，两袖束在腰间。但在冬天，一般两袖均要穿上。

藏袍一般比人的身高要长，穿时，把腰部提起，腰间系上腰带（带子颜色以红、蓝为多），既是腰带，又可当装饰。

女式藏袍大多以氆氇、毛料、呢子作料，夏秋穿不带袖子的藏袍，里头着花的或红、绿等色彩鲜艳的衬衣，十分好看。冬天，女式藏袍一般有袖子。不论有袖无袖，腰间都要配色彩鲜艳的腰带。

藏族女子服装最大的亮点在于腰前系着的一块印着彩色花纹的围裙，藏语称为"帮典"。它是藏族妇女喜爱的饰物之一，是藏族妇女的标志。帮典四角都有花形图案装饰的金色花边，其长度几乎与裙摆相平。帮典是织出来的，织法独特，上面有红、蓝、绿、黄色和白色的横条纹。

藏族的衬衫男女有区别。女的用印花绸布作衬衫，男的用白色绸作料为多。男式衬衫多高领，女式衬衫多翻领。藏族衬衫的特点是袖子要比其他民族的长40厘米左右，长出的部分平时卷起，跳舞时放下，以增姿色。

牧区的皮袍肥大，袍袖宽敞，臂膀伸缩自如，夜里可以解带宽衣就睡，白天可以方便地脱去一袖或二袖，袖子束在腰间。牧民服装离不开腰带，穿时提起下部，腰带一束，怀里和腰间成了一个大行囊，里面可装不少随身用品。

说到藏族服装，就不能不提及带有浓郁民族风情的饰品，倘若失去了这些独有的装饰，藏族服装就如同失掉了魂魄。千百年来，藏族服饰以它古朴、粗犷和豪迈的造型风格为人们所喜爱。藏族男女都喜爱装饰，其爱装饰的表现之一，是广泛运用珊瑚、琥珀、珍珠、玛瑙、象牙、玉器、金银来打扮自己。

饰物佩戴部位是从头到脚。尤其对女性而言，用"浑身披挂"四字较为贴切。头顶的簪子、发卡、玉簪,发辫的银币,耳朵的大环,脖子上的项链、珠饰、卡乌,手腕、手指上的镯子与戒指,背上、腰上佩戴长串的金属币、精雕细刻的腰刀、腰扣、火镰盒子等等。僧俗人等手持的念珠,也有许多装饰品,如翡翠、玛瑙、松耳石等。

西藏人喜欢佩饰,取决于藏民族传统的思想观念和生产生活方式,尤其是过着游牧生活的人,需要将全家甚至几代人所积累的财产转化为珠宝首饰满身披挂,这样既安全又方便。所以藏民身上所穿戴披挂的不仅是服装饰物,而且是一笔财产,显示的不仅是美,而且象征着家庭财富。

藏族女子在脑后戴着一个凹形的三角头冠,藏语叫"巴珠"。巴珠上密密麻麻装饰着成串的小粒珍珠,还有一排红珊瑚,头发从头冠两侧垂下,上端蓬松,下端用红穗子辫起来拖至背后,显得端庄富贵。

"卡乌"或许是所有女性佩饰中最漂亮的装饰。从形状来看,它是镶嵌着珠宝的方盒,由色泽较暗的藏金制成。上面有几何形的花瓣图案并镶有宝石。卡乌挂在用珊瑚、玛瑙串成的短项链上,成串的小珍珠编成一条扁平的带子,从左臂一直悬垂至腰际。

康巴汉子则头戴象牙发簪,珊瑚大耳环,玛瑙、琥珀等珠宝项链,腰间斜佩藏刀,一根又黑又亮的发辫,夹以红、黑、蓝等大股丝绒,盘头而绕,称为"英雄结",表现出康巴汉子的彪悍豪迈风格。

藏装是什么时候形成的呢?据考古出土文物判断,早在公元前11世纪前后,藏族的服饰就已具备了现代藏族服装的基本特征了。后来由于居住西藏各地部族的互相交流以及其他因素影响,藏族服饰不断演变、发展和丰富。目前已发现的服饰类型有200多种,居中国少数民族之首。

别具一格的帐篷碉房

行走西藏,除了大自然美景,人们接触最多的便是形式各异的藏族民居。藏式民居无论建筑技术还是艺术效果都极富感染力。藏北的帐房(俗称帐篷),卫藏南部谷地的碉房,雅鲁藏布江林区的木屋、竹楼,阿里高原的窑洞,均具有浓厚的民族特点和地区特色。

在诸多的民居中,帐篷和碉房最具代表性,最能体现藏族民居的特色和风情。

帐篷与人们生产和生活关系最为密切。藏族偏好游牧生活,帐篷是西藏牧民家庭不可缺少的生活用品,也是他们的栖息之所。过去,西藏牧民过着游牧生活,由于不断地迁徙,居无定所,帐篷就是他们的家。现在许多牧民开始了定居生活,修建了固定的房屋,但帐篷仍然是不可缺少的生活用品。即使在青草茂盛的季节,他们也得不断迁徙,因为一个地方的草是有限的,草的循环生长需要一定的时间。只有在牛羊们只能吃干草的秋冬季节，牧民们才会住在自己固定的房屋里。

制作帐篷的材料一般都出自牧民所养的牛、羊。牦牛毛编成的绳用以支撑帐篷；牦牛角是帐篷桩，用以固定帐篷；牛毛、羊毛用以织帐篷料，一座帐篷平均要用200多只牦牛身上的毛，要花费一年以上的时间才能编好。

帐篷由篷顶、四壁、横杆、撑杆、橛子等部件构成。篷顶正中是天窗，天窗起通风、采光的作用。天窗上有一块盖布，白天打开，夜晚盖上，可防雨和冷风进入帐篷内。篷顶与四壁交接处的四角和四边的中部各缝有一根长绳，绳长7～10多米，一般是由结实的牛毛绳或牛皮绳制成。帐篷四壁的底部还有若干小绳扣，用来固定橛子。帐篷的"门"大多是左右帐壁重叠合拢来充当，其中一端晚上用橛子固定，白天可撩起；另一端则始终固定；有时是一道可掀开的帘子，平时合上，进出掀开。

搭建时，将帐篷顶部四角的"琼塔"绳拉向远处，系于钉好的木橛上，然后在帐篷中架一根木杆作横梁顶住篷顶，用两根立柱支撑横梁两端，接着调整四周拉绳的松紧即可将帐篷固定。最后用橛子钉住帐篷四壁底部的小绳扣，使帐篷四壁绷紧、固定。

帐篷搭建好后，为挡寒风，人们一般会在帐篷外用草皮或牛粪围一圈1米高的短墙。牛毛帐篷防雨防雪，经久耐用，一顶好的帐篷可用几十年。

搭建帐篷一般要选水草茂盛、易于放牧和生活的地方。牧民对选址的标准有形象的说明，要选"东如开放、南像堆积、西如屏障、北像垂帘"的地方，或者要选"靠山高低适中，正前或左右有一股清泉流淌"的地方。地址选好后，帐门要朝东，这是遵循祖先传下来的习俗。

帐篷大小各有不同，通常都在30平方米左右，高约2米，平面为方形或长方形。帐篷内，一张大大的垫子铺在地上，既隔绝了土地，又可让七八个人席地而坐。中央放置一个火炉子，用以取暖做饭；正中帐篷壁上供上神龛、佛经、酥油灯等；南侧摆放着食品等日常用品，还兼作厨房；北侧主要摆放藏被、藏毯等家具用品，是家中的"厅堂"。

不管在何处搭建帐篷，牧民们都不会忘记在连接帐篷的绳子上挂上祈求福运的五彩经幡。

在昌都的巴青县，曾有过一顶硕大无比的牛毛帐篷。现在上年纪的巴青人，都曾见过那顶约可容纳千人的大帐篷。帐内有一排小房，房前有两座大灶，有多人才能抬动的大锅。同在帐内讲话都要高声呼喊，才能听得到。上世纪60年代初还在帐篷内放过电影。这确是一项特殊建筑，在一切全靠手工和体力的时代里，这个工程的工作量不亚于当代的一座大型工业建筑。

在西藏牧区随处可见的是帐篷，而在农区或城镇更多见到的是平顶碉房。顾名思义，碉房就是像碉堡一样的房子。这种房子多是用石头和木头搭建的。传统的碉房为石头所砌，墙壁厚达1米，大多数墙壁上面都比下面薄，整面墙呈梯形。也有的碉房为土木结构，其外形看起来与石碉房没有多大差异，但它的厚度比石墙约少三分之一。但与石碉房一样，都是冬暖夏凉。

碉房通常建在向阳的地方，结构为二层或三层。底层作为牲畜圈和储物仓库；二楼作为居住场所，里面分为客厅、卧室、厨房等不同功能的房间；三楼则作为经堂，供佛像、点酥油灯等。楼顶平台则作为晒台，用于晒凉谷物。家家户户的楼顶，四角都搭建有插放旗幡的墙垛，高约 1 米，上面挂满五彩经幡。重大节日或家中有重要的事情时，会在屋顶煨桑敬神。

西藏的碉房，是藏民为了抵御来自野兽的威胁和土匪的袭击，用石头砌成的堡垒式房子。由于要防止入侵者找到突破口乘虚而入，碉房的窗户普遍都修建得相当小，形成小窗窄门，同时又能挡风御寒。西藏各地都有碉房，碉房按其形式可分为碉楼式碉房、碉塔式碉房。

同帐篷一样，碉房也有大有小，这主要依主人家庭人口和修建住房的经济能力而定。在西藏，人们修建房屋以"柱"为单位，一个"柱"，相当于 2 米 ×2 米的面积。碉房平面、整体形状都是方形的。有些人修十几"柱"房屋，有些人只修"三柱"房屋。碉房层高只有 2 米多，感觉有些压抑。好在碉房楼顶都是平面的，人们只需要更上一层楼即可感到心旷神怡。

由于西藏地广人稀，所以有些地方的碉房是单独的一座或零星几座。有些环境好的地方，则是许多碉房集中修建，这样就形成了一个村落。

总体上，碉房都有平顶、窄窗、呈方形的特点，都具有稳固的外形，一般外墙多涂以白色，显示对白色的崇拜。房屋上部突出棕色材料的屋檐，或漆成棕红色的装饰带，从而勾出建筑轮廓。

藏族民居注重对门窗的装饰。大门由门框、门楣、斗拱组成。门楣连着斗拱，斗拱多用蓝、红、绿三色彩绘，门楣上印烫金符咒。门楣的上方形成"凸"字形状，中间留有33厘米见方的空间，用木头做框，镶以玻璃作为佛龛，里面供奉主人喜欢的佛像或圣物。最顶端安放一对辟邪的牦牛角。大门多为单扇窄门，颜色为朱红或乌黑。

碉房外墙门窗的小檐下，大都悬红、蓝、白三色条形布幔，周围窗套为黑色。屋顶的女儿墙的脚线及转角部位，则是红、白、蓝、黄、绿五色布条形成的"幢"。

碉房内摆设的家具主要为藏柜和藏桌。藏柜有"比岗"和"恰岗"等类别。"比岗"高1米，上部对开门，多放置于室内的一角。"恰岗"意为"双柜"，因此必须成对摆放，多靠墙放置于居室的正面，佛龛多摆放于"恰岗"之上。"觉孜"为高60厘米、面宽80厘米的方形藏桌，正面设两扇门，桌腿造型别致。多数藏柜绘有各种图案，常见的有八祥徽、仙鹤、鸟兽、花卉等，色彩艳丽。藏桌表面也绘有人们喜欢的吉祥图案。

飘香的酥油茶青稞酒

西藏民风淳朴，酥油飘香，青稞酒甘甜。从某种程度来说，酥油茶和青稞酒成了藏族的代名词，凡到过西藏的人，无不对酥油茶和青稞酒留下美好的印象。

酥油是藏族食品之精华，高原人离不了它。酥油是似黄油的一种乳制品，是从牛羊奶中提炼出的脂肪。藏胞喜食产于夏、秋两季的牦牛酥油，色泽鲜黄，味道香甜，口感极佳。酥油滋润肠胃，和脾温中，含多种维生素，营养价值颇高。在食品结构较简单的藏区，能补充人体多方面的需要。

酥油茶是藏族群众生活中不可缺少的主要饮料。酥油茶，藏语叫作"恰苏玛"，意为搅动的茶。制作酥油茶，是将烧开的砖茶水与酥油倒在专用的酥油桶中充分搅拌，使茶油一体，稍加盐，然后倒入陶制或金属制的茶壶中，加热，即可饮用。打酥油茶需要一定的技术，在配料、时间、用力程度上略有不同，煮出的酥油茶口味就不太一样。茶味的浓淡、酥油的多少及咸淡，因人而异。

用酥油茶待客，是藏民族的古老传统。到藏民家中做客，主人首先会给你献上一条洁白的哈达，然后双手为你敬上一碗热气腾腾的酥油茶，顿时，一股浓郁的香气扑鼻而来。喝茶时，主妇便手捧茶壶立一侧，随时给你添茶。

1996年我第一次去西藏时，初喝酥油茶很不习惯，感到难以下咽。听说酥油茶营养丰富，有利于缓解高原反应，能预防嘴唇干裂等，因此还是硬着头皮喝了一些。当我2010年再次去西藏时，却开始喜欢喝酥油茶，感到很对口，几乎餐餐都喝，而且喝得很多，因此也都没有高原反应。

西藏人离不开酥油茶，主要是和他们的饮食习惯有关。牧区以牛羊肉以及糌粑为主食，少食青菜和水果，而酥油茶便有去腻顺畅之功效。

内地人到西藏容易引起肠胃不适，干燥便秘，多喝酥油茶，具有保健功效。有头晕心跳气喘等高山反应，喝几杯酥油茶，症状就好多了。脸颊被太阳晒疼了，用一点酥油茶轻轻搓脸，马上就舒服了。

高级的酥油茶，佐料较为讲究，如加入牛奶，打进鸡蛋，还有核桃仁、花生、芝麻等，这种酥油茶更是美味可口。

每天清晨，身着藏装的"阿佳啦"（藏族对妇女的称呼）用特制的香椿木桶打茶时，那一起一伏的健美身姿，口中哼唱的优美民歌和酥油茶桶抽动的节奏声，构成了一幅极富诗意的动人画面。

青稞酒，藏语叫做"酩"，是用西藏本地出产的青稞酿制而成。青稞酒微黄，酸甜可口，含酒精大约十七八度，很像闽西北一带农家酿的米酒。青稞酒闻之浓香，饮之甘饴，品之醇厚。青稞酒不仅是藏族男女老少酷爱的日常饮料，也是婚丧嫁娶和日常必备的佳品。而婚礼在藏语中也就称为"萨"，意为喝青稞酒的地方，可见青稞酒在藏区流行之广了。

藏族人民珍爱青稞酒，视它为感情的纽带。一碗青稞酒，可以结成好兄弟，可以使人尽释前嫌，重归于好，更可以促成一桩好姻缘。在藏乡做客，端出青稞酒就是待客的最高礼遇了。

青稞实际上是一种早熟的大麦，是青藏高原的主要作物，也是藏族人民赖以生存的主食。青稞耐旱、耐寒，是低产而粗放的谷物，其颗粒少纤维，缺韧性，据说甚至制不成面条。但在藏族人的心目中，青稞却无比珍贵。

每年秋末，辛勤的农人将金色的青稞收割归仓后，精心选出丰满的青稞开始酿制青稞酒。而每一家的主妇都是技艺高超的酿酒师。

酿造青稞酒程序较为简单：先将青稞洗净煮熟，待温度稍降，便加酒曲，用陶罐或木桶装好封闭，让其发酵。两三天后，便可闻到满屋散发着浓浓的酒香，接着往罐里加清水，盖上盖子，隔一两天，便酿成青稞酒。

青稞酒分一道至四道。第一次加水酿成的酒为一道酒，这道酒特别浓，口味醇香，这道酒最为珍贵，只有家中来了尊贵的客人或逢隆重的节日，才舍得端出来。第二次加水后酒稍淡些，甜味减少酸味加大。一般在全村人聚会或过节时拿出来用，这道酒仍然有滋有味，并不失面子。第三四次加水后的青稞酒，较清淡，这种酒通常留作供自家人喝。

在藏乡，通常把浓淡不同的四道酒倒在一起，混起来喝。另外，一些大户人家还喜欢酿制陈年青稞酒，把酒坛密封放上几个月或几年。这种酒特别浓，如果不加水，就像威士忌一样，略带苦味，且容易醉人。

青稞酒以后藏日喀则的酒最为有名，因此，日喀则又有"美酒的故乡"之称。

藏族同胞在敬酒、喝酒时也有不少规矩。在逢年过节等喜庆日子饮酒时，如有条件，应采用银制的酒壶、酒杯。此外应在壶嘴和杯口边粘一小点酥油，这叫"嘎尔坚"，意为洁白的装饰，主人向客人敬头一杯酒时，客人应举起杯子，用右手无名指尖沾上一点青稞酒，对空弹酒，同样的动作做三下，这叫做"弹酒三敬"，即敬天、敬地、敬祖先。之后，主人就向你敬"三口一杯"酒。三口一杯是连续喝三口,每喝一口,主人就给你添上一次酒,当添完第三次酒时,客人就要把这杯酒喝完。

另外,酒席即将结束时,主人要给每个客人逐个敬一大碗酒,只要能喝酒的客人都不能谢绝喝这碗酒,否则,主人会罚你两大碗。饭后饮的这碗酒,叫作"饭后银碗酒"。

唱祝酒歌也是藏族人民最有意义的普遍习俗,谁来敬酒,谁唱歌。祝酒歌词可由敬酒的人随兴编唱。唱完敬酒歌,喝酒的人必须一饮而尽。

雪域之宝燃烧到今

在美丽的雪域高原,牛粪被当地藏族同胞视为宝物。因为除藏南的林区以外,其他地方都在高海拔地区,燃料多以草皮和牛粪居多,尤以牛粪容易得到且好烧,所以牛粪成为西藏大部分地区的主要燃料。

藏族有一句谚语:"儿不嫌母丑,人不嫌牛粪脏。"说明自古以来藏族就喜欢牛粪。在内地,一般人都会对牛粪不屑一顾;但在西藏,牛粪是人们生活中不可或缺的燃料。

牛粪作为燃料已有上千年的历史。牛粪在藏语里叫"久瓦",意为燃料。居住在城市的藏族同胞虽然住进了宽敞明亮的住宅,但他们依然对牛粪有一种别样的感情,于是常常从市场上买干牛粪，整齐地码在房檐下，一来初一、十五或逢年过节煨桑时用一些，二则有事没事瞅上一眼，觉得心里踏实。

连城里人都钟爱牛粪，住在农村和牧区的人就更不用说了。一日三餐和取暖都要靠牛粪，牛粪是他们生活中不可缺少的必需品。平常，家里人不管有多忙，都要抽空将圈中的牛粪铲出来拌些麦秆草屑调匀，再贴到院墙上，用手拍实。掺有麦草屑的牛粪，晾晒干以后，不易碎且耐烧。几天后，再把干透的牛粪取下，整整齐齐地码在房檐下或院墙旁，或者在房前屋后的空地上码成垛，有的做成牛粪砖，有的还码成各式各样的花样，砌成围墙也不失为一种环境装饰艺术。

定居的牧民一般都盖有简易土房，土房旁边用牛粪砌一圈1米来高的矮墙作牛羊圈，用牛粪筑圈方便、省工。用牛粪围的畜圈一般在藏历九月底前砌好，牛羊多的牧户分别给牛羊围砌畜圈，牛羊少的牧户只围一圈，小羊在中央，大羊在小羊的外边，牛在最外围，这样既可防止野兽侵袭，又可以防寒保暖。

藏族同胞举行婚礼时，在场所中央悬挂彩箭，下面摆放一袋牛粪、一桶清水，上面各系一条洁白的哈达，象征新婚夫妇婚后生活红红火火，家业兴旺，多子多福。

藏族人过年时，牛粪同样不可少。岁末最后一天，男子背着一大袋牛粪，到离家很远的土坎陡岩边，去烧烤大年初一早上敬供的羊头。初一早上鸡叫三遍时，不少人家带着"切玛"、糌粑去取"四新"：从别人家牛棚里取"牛粪新"，从水源处取"水新"等。取"四新"的人回到自己家里，给"四新"粘上酥油花，把"水新"放在正屋的护法神前面，当作供水，将

"牛粪新"放在自家的牛棚里。

藏族人乔迁时，新房子里首先要安放神的塑像和一袋牛粪、一桶水，寓意主人搬进新房后，吉祥安康、幸福美满、长命百岁。

在藏医中有一种吸闻藏药味的疗法：在牛粪火灰上撒少许藏药，让病人吸闻其浓郁的药味。这种疗法对精神受到强烈刺激的病人疗效显著，能起到镇定、安神之作用。

在西藏牧区，人们的生活燃料基本上全是干牛粪。不论在家，还是游牧在外，藏族人世世代代很好地利用了实惠的牛粪，不仅解决了燃料问题，而且节省了无数的树木，为保护藏区的生态环境做出了巨大的贡献。

第四章 圣城拉萨

　　拉萨是一座美丽而又神秘的城市。它是藏传佛教的圣地，是镶嵌在雪域高原上的一颗璀璨明珠，是"世界屋脊"和"地球第三极"上的一座金顶。

　　拉萨作为西藏自治区的首府，是一座具有1300多年历史的古城。它位于雅鲁藏布江支流拉萨河北岸，海拔3650米。拉萨市辖7县1区，全市总面积近3余万平方公里，市区面积59平方公里，全市总人口57万，其中市区人口27万。有藏、汉、回等31个民族，藏族人口占87%。

　　拉萨藏语意为"圣地"、"佛地"。长期以来就是西藏政治、经济、文化和宗教的中心，金碧辉煌、雄伟壮观的布达拉宫位于市中心，过去曾是西藏政教合一的象征。

　　公元7世纪，松赞干布统一西藏后，从雅砻迁都逻些（今拉萨），建立了吐蕃王朝。相传文成公主进藏时，这里还是一片荒草沙滩，后在此建造了大昭寺和小昭寺。由于前来朝佛的人不断增多，围绕大昭寺便先后建起许多旅店和居民房屋，形成了以大昭寺为中心的旧城区雏形。同时，松赞干布又在红山扩建宫室（即今布达拉宫），闻名中外的高原名城从此形成。

　　拉萨是世界上海拔最高的城市之一，年日照3000小时以上，故有"日光城"之美称。拉萨以其湛蓝的天空、明媚的阳光、清澈的河水和新鲜的空气，给人们留下赏心悦目的美好印象。

1951年5月23日西藏和平解放，拉萨进入了新时代。1959年，原拉萨地区的28个宗合并为拉萨市，1960年，国务院正式批准拉萨为地级市，1982年又将其定为国家首批24座历史文化名城之一。

拉萨是西藏地区的文明发源地之一。曲贡遗址的发掘表明，藏族先民在拉萨河谷繁衍生息的历史至少有5000年以上。拉萨原是一片沼泽地，中央是一个湖泊，四面被绵延的高山和茂密的树林所覆盖，远远看去山高树绿，人们便称这一带为"拉瓦次"，意为香樟园。

拉萨，是藏族人民心目中的"神佛之地"。15世纪以后，拉萨宫殿巍峨，寺庙林立，逐渐成为名扬内外的"小西天"。现在全市200余座寺庙中有40余座是重点文物古迹。

在拉萨河畔，大昭寺、布达拉宫脚下，到处都可以看到手持转经筒虔诚朝拜的人们，口中默诵着"唵嘛呢叭咪吽"六字真言，还有众多的信徒在循规蹈矩的步履中磕着五体投地的等身长头。浓郁的宗教气氛笼罩着整个城市。

西藏和平解放之初，拉萨城只有虔诚的信徒们围绕大昭寺转经的一条1公里多的转经路，藏语称"帕廓"，在其周围形成面积不足3平方公里的街区。与其说是城市，其实不过是一个只有2万多人口的聚居区，其中有近四分之一的人是乞丐，全城都是土屋、帐篷，狭窄的行道上只有藏族商人带着骡马往来，农牧民赶着小毛驴进出。

改革开放以来,西藏经济社会发生了根本变化,城乡面貌日新月异。其中拉萨的变化尤为突出。目前,拉萨城区面积已达59平方公里,是60年前的20倍,城市道路总长由60年前的1公里增加到241公里,平均每7人就拥有1辆私家汽车,是全国平均水平的5倍之多。现在,几乎所有的拉萨市民都住进了新建的民居,在街上可以看到一家一栋的别墅和组合式的公寓楼房。

如今,拉萨新修了30多条城市干道,乌黑的柏油路面宽敞平坦。街道两旁,高楼鳞次栉比,新建的西藏图书馆、西藏博物馆、西藏体育馆、西藏大学、西藏社会科学院、西藏人民医院、拉萨百货大楼、拉萨饭店、拉萨剧院、宇拓路商业街等一大批城市公共建筑雄伟壮观,充满现代气息。

以拉萨饭店和岗拉梅朵酒吧为代表的商业和旅游设施遍布拉萨的大街小巷,体现了传统与时尚的交汇和融合。街头缤纷的人流构成了拉萨现代"万花筒",各种多元化的新潮时装,使拉萨变成了五光十色的"时尚之城"。

巍峨壮丽的布达拉宫

举世闻名的布达拉宫,耸立在拉萨河谷中心海拔3700米的玛布日(红山)上,是世界上海拔最高、规模最大、保存最完整的古代宫堡式建筑群。1961年，国务院将其列为全国重点文物保护单位。1994年12月，被联合国教科文组织列入《世界文化遗产名录》。

布达拉，是梵语佛教圣地"普陀"的音译，意为观音圣地。它是西藏政教合一的统治中心，是西藏的象征和拉萨的标志。

布达拉宫始建于公元7世纪的吐蕃王朝松赞干布时期，至今已有1300多年的历史。641年，赞普松赞干布与唐朝联姻，为迎娶文成公主，修建了布达拉宫，整个宫殿连山顶红楼的赞普寝宫共1000间，当时称"红山宫"。8世纪毁于雷击，9世纪后，随着吐蕃王朝的衰落而逐渐毁弃。清朝顺治二年（1645年），五世达赖受顺治皇帝册封后，在红山宫的旧址上重新修建了宏伟的宫殿，称"布达拉宫"。此后，这里一直作为达赖喇嘛的冬宫及西藏政治和宗教的中心。从松赞干布至今的1300多年间，共有9位赞普和10位达赖在这里施政布教。

布达拉宫依山蜿蜒修至山顶，使宫殿与山峦浑然成为一体，有横空出世、气贯苍穹之势。其建筑面积13.8万平方米，占地达41万平方米。宫殿主体东西长400米，南北宽350米，主楼13层，距地面高117.19米，相当于40层楼那么高，全部为石木结构。

布达拉宫由白宫和红宫两个部分组成，从外表粉饰的红白两种颜色严格加以区分。墙上刷红色的，俗称"红宫"。红宫位于布达拉宫的中央，主要是安置历代达赖喇嘛的灵塔和各类佛堂，是举行佛事活动的地方。红宫两侧，墙上刷白色的建筑俗称"白宫"。白宫分东西两部分，是历代达赖喇嘛生活起居和政治活动的场所。

布达拉宫的外观具有王宫和佛教庙宇相结合的特点，基本采用佛教坛城的建筑布局。

2010年初夏，我第二次参拜布达拉宫，当时有幸由布达拉宫主持曲扎拉大师为我们讲解。我们沿着宽大的石阶而上，跨进彭措多朗大门，见到一根用整棵树干做的门闩，颇为惊讶。进入大门，通过一条窄窄的廊道。这里没有窗户，透过深邃的墙洞，能窥见厚达数米的宫墙，宫墙是用石头砌边、用三合土砌成的墙。

出了廊道，进入一个宽阔的广场，藏语称"德阳厦"，意为东欢乐广场。这是每年藏历十二月二十九日驱魔禳解仪式和跳神的平台。台面平坦，全是用西藏特有的"阿嘎土"打成，面积达1600平方米。

直接从德阳厦的正西面扶梯上达松格廊道，那并列的三排木质扶梯，虽不高，但很陡。当中的扶梯是专供达赖上下的，一般僧众和官员，只允许从两边扶梯上下。一上楼，南壁一个玻璃罩内有一份诰封，下面还有金汁双手印，引人注目。这是17世纪中期，五世达赖大规模修建布达拉宫时留下的印记。那时，达赖年事已高，一切事宜委托给第司·桑结加措掌管，为了树立第司的威望，达赖按手模以令僧侣官员，听命于第司。这个具有历史价值的手印一直保留至今。

转身到东西墙壁，可以见到人们熟悉的松赞干布请婚及文成公主进藏图。绕到北壁，可以看到文成公主进藏的故事和抵达拉萨时受到隆重欢迎场面的壁画。710年，继文成公主进藏以后，又有一个唐朝公主——金城公主进藏。她的事迹也在布达拉宫壁画中得以反映。措木钦厦（东大殿）的东面墙壁上，便绘有金城公主进藏的故事。

　　东大殿，藏语称措木钦厦，是白宫最大的主殿，也是布达拉宫最大的殿堂，面积717平方米，由38根大柱支撑，位于白宫的4层中央。它是五世达赖建立甘丹颇章以后，于1645年修建的。这里是五世达赖举行坐床、亲政大典等重大政治和宗教活动的地方。殿内保存着清朝顺治皇帝册封五世达赖为"西天大善自在佛所领天下释教普通瓦赤喇怛喇达赖喇嘛"的金册金印。殿中宝座上方有1867年清同治皇帝所赐的"振锡绥疆"金字匾额。殿内四壁绘满壁画，其中两组画尤为引人注目。一组是"猴子变人"，这是西藏家喻户晓的故事，西藏人相信猴子是观音的化身，并以自己是猴子的后代为荣。另一组壁画讲的是金城公主入藏的故事，反映了汉藏关系史上的又一件大事，对增进汉藏友好往来具有重要的历史意义。

　　从东大殿登上白宫的最高处（7层），又是另一个世界。这里朝南一式落地玻璃，采光面积很大，从早到晚，阳光灿烂，故称为"日光殿"，历代达赖的寝宫就设在这里。由于达赖冬季住在此地，夏季搬至罗布林卡，因而布达拉宫又称冬宫，罗布林卡称为夏宫。日光殿有经堂、客厅、习经室、卧室，殿内到处珠光宝气，豪华的陈设及金盆、玉碗、绫罗绸缎使人眼花缭乱。走出寝室，外面便是阳台，凭栏远眺，拉萨城尽收眼底。只见群山起伏，拉萨河在阳光下闪耀着金光，田垅阡陌，绿树村舍，气象万千。

白宫的西面是红宫。红宫的主体建筑是五世、七世至十三世达赖的八座灵塔殿和各类佛堂。八座灵塔的塔身都用金属包裹，镶着珠玉。各灵塔的形制基本类似，但规模却不大相同。其中以在位时间长、政绩斐然的五世达赖和十三世达赖的灵塔最为豪华。1690年修建的五世达赖阿旺罗桑嘉措灵塔，是宫内最大的一座金塔，面积达700多平方米，塔高14.85米，分塔座、塔瓶、塔顶3个部分。塔身用金皮包裹，显得辉煌炫目，塔上镶满绿宝石、紫晶石、红宝石、青金石和玛瑙、猫眼石等共18677颗。其中一颗拇指大的宝珠传说是从印度的一只大象的脑袋里找到的。13世纪的时候，它被印度一个高僧献给八思巴，后来又献给五世达赖。单是这个塔，就花费了11.98万两黄金，还不包括无数珠宝。经过特殊处理的五世达赖遗体就保存在塔瓶内，灵塔前摆着各种金灯、玉器，灵塔两旁垂吊着五彩千叶飘带。殿堂两侧的藏经阁中装满了用上等丝绸包装的藏文书籍，其中包括许多宗教、医学、天文、建筑、诗歌、戏剧等方面的著作。

红宫内的另一座巨塔是十三世达赖土登嘉措的金灵塔。其耗费黄金580多公斤，建于1934年，塔高14米，塔上镶着珍贵的珠宝玉石。灵塔左边安放着一个50厘米高的7层"宫殿"，结构玲珑剔透，人物形象栩栩如生，它是用20万颗各色珍珠和珊瑚串缀而成的，是一件稀世之宝。灵塔殿内还绘有十三世达赖生平的壁画，其中一幅展现了他于1908年到北京觐见慈禧太后和光绪皇帝的隆重场面。

从五世达赖开始建造灵塔起，以后圆寂的历代达赖在布达拉宫都有自己的灵塔。惟有六世达赖没有，只有他的一个用银子打造的少年身像。仓央嘉措后来被逐出布达拉宫，不知所终。只有他的情歌继续在大地上流传，那就是他永恒不灭的灵塔。

红宫屋顶的金顶群，由7个灵塔的金顶组成，金顶的位置与灵塔、主殿上下相应。金顶屋顶用铜质鎏金瓦铺成，上面还有宝瓶、共命鸟、鳄头、经幡等鎏金装饰。整个金顶参差错落，连成一片，在蓝天白云衬托下，金碧辉煌，蔚为壮观。

出了达赖灵塔殿，就到了东侧的西大殿，藏语称"司西平措"，意为"圆寂"，为五世达赖罗桑嘉措的享堂，重大的佛事活动都在这里举行。西大殿平时不对外开放，曲扎拉大师破例带着我们进了西大殿。大殿面积680多平方米，屋顶由50根巨柱支撑，是红宫最大的殿堂。殿内挂有乾隆皇帝御赐的匾额，上面写着"涌蓬初地"四个金字。1652年，五世达赖罗桑嘉措应邀与顺治皇帝会晤，在他返藏之前，顺治皇帝册封他"达赖喇嘛"之尊号。30年后，五世达赖在布达拉宫圆寂，摄振第司·桑结嘉措秘不发丧将这个消息封锁了15年才公诸于世。大殿四周的壁画主要记录了五世达赖一生的事业和功绩，尤其是他去北京觐见顺治皇帝的情节。司西平措二楼画廊，堪称是一个壁画世界。这里共有698幅壁画，取材多样。既有独特的佛祖肖像、佛教故事，又有西藏丰富多彩的地貌风物，还有反映当年修建布达拉宫的情景，以及描绘赛马骑射、角力摔跤等藏族文化生活的生动场面。虽然过了几百年，壁画仍然光彩夺目。

在司西平措，曲扎拉大师用殿堂里的毛拂为我们摸顶祝福。

摸顶是一种宗教仪式，就是人跪伏在地上，由活佛用毛拂从头的后部摸到背部。

从司西平措画廊登上三楼，就来到布达拉宫最早的建筑物"法王洞"，藏语称"曲结竹普"。据说吐蕃第二十七代赞普拉脱脱日聂赞曾在此修行过，松赞干布迁都拉萨后，也在这个洞穴里修行，因此称"法王洞"。这个洞穴式建筑是纪念松赞干布再次修行而筑的。环顾曲结竹普，可从被香薰得漆黑透亮的洞壁上，隐约见到四周凿洞成室的痕迹，在幽暗的灯光下，松赞干布、文成公主、赤尊公主及禄东赞的塑像栩栩如生。佛堂后面有一个小白塔，它的位置恰好在布达拉宫的中央。

法王洞上面一层，是圣观音殿，也称超凡殿，藏语称"帕巴拉康"，也是布达拉宫早期的建筑物之一。殿内正中供奉"帕巴洛给夏然"，即观音菩萨。观音菩萨像高93厘米，宽10厘米。传说松赞干布在重建布达拉宫时，一颗檀香木的树干自然分裂，从里面现出四尊佛像，其中之一即为观音菩萨像，只见观音像开口道："松赞干布是我的化身，我将往西藏有雪邦内，为藏王松赞干布本尊。"由于这个传说，这尊佛像身价百倍，信徒们相信它佛法无边，护佑着雪域的安宁和幸福，所以长期以来一直被奉为布达拉宫的主供佛像，也是布达拉宫的镇宫之宝。

殊胜三地殿，藏语称"蕯松朗杰"，是红宫内最高的一座宫殿，该殿系七世达赖喇嘛所建，是红宫一座最为重要的殿堂，内藏经书万卷，殿堂西面有一尊高3米的千手观音，造型生动优美，做工精巧，是十三世达赖用1万两黄金铸成的。殿内北面供奉着康熙皇帝的长生禄位，上面是藏、汉、满、蒙四体文字的"当今皇帝万岁万万岁"9个金字,佛龛内供着乾隆皇帝的画轴。每逢藏历新年,达赖喇嘛和驻藏大臣率领西藏地方官员在皇帝万岁牌前行叩拜大礼,以示对大清帝国的忠孝。每当达赖或班禅圆寂之后,选定转世活佛的金瓶掣鉴仪式也在此进行。

走上红宫金碧辉煌的平台,在炽烈的阳光下,那光芒四射的金瓦,迎风飘舞的经幡,绣满藏族图案的帷幔,洋溢着宗教世界的风情。站在金顶之上远眺,美丽的拉萨城显现出一派祥和的景象。而此时,我们的心灵除了震撼之外,更觉得无比的纯净。

布达拉宫是一个博大丰富的文化艺术宝库。宫内除了大大小小多达20余万尊的佛像、近千座佛塔、2500多平方米的壁画、上万幅卷轴唐卡以外,还藏有稀世珍宝贝叶经,以及6万多卷藏文文献经卷,其中有明永乐八年的大藏经《甘珠尔》,大量的历代唐卡,明清锦缎、瓷器、珐琅器、金银玉器等,以及历代中央王朝赠给达赖喇嘛的金册、玉册、金印、封号、匾文等。

布达拉宫是一座融古代王宫与宗教庙宇为一体的别具一格的雄伟建筑物,它体现了西藏政教合一制度。

布达拉宫除了红、白两宫,其他附属建筑还有扎仓、扎夏僧官学校、藏军司令部、经学院、监狱、骡马圈、供水院等,建筑的秩序格局暗示着宗教和政治在西藏的不同地位。

据不完全统计,目前布达拉宫共有厅、台、殿、室2500多个房间,而新的处所、地垄、仓库等还在不断被发现。

布达拉宫内的壁画、塑像、唐卡、供物与西藏的寺庙没有什么殊异之处，为什么布达拉宫称为"宫"呢？原来布达拉宫在吐蕃时期建成，那时佛教并未统治西藏，西藏也不是政教合一的社会。布达拉宫只是作为王的宫殿依山而筑，显示出高高在上的威严。自从五世达赖受清朝皇帝的册封，获得了政教首领地位之后，他从哲蚌寺搬到布达拉宫居住，随之，布达拉宫宗教的色彩就浓厚起来了。

布达拉宫是世界上最令人惊叹的建筑之一。这里所有的文学、美术、建筑都有一种难以言说的神奇。它是世界上近乎完美的一座建筑。

布达拉宫不仅是中华民族文化宝库中的一颗璀璨的明珠，而且也是人类文明史上的一处重要文化遗产。

深幽宁静的夏宫罗布林卡

罗布林卡，藏语意为"宝贝园林"，位于拉萨西郊约3公里的拉萨河畔，全园面积36万平方米。这里绿树成荫，鸟语花香，楼台亭榭，错落有致，是一处集园林、宫廷、寺院建筑为一体的别墅式园林。现已入选世界文化遗产。

罗布林卡由格桑颇章、金色颇章和达颠明久颇章三组宫殿建筑组成（颇章意为宫殿）。它始建于七世达赖格桑嘉措时期的18世纪40年代，后经历世达赖的修缮与扩建，成为拥有房舍 374 间、总面积约 36 万平方米的大型园林。罗布林卡是七世达赖以后历世达赖处理政务、举行庆典、消夏避暑、居住休息和进行宗教活动的地方，被称为达赖的"夏宫"。

罗布林卡是一座围有围墙的大园子，大体呈正方形，四周高墙用大块的花岗石砌成，墙的下半部刷成白色，上部是红色。在南边，两岸砌着石堤的拉萨河的一条支流流淌到墙脚之下。深红色的大门上镶嵌着一对金色的圆形雕饰，门楼上的瓦金光灿烂。门檐下，有一列白色的严肃威武的守护神。进入大门，首先映入眼帘的是高大茂盛的树木，让人一时看不出其深远，只有宽阔的石板路引导着人们走向枝繁叶茂的树林深处，时而传来清脆的鸟鸣，让人仿佛置身于世外桃源。

沿着石板路前行，右侧的一座宫殿建筑就是格桑颇章。格桑颇章是罗布林卡兴建最早的一座宫殿，是七世达赖修建的以自己名字命名的宫殿。格桑颇章是一座普通的三层藏式建筑，由方石砌成，宫内有佛堂、卧室、阅览室及护法神殿、集会殿等设施。护法神殿内四壁有生动古朴的壁画。

自格桑颇章建成以后，历世未成年（18 岁）的达赖在执政之前，便在这座宫殿内，由经师教习藏文、佛经等。到了达赖执政以后，这里便成为他的夏宫。每年藏历三月中旬到十月初，达赖在这里诵经、习史、批阅文件、任命官员和商议政事。闲暇之时，便在园中游玩娱乐。

走出格桑颇章，过动物园往右是金色颇章。金色颇章是十三世达赖扩建的，为三层藏式楼房。内有朝拜殿、堪布室、讲经堂、库房等，颇章顶饰祥麟法轮、法幢，下白女儿墙上装饰着八吉祥图案，显得富丽庄重。金色颇章与格桑颇章一样四壁皆画，其中有五台山、万寿山全景图，并有象征福、禄、寿、喜的汉式壁画。

金色颇章的西侧建有十三世达赖的修行之所——格桑德吉宫，该宫上下两层。齐明确吉宫位于格桑德吉宫的西南侧，是十三世达赖为自己修建的园静房，为单层平顶藏式建筑。十三世达赖晚年一直住在这里，直至圆寂。

穿过金色颇章曲折向东，就到"达颠明久颇章"，为1954年十四世达赖修建的新宫，为两层藏式楼房。新宫不愧为一座艺术之宫，宫顶有法轮幡幢，金光闪闪，门楼斗拱腾龙飞凤，雕刻得栩栩如生，新宫内，摆满了琳琅满目的神像、唐卡、佛塔和灯盏等，四墙栩栩如生的壁画丰富多彩，最引人入胜的是北殿两侧经堂内的释迦牟尼与八大弟子图，图画精美，光彩照人。壁画与门厅、窗、廊的装饰协调统一，具有独特的地域风情与民族风格。

新宫南殿的壁画，从西沿北到东，是用连环画的形式表现的一部西藏简史，内容包括藏族起源，吐蕃王朝兴亡，公元846年至1391年西藏佛教发展历程及噶当、噶举、萨迦、格鲁等教派的陆续兴起，从1391年一世达赖根敦珠巴，至十四世达赖丹增嘉措于1955年从北京返回拉萨为止的历世达赖传记等，共301幅画面。其中画有1652年五世达赖进京朝见清顺治皇帝，被册封为达赖喇嘛，并受赠金册、金印的情景。这个情景，对格鲁派来说，是有重大意义的。自此，格鲁派得以统治全藏。宫内最新的壁画，描绘了1954年十四世达赖经过刚通车的康藏公路，到北京参加全国人民代表大会及在各地参观访问的情形，同时也陈列了中央人民政府赠送的礼物。这些画面为研究藏族历史和藏汉关系发展提供了重要资料。

新宫南面的湖心宫，是罗布林卡最美丽的地方。这里有一个大型的人工湖，湖中有3个方型的小岛，在岛的周围和湖边绕以石栏杆，颇似江南古典园林中"一池三岛"的布局。湖中建有湖心宫和龙王宫，通过跨水石桥相连两宫。湖心宫的屋顶是黄琉璃瓦，木雕门窗以及彩绘装饰等均使用汉族传统手法。湖心宫北面的龙王宫是一座汉藏风格结合的建筑，采用汉式的斗拱结构，屋顶飞檐翘角。

罗布林卡是一个大花园。这里种有各类植物和花卉，其中有苍松翠柏等树木49种，有牡丹、芍药等名花异草62种。这里不仅有国家一级、二级保护树种的喜马拉雅巨柏、雪松、大果园柏、文冠果、热带植物箭竹、合欢以及稀有花种八仙花、蜀葵、福禄葵、金盏菊，还有来自喜马拉雅山南北麓等地的奇花异草以及从尼泊尔、印度等国引进的名贵花卉，堪称为高原植物的大观园。

罗布林卡景观花木的选择，也受到了传统佛教思想的影响。园内的树木以柏树为尊，因为佛祖释迦牟尼及其弟子曾以"柏子充饥"。同时，柏树又具有长寿、永恒的象征意义。罗布林卡的湖中，培植有不同种类的莲花，象征着佛教的圣洁与纯净。

作为罗布林卡园区一部分的动物园，占地面积4000平方米，也颇具浓郁的高原特色。这里饲养着各种不同的珍禽及动物，如国家二级保护动物马熊、梅花鹿、白唇鹿、斑头雁等。

过去还有孟加拉虎、锡金鹿等珍贵动物。

罗布林卡还有许多让人惊讶的地方，比如达赖喇嘛的马厩。马厩院子的地上铺着鹅卵石，入口处两边的墙上，都画了壁画，而且每一间马舍的石灰墙壁上，也都画满色彩艳丽的壁画。很多壁画的主题都与马有关，马有粉红色、蓝色、带斑点和白色的以及双翼飞马，甚至还有马的解剖图。其余的壁画画的是中国成语故事和民间传说。

尽管罗布林卡受到清代皇家园林的影响，但它更多地展示了浓郁的雪域高原风格。罗布林卡建造在布达拉宫以西风景秀丽、环境幽静的灌木林中，充满了浓郁的田园牧歌般的生活气息，更多地反映出人与花草、人与动物、人与自然之间"大地同根、万物一体"、"和合共生"的自然观念与园林情趣。

在罗布林卡的黄墙东西正中有"乌尧颇章"，前面设有露天大戏台。据说当初藏戏是在哲蚌寺演出，五世达赖喇嘛移居布达拉宫后，每年雪顿节，各藏戏剧团都要在布达拉宫专门为达赖表演。18世纪后，随着罗布林卡的兴建，藏戏演出的地点也随之转移到罗布林卡，达赖就在乌尧颇章观戏，这个平日清净、安宁的达赖夏宫也就一下子热闹起来了。

罗布林卡以其富丽堂皇、幽雅别致的宫室园林，向人们展示了西藏近代各时期历史、文化、艺术多姿多彩的风貌。

"圣庙"大昭寺

　　大昭寺位于拉萨老城区的中心,距今已有1350多年的历史。大昭寺是西藏现存最辉煌的吐蕃时期建筑,寺殿高四层,上覆金顶,辉煌壮观,具有汉藏合璧风格,显现了佛教中坛城的宇宙理想模式。经历代多次整修、增拓,大昭寺形成了如今占地25100平方米的宏伟规模。如果说布达拉宫是西藏的面孔的话,大昭寺则是西藏的眼睛。大昭寺是全国重点文物保护单位,1994年被联合国教科文组织列入《世界文化遗产名录》。

　　大昭寺又名"祖拉康",藏语意为"经堂"。而"大昭"藏语意为"释迦牟尼"。大昭寺始建于唐贞观二十一年(647年),是赞普松赞干布为纪念赤尊公主入藏而建的。公元641年,在迎娶唐文成公主之前,松赞干布已娶邻国泥婆罗(尼泊尔)公主赤尊为妃。当时,赤尊公主住在布达拉宫山上的岩洞宫室,文成公主暂栖布达拉宫东面卧措旁之沙地,连她携带的释迦牟尼佛像,也置于柳林帷幔之中。传说,文成公主观天察地,认为所居沙地乃龙宫之门,需建庙以镇之,于是提议在此为释迦牟尼佛建寺,获得赞普的支持。

　　沙地建庙也激起了赤尊公主建寺供佛的念头。赤尊公主选择沙地东南为寺基,白天亲自指挥工匠营建,怎奈夜间纷纷倒塌，且每建必倾，无奈只得求助德才兼备的文成公主。文成公主亲自占卜行算以择建庙地点，她夜观天象，日察地形，发觉吐蕃地形状似仰卧的罗刹女，极不利于赞普立国。为预防凶兆剧变，须建庙镇女妖之四肢。公主又观察卧塘，认定卧塘乃罗刹女之心脏，湖水系妖魔之血液，应在此建庙以镇之，填土以塞其血路。公主又据五行相生相克之说，为松赞干布献策，动用了大量的白山羊背土填湖。藏语中"山羊"叫"惹"，"土"称为"萨"，所以寺庙被称为"惹萨"。为了纪念山羊驮土建寺的功劳，在大昭寺一楼配殿中还供奉着一只神气活现的白山羊。又因为这座空前规模的建筑矗立于卧塘之上，成为这座王都的突出象征，人们便以"惹萨"来命名这座城市。当时汉译把"惹萨"译成了"逻些"，汉文史书便把"逻些"作为拉萨的前称记录下来。

648年，宏伟的大昭寺建成，文成公主与松赞干布亲自于寺门之外栽插柳树，这就是著名的"唐柳"。两位公主进藏所携的佛像先后被请进寺内。从此，各地善男信女纷纷前来朝拜。绕寺四周也逐渐建起了房舍多处供各地朝拜之人借宿。这样，以大昭寺为中心的八廓街也初显雏形。

两位公主笃信佛教，在她们的影响下，松赞干布也加深了对佛教的信仰，从此，西藏各地寺庙不断涌现。唐朝和天竺等地的僧人也络绎不绝地抵达逻些，大昭寺香火日益旺盛。在这种情势下，人们都把逻些尊崇为"神圣之地"。由此，"惹萨"改称为"拉萨"，即"圣地"之意了。

1637年，信奉格鲁教派的蒙古固始汗扶植五世达赖统一全藏，逐步加强了政教合一的统治制度。从五世达赖开始，大昭寺经历过几次较大的维修和扩建，到17世纪，基本形成今日规模的庞大建筑群。

走近大昭寺，即可看到左侧石围栏内立着一块石碑。其高3.42米，正面和左右两面的碑文同时刻有藏汉两种文字，背面是藏文盟誓。这就是823年（唐长庆三年）刻立的"唐蕃会盟碑"，或称为"甥舅和盟碑"。会盟是由唐穆宗和吐蕃赞普赤祖德赞于821年举行的，这块碑之所以又称为"甥舅和盟碑"，是因为自从松赞干布娶文成公主以后，历代赞普对唐朝皇帝均以外甥自居，行子婚之礼。赤祖德赞与唐立碑和盟，碑文中就写有"今社稷，山川如一，为此大和……须合甥舅亲近之礼，使其两界烟尘不扬，罔闻寇盗之名，后无惊恐之患"。所以，为"承崇甥舅之好"，故有此称。唐蕃会盟以后，双方友好往来更为密切，经济和文化交流更加频繁，为元朝对西藏实施有效的管理打下了基础。

在大昭寺门前两侧，竖着两根高大的经杆，经杆上下都缠着里三层外三层的经幡，经幡上布满了密密麻麻的经文，在微风的吹拂下轻轻飘扬。经幡下有两个塔状的香炉，里面堆满了燃烧的桑叶。

我们由正门进入寺院之后，沿着顺时针方向首先进入一个宽阔的露天庭院，这里是拉萨祈愿大法会"默朗钦莫"的场所。因庭院四周的廊壁与转经回廊廊壁上满绘着千佛佛像壁画，而被称为千佛廊。

继续右绕，穿过两边的夜文殿和龙王殿，数百盏点燃的酥油供灯的后面便是著名的"觉康"佛殿。它既是大昭寺的主体，也是大昭寺的精华所在。佛殿呈密闭院落式，楼高四层，中央为大经堂。藏传佛教信徒认为拉萨是世界中心，而宇宙的核心便位于此处。

大经堂的正中，供奉着文成公主带入西藏的释迦牟尼12岁等身金像，佛像面部线条流畅润朗，眼神低垂却烁烁闪光。释迦牟尼佛堂是大昭寺的核心，也是朝圣者向往之所。释迦牟尼佛像是大昭寺的镇寺之宝。据史料记载，释迦牟尼在世时，曾选了三尊自身佛像，并且亲自为它们开光。释迦牟尼说，我圆寂后，见到它们就等于见到我一样。这三尊佛像，一尊是8岁等身像，一尊是12岁等身像，一尊是25岁等身像。8岁等身像现供奉在小昭寺（原供奉在大昭寺）；25岁等身像收藏在印度，在灭佛运动中被人沉入印度洋，至今无法找到。当年大昭寺建成时，原本供奉着赤尊公主入藏时带来的释迦牟尼8岁等身像。710年，金城公主嫁到吐蕃后，将其移置于小昭寺，而将文成公主带来的释迦牟尼12岁等身像（又名"觉卧佛像"）迎至大昭寺供奉至今。

大经堂两侧厢殿供奉着松赞干布、赤尊公主、文成公主等人的塑像。两位公主体貌端庄，其中前面发髻高绾的大唐女子就是文成公主。

在大昭寺殿堂的外走廊上，有数百个黄铜制作的尼玛经筒（大转经筒），其外表刻着六字真言，里面放着大悲咒等经文。信徒们边走边转动这些经筒，他们相信转动经筒会给自己带来好运。

从清乾隆五十七年（1792年）开始，清政府颁布了《钦定西藏章程》，以"金奔巴"制度来确定达赖和班禅的转世灵童，大多数金瓶掣签都是在释迦牟尼12岁等身像前完成的。如今，圣像前已成为藏传佛教最为神圣的地方。

沿千佛廊绕"觉康"佛殿转1圈称"惹廊"，是拉萨内、中、外三条转经道中的"内圈"。拉萨主要转经活动都是以大昭寺的释迦牟尼佛为中心进行的。除了"内圈"外，围绕大昭寺则为"中圈"，即"帕廊"，也就是古老而热闹的八廓街；围绕大昭寺、药王山、布达拉宫、小昭寺为"外圈"，即"林廊"，已绕大半个拉萨城。

大昭寺是西藏重大佛事活动的中心，五世达赖喇嘛建立甘丹颇章政权后，噶厦地方政府机构便设于寺内。许多重大的政治、宗教活动都在这里进行。

大昭寺灰白的围墙历经1350多年风雨，显得古朴厚重。门口的青石板已被信徒香客的等身匍匐膜拜磨得油光发亮，并形成了许多光滑的坑槽，泛着幽幽的青光。

大昭寺常年不灭的酥油灯，从不拒绝每一个来此寻求慰藉的灵魂。这里没有高高的蜡烛，从不烧香，点的全是酥油灯，庙前没有功德箱，喇嘛们也不会为香客算卦或为香客的佛物开光。人们上庙施舍，都是直接把钱放在佛像前，而且还可以找零。实际上，菩萨像前敬献的多数是角票。因为菩萨不爱财，略表一下心意就可以了，这也许是藏传佛教与其他教派不同的地方。大昭寺的繁荣、拥挤、喧闹似乎更富有人情味，更让世人觉得人与神相隔得并不遥远。

小昭寺位于大昭寺北面约 1 公里处，现在是西藏僧侣修习密宗的上密院，占地 4000 平方米。它是 7 世纪中叶由文成公主入藏时从内地带来的建筑工匠按汉式寺庙修建的。所以小昭寺早期建筑是仿汉唐风格，金碧辉煌，精美壮观。小昭寺于唐贞观二十一年（647 年）与大昭寺同时建成。后经数度焚毁，又依藏式重建。现今只有低层神殿是早期的建筑，内中 10 根柱子依稀可见吐蕃时代的样貌。

寺内现供奉尼泊尔赤尊公主带到吐蕃的释迦牟尼 8 岁等身像（又名"不动金刚佛像"），还有墨珠尔济、弥勒佛像等珍贵的历史文物。

转经要道八廓街

八廓街位于拉萨市中心，是西藏历史最早、最繁荣的一条街道。赞普松赞干布在 7 世纪定都拉萨，自从修建了大昭寺，就形成了八廓街。过去只是单一地围绕着大昭寺的转经道，藏民把它称作"圣路"。如今的八廓街既是转经道，又是一条藏族文化和风土民情的艺术长廊，它集西藏千百年来政治、经济、宗教、文化于一身，反映了藏民族的兴衰和历史变迁。八廓街是西藏的缩影，也是拉萨城市的标志，就像王府井之于北京，劝业场之于天津，南京路之于上海一样。2009 年，八廓街获得由文化部和国家文物局颁发的首届"中国历史文化名街"荣誉称号。

"八廓"是藏语"帕廓"的谐音，藏语"帕"意为"中"，"廓"意为"转"，"帕廓"即为"中转"之意。八廓街最初就是一条围绕大昭寺的转经道，信奉藏传佛教的人们沿着大昭寺外面绕一圈称"中转"，藏语叫"帕廓"，"帕廓街"因此得名。

八廓街俗称"八角街"，内地人一般都知道西藏有一条著名的"八角街"。我到西藏以后才知道"八廓街"是八角街的正确称呼。原来"八角街"的称呼是音误，因为拉萨四川人多，在四川语中"廓"与"角"的发音相近，所以就把"八廓街"误说成"八角街"。后来，望文生义，有人甚至以为八角街是因为环形街道有八个角了。我到拉萨后，发现拉萨街头许多小公共汽车的售票员热情地招呼乘客，一遍又一遍地吆喝"去拉萨哟！"一时叫人丈二和尚摸不着头脑，我们就在拉萨，怎么还叫去拉萨？后来，才知道他们叫的"拉萨"是指大昭寺和围绕着大昭寺而建立起来的八廓街，只有到了大昭寺和八廓街，才算是到了真正的拉萨，可见八廓街在藏民心目中的地位。

八廓街每天都汇集着来自各地的朝拜者。有磕等身头来的，有坐卡车来的，有修行的僧侣。清晨的八廓街上，大昭寺前香烟缭绕，朝佛人、转经人已将这里挤得满满当当。走进这里的人不知不觉就纳入了"转街"的行列。

走进八廓街，仿佛走进了西藏的历史，走进了一条藏族文化和风土民情的艺术走廊。这条有着浓郁藏族生活气息的街道，

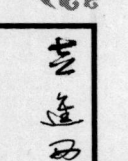

是围绕大昭寺的一条长约 1 公里的环形街,宽 6～10 米,其东、南、北三个方向有 35 条大小街巷向内延伸,整个街区约 3 平方公里,居住着 2600 多户、8000 多居民。这里僻巷幽静,曲径自通,宫厦套着石屋,回楼依伴着古寺。

八廓街是随着大昭寺的发展而形成的。公元 7 世纪,松赞干布兴建大昭寺,并在被称为"乳湖"的沼泽地附近修了四座宫殿,这也是八廓街最早的一批建筑。大昭寺建成以后,大昭寺周围逐渐出现了 18 座家族式的建筑,为远道而来的朝拜者和买卖人提供了落脚之地。到 15 世纪,八廓街又出现了一些僧人宿舍、宗教学校、小寺庙等建筑群,相应的服务设施、货摊店堂、手工业作坊也发展起来了。那时,八廓街既有西藏旧噶厦地方政府、地方法院、监狱等机构,又有各类商业网点,住着贵族、僧人、学者、手工艺者、画师等各式各样的人物。

八廓街特有的环形街道如同一个巨大的臂膀,将金顶红墙、气势恢弘的大昭寺环抱其中。这条转经路上有许多古迹。在环形路与公路交界的道口上,曾经竖立着 1 根长数米的,藏语叫"根堆达钦"的大法轮柱,藏族姑娘年满 16 岁,都要到大桅杆前举行一个庆贺成年的仪式。

八廓北街 24 号院子里有一幢两层高的小楼"曲结颇章",它就是赫赫有名的"法王宫",是这条街上四大宫殿中的第一座,也是八廓街的第一所房子。它是松赞干布修建大昭寺时为自己建造的一个简朴的行宫。

从八廓北街 24 号继续前行,在白色香塔小广场的北面,有一幢顶部一层为红色草墙的三层楼房,这是当年清朝驻藏大臣衙门。清朝向西藏派遣驻藏大臣，始于雍正年间。从那时到辛亥革命爆发的183年间，清朝政府共派遣了84位驻藏大臣。

　　在八廓街转经路的终端，我们看到了格鲁派创始人宗喀巴的佛学辩论场"松曲热遗址"，那是大昭寺东南墙外面的一个平坦、开阔的小广场。过去大昭寺在举行祈愿法会期间，会在这里统考头等格西。

　　位于八廓街转经道南端的吐巴，是一座三层楼的古建筑，它是西藏文字创造者吞弥·桑布扎的府邸。此外，八廓街上还有下密院、印经院、仓尼姑庵等寺庙。

　　八廓街周长1110米，沿途建筑多为白色，惟八廓街东南角与东孜苏路交汇处的一个丁字路口，有一幢涂满黄色颜料的二层小楼，取名"玛吉阿米"，特别引人注目。传说这幢房子是六世达赖喇嘛仓央嘉措与情人幽会的秘宫。六世达赖喇嘛不但是著名的学者和诗人，还是风流倜傥的情歌圣手。他在此写下了许多情歌，而且在民间广为流传。他曾在这幢黄房子里写过一首著名的情歌《在那东方山顶》："在那高高的山顶／升起一轮皎洁的月亮／未嫁娇娘的面容／时时浮现在我的眼前。""未嫁娇娘"藏语读作"玛吉阿米"，她是仓央嘉措最喜爱的一个情人。

　　相传仓央嘉措才智过人，但他不守清规，白天以密法佛徒出现，夜晚则更装易名，微服私出布达拉宫，悠游于拉萨街头，并深入民间寻觅爱情。期间，他以自己的真挚情感，写出了大量讴歌爱情生活的情诗。这些情诗以大无畏的精神和惊人的勇气冲破了宗教罗网，公开向佛教宣扬的"出世禁欲，视人世为

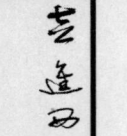

苦修"的思想挑战。但是，这位才子最终成为西藏上层统治者与蒙古和硕特部落首领争权夺利的牺牲品，圆寂时年仅24岁。

八廓街作为拉萨最早的经济中心，今天依然是拉萨最热闹的商业中心。八廓街地面全部用石头铺垫，平整而干净，两侧是拉萨城最早、特点最浓的两层式藏族民居。两层式建筑上层住人，底层全部作为商店的铺面，因此街道两侧店铺林立。在1000多米长的路面上有300多家商店，1400多个商业摊位。

在八廓街，人们所需要的物品应有尽有。从香水洋烟到鼻烟，从电子表到古董，从珠宝到金银制品，从化妆品到日常用品，从自行车到马鞍，从艺术品到复制品，从牛羊肉到水果蔬菜，从藏药到藏香，从宗教器具到妇女的日常用品，从英国、瑞士、日本等国的各种舶来品到西藏民间的手工艺品，这里的一切商品，既有历史悠久的"古老"，又有兼容并存的"博大"。八廓街不同于一般意义的商业街，它让人感受到厚重的历史文化，人们在这里购买每一件物品都是纪念品，都有它的文化内涵。

漫步八廓街头，只见人如潮涌，熙熙攘攘，这里每天的人流量在5万左右，逢节假日和旅游高峰，可达七八万人。整个拉萨城区人口才27万，而这里每天人流量占拉萨全城人口的四分之一。

在八廓街，磕长头的朝圣者一路畅通无阻，转经的只管专心念着六字真言，商贩们高声叫卖，购物者随心挑选。在这里，僧尼的诵经声与音像摊的流行歌曲相互衬托，大昭寺里燃烧的酥油味与商店里散发的香水味混合弥漫。在这里，佛界与世俗互不相扰，历史与现代完美结合，而八廓街的魅力正在于此。

闻名于世的拉萨三大寺

　　拉萨的东郊、北郊和西郊，分别坐落着举世闻名的甘丹寺、哲蚌寺和色拉寺，合称"拉萨三大寺"。拉萨三大寺是藏传佛教格鲁教派祖师宗喀巴·洛桑扎巴及他的弟子们创建的，为格鲁教派的三大主寺。历史上三大寺的僧人多时达2万多人，如此众多的僧人住寺，三大寺的建筑规模和地位可想而知了。

　　宗喀巴是西藏14世纪出现的一位出类拔萃的佛教领袖，他给面临劫难和厄运的藏地佛教带来了新的希望。正当佛教前途茫茫之际，宗喀巴从青海来到西藏，开始主持佛教变革运动，他主张僧徒要严守戒律，不得追求权势利禄，严禁生活放荡和僧人娶妻生子。

　　宗喀巴于1409年在拉萨大昭寺开创传召法会，弘扬佛法，标志着他的宗教理念已经得到全藏僧俗大众的认同。1409年，创建了祖寺甘丹寺。1416年，宗喀巴又命他的弟子加央曲吉·扎西班丹修建了哲蚌寺。1419年，即宗喀巴圆寂的同一年，其另一位弟子绛青曲吉·萨迦益西修建了色拉寺，这就是著名的拉萨三大寺。从此佛教重振旗鼓，宗喀巴建立的格鲁派势力日盛。

　　甘丹寺不是一般意义上的寺庙，它之所以地位显赫，不仅在于它是格鲁派祖师宗喀巴所建的一座寺院,更主要的是一世班禅和一世达赖的"佛光"也是从这个寺里升起的。

宗喀巴圆寂时,把衣帽传给弟子贾曹杰,由他担任第二任甘丹赤巴(法位)。后来宗喀巴的另一个重要弟子克珠结继任了第三任甘丹赤巴,他就是被格鲁派追认的一世班禅。根据宗喀巴的遗嘱,他的另一个高徒根敦珠巴于1450年得以转世,被追认为一世达赖。藏传佛教从而出现了以达赖和班禅为主的两大活佛转世系统。

甘丹寺位于拉萨东郊达孜县境内,距布达拉宫47公里。它坐落在拉萨河畔南岸海拔3800米的旺布尔山顶上。人们说旺布尔山像一头卧着的大象,背上驮着神庙甘丹寺,是吉祥的象征。又有人把旺布尔山称为王后岭,它像仁慈的度母把甘丹寺紧紧搂在怀中。在三大寺中,甘丹寺占有非常特殊的地位,它是藏传佛教的祖寺,格鲁派创始人宗喀巴亲自筹建该寺并担任第一任甘丹赤巴,最终也圆寂于此。甘丹寺的最高住持甘丹赤巴是整个格鲁派的住持,地位仅次于达赖和班禅。

甘丹寺全称为"甘丹朗杰林",直译为"喜足尊胜洲",简称甘丹寺。寺名"甘丹"是"受乐知足"之意。雍正十一年(1733年),清世宗御赐寺名"永泰寺",由此发展起来的教派起初就叫做甘丹派,后来演变为格鲁派,格鲁即善规之意。甘丹寺的最大特点是没有设立活佛转世制,寺院住持是以推举"甘丹赤巴"的方式来继位。至1954年,甘丹赤巴已传到第96任。甘丹寺的僧侣人数在历史上定额为3300人,现有380名住寺僧侣。1961年,国务院将其列入全国重点文物保护单位。

甘丹寺的建筑有大殿、扎仓、康村、米村及佛堂僧舍共50多座，占地面积达15万平方米。其中措钦大殿规模最大，殿高三层，底层分门厅、经堂和三座佛殿。经堂由108根大柱建成，面积为1600平方米，可容3500位僧人在殿内诵经。

阳巴井在措钦大殿的左侧，高四层。殿内后墙有一块巨石，相传由印度阳巴井地方飞来，因此取名为阳巴井。此殿是寺庙的主要护法神殿。

同阳巴井紧紧相连的是司东康，高三层，是宗喀巴及历代甘丹赤巴的灵塔殿。1419年，宗喀巴在赤多康圆寂，他的弟子玛仁钦为之修建了这座灵塔殿，并用900两白银在殿内修建银塔一座，安置宗喀巴的肉身。后来十三世达赖将银塔改修成金塔。塔身金碧辉煌，十分华美。以后，每任甘丹赤巴圆寂后，都要在这个殿修建银塔。到西藏和平解放前夕，这里陆续修建了95座银塔。

甘丹寺"机构"繁多。寺内设有夏孜、绛孜两个扎仓（经院），总面积近2000平方米，两个扎仓分别可容1500名僧人同时念经。扎仓下设康村，共有23个，每个康村都有一个面积400平方米的经堂，大多为两层楼的建筑，一般可容200多名僧人同时念经。有的康村下面再设米村。米村是寺庙里最基层的管理机构，甘丹寺共有31个米村。此外，还有一座高达9层的宫宇以及数以千计的喇嘛僧舍和9个辩经场所。

哲蚌寺是格鲁派在拉萨的首寺，也是格鲁派六大寺（拉萨的甘丹寺、哲蚌寺、色拉寺，日喀则的扎什伦布寺，青海的塔尔寺，甘肃的拉卜楞寺）中最大的寺院。该寺位于拉萨西郊约

10公里的更培邬孜山南坡，占地20多万平方米。整个寺院规模宏大，鳞次栉比的白色建筑群依山铺满山坡，远望好似巨大的米堆，故名哲蚌。"哲蚌寺"，藏语意为"积米寺"，象征着繁荣。

哲蚌寺由宗喀巴的弟子加央曲吉·扎西班丹于1416年兴建。宗喀巴曾亲自主持开光仪式。哲蚌寺建成后，很快发展为格鲁派寺院中实力最雄厚的寺院。最初寺院除"措钦"外，有7个扎仓，共计7000僧人。17世纪上半叶，五世达赖罗桑嘉措扩建了该寺，并逐渐发展为规模宏大的寺庙。1982年，国务院将其列为全国重点文物保护单位。

哲蚌寺的建筑很多，主要有甘丹颇章、措钦大殿、四大扎仓及其所属康村等，这些扎仓又有其各自所属的几个或几十个康村、僧舍等。每个建筑单位内部基本上分为3个地平层次，即院落地平、经堂地平和佛殿地平，形成了由大门到佛殿逐层升高的格局，强调和突出了佛殿的尊贵地位。在大殿和经堂的外部，又采用金顶、相轮、宝幢、八宝等佛教题材加以装饰，增强了佛教的庄严气氛。

哲蚌寺又是前几世达赖居住过的寺院，一至五世达赖均为哲蚌寺的"赤巴"（法台），二世、三世、四世、五世达赖均在此坐床。五世达赖罗桑嘉措受到清朝皇帝册封之前，一直住在哲蚌寺，只是布达拉宫扩建以后，才正式搬到布达拉宫。五世达赖在哲蚌寺建立甘丹颇章政权后，哲蚌寺在政教事务上享有特权，在历史上其僧侣定额为7700名，但到西藏和平解放前夕，实际住寺僧人多达1万余人，堪为西藏规模最大、僧人最多的寺院。目前，哲蚌寺仍为藏族地区最大的寺院之一，有430多名住寺僧人。

甘丹颇章是二世达赖根敦嘉措主持修建的。根敦嘉措11岁被迎往扎什伦布寺，20岁（1494年）到哲蚌寺学经。他后来出游卫藏各地，四处传法讲经。晚年应哲蚌寺全体僧众的要求，担任了哲蚌寺第十任法台。1530年，根敦嘉措在哲蚌寺兴建了甘丹颇章。这座宫殿碉堡式的建筑共分7层，有前、中、后三部分楼群。甘丹颇章旧称"兜率宫"，意为"天神的宫殿"。正中大殿前是用巨大的石块铺就的广场，三楼的南、东、西是游廊和僧舍，四五楼主要为殿堂和佛殿，六楼曾是办公场所，而高高在上的七楼曾是达赖坐床驻锡之地，包括经堂、卧室、客厅等。1542年，根敦嘉措在这里圆寂，措钦大殿内有他的银质灵塔。

1642年，五世达赖在固始汗的扶持下，在哲蚌寺的甘丹颇章建立起西藏地方政权，史称甘丹颇章政权。甘丹颇章政权的建立对格鲁教派的进一步扩张起到了极大的推动作用。到清朝雍正年间，全藏的格鲁教派寺庙已达3477所，拥有僧侣31.6万人，寺属农奴12.8万户。设在哲蚌寺内的甘丹颇章政权对哲蚌寺在政治上和经济上都给予许多特权。据统计，哲蚌寺在西藏和平解放前占有庄园185个，5万多亩土地，300余处牧场，4万多头牛，还有2万多农奴。每年收取租粮560万斤，酥油26.6万斤。

措钦大殿意为大经堂。大殿的经堂规模宏大，其面积达1857平方米，可容纳9000～1万名僧侣。殿内精美的帷幔交织，五光十色，四壁又以佛像、壁画加以装饰。大殿中间供奉主佛文殊菩萨像和白大伞盖像，造型精美生动。大殿两侧矗立着一世到四世达赖喇嘛的银质灵塔。

后殿正中供有一尊二层楼高的鎏金弥旺强巴佛，西配殿为堆松拉康，意即三世佛堂，供有过去佛燃灯、现代佛释迦牟尼、未来佛强巴三尊佛像。

大殿二楼的甘丹拉康，珍藏着大量的珍贵经书。其中有明朝末年云南穆天王捐资用金汁写的《甘珠尔》大藏经114部，清康熙时木刻版经文的大藏经，还有康熙十四年（1675年）第巴罗桑图特为达赖喇嘛祝寿而写的《甘珠尔》，全部经文写在一整张长纸上，也可算得上"长寿经"了。

大殿三楼的祖师殿藏经阁和强巴通真佛像殿，是寺内的两个重要佛殿。强巴通真佛殿悬挂着清代道光时期驻藏大臣于1846年所献的金字匾额，上书"穆隆元善"，殿内供奉的鎏金强巴通真巨像，据说是未来佛弥勒的8岁等身像。

大殿四楼正中主殿觉拉康，两侧有13座银塔，主要供奉有释迦牟尼说法像。

措钦大殿旁边是号称西藏最大的厨房。这个厨房曾为全盛时期哲蚌寺的1万多名僧侣提供伙食。

扎仓是西藏佛教寺院的学经单位，也是钦措以下的一级管理机构。哲蚌寺建成之后有7个扎仓，由绛央曲结的七大弟子各主持一个扎仓的喇嘛学经，后来合并成现在的罗赛林、贡玛、德阳、阿巴四大扎仓。扎仓管理官员是堪布，直属拉基。

罗赛林扎仓是哲蚌寺最大的扎仓，僧侣人数也是最多的，经堂由 108 根柱子建成，面积 780 余平方米，可容纳 5000 名僧人同时诵经。罗赛林、贡玛、德阳 3 个扎仓都是以学习显宗为主，而阿巴扎仓则是修习密法的扎仓。它的经堂由 48 根柱子建成，面积只有 481 平方米。按照格鲁教派学经程序中先显后密、密高于显的原则，阿巴扎仓虽小，但地位却很高。

康村是扎仓属下的学经单位和管理机构，主要是根据喇嘛原籍所在地方为单位分设的。罗赛林扎仓下属 23 个康村，贡玛扎仓有 16 个康村，有的康村下面再设米村，这是最基层一级的学经单位和管理机构。

哲蚌寺的周围都是砂石构成的荒山秃岭，不见草木，然而在寺内却有几处树木繁茂的场院，这便是哲蚌寺的辩经场。每个扎仓都有一两个辩经场。辩经场一般选择在扎仓的附近，种上各类树木，修有一级一级的辩经台，辩经的时候依次就坐。经过扎仓全寺性的大辩经，优胜者可考取格西学位，"格西"藏语意为"博学多才"，这个学位是不少僧人孜孜不倦的追求。

1996 年我第一次赴藏时，从拉萨乘车前往哲蚌寺，从 5 公里处远远就望到密密层层、重重叠叠的白色建筑群布满整面山坡。建筑群与山体融为一体，宛如一座美丽洁白的山城。当我走进这座迷宫般的喇嘛城时，立刻被它的巨大所震撼，它大得令人惊叹叫绝，大得让人扑朔迷离，分不清东南西北。那巍然耸立的碉楼，那密如蛛网的巷道，那逐层升高的僧舍、经堂和佛殿，那辉煌瑰丽的金顶、彩幡和鎏金宝幢，随山势铺展，顺沟谷延伸。它充分展示了西藏建筑艺术的精妙，强烈地体现了佛教圣殿的庄严。

色拉寺位于拉萨北郊5公里的色拉乌孜山南麓，关于寺名来源有两种说法：一说该寺在奠基时下了一场较猛的冰雹，冰雹藏语发音为"色拉"，意为"冰雹寺"；另一说该寺兴建在一片野蔷薇花盛开的地方，"蔷薇"藏语称之为"色"，"拉"是神的意思，故取名"色拉寺"。色拉寺全称为"色拉大乘寺"。

色拉寺是一所具有代表性的格鲁派寺院，是藏传佛教格鲁派六大主寺之一，也是拉萨三大寺中建成最晚的一座寺院。该寺是1419年由宗喀巴的弟子绛青曲吉·释迦益西修建的。18世纪初，固始汗对色拉寺进行扩建，使它成为格鲁派六大寺院之一，原定僧侣为5500人，实际上最多有过9000多人。色拉寺的主要建筑有措钦大殿、麦巴扎仓、结巴扎仓、阿巴扎仓等学院及32个康村，占地约11万平方米。其建筑群宏伟壮观，寺内藏有许多经卷、唐卡、佛像等珍贵文物。

措钦大殿于1709年由固始汗后裔拉藏汗赞助修建。大殿共有180根木柱，面积达1092平方米，可容纳5000名僧人同时诵经。全殿四层，正殿内供奉着一尊高度超过二层的强巴佛和释迦益西的塑像。色拉寺有三个重要的扎仓，即阿巴扎仓（密宗学院）、结巴扎仓（显宗学院）和麦巴扎仓（医学院）。扎仓下设有32个康村。色拉寺是以培养高水平的僧侣为主的寺院。色拉寺的规模虽无法与哲蚌寺相比，但色拉寺僧人的辩经在全藏久负盛名。辩经是佛学用语，是出家人为加强对佛经的深刻了解，采取答辩的形式交流心得，顿悟佛法。

色拉寺内藏有大量的珍贵文物和工艺品。色拉寺主持释迦益西曾去过内地两次，第一次为1409年明成祖派钦差四人，来藏迎请宗喀巴大师赴京传法，宗喀巴因年迈无法前往，委派弟子释迦益西前去，这次释迦益西被封为"大慈法王"。色拉寺建成后，释迦益西又一次赴京，明宣宗又封他为"国师"。回来时，还带了许多钦赐礼物，其中有金汁写成的大般若经，朱砂写成的汉藏对照的大藏经，有白檀雕刻的十八罗汉，这些珍品至今仍完好地保存在色拉寺，为该寺的寺宝。寺内还保存着上万个黄铜制作的金刚佛像，最著名的是马头金刚佛像。

色拉寺有一个盛大的节日叫"色拉崩钦"，意为色拉寺独有的金刚杵加持节。据传在15世纪末，由印度传来一个金刚杵，人称飞来杵，后由结巴扎仓堪布于藏历十二月二十七日迎入丹增护法神殿中供奉。所以，每到十二月二十七日清晨，结巴扎仓的"执法者"都要骑上快马将金刚杵送往布达拉宫呈给达赖喇嘛，达赖喇嘛对金刚杵加持后，再快马送回色拉寺。这时结巴扎仓堪布升座，手持金刚杵给全寺僧众及前来朝拜的信众击头加持，以表佛、菩萨及护法神的保佑。每年这天，来色拉寺等待击头加持的信徒数以万计。

佛教圣地扎耶巴寺

扎耶巴寺是西藏最有名的佛教圣地之一，建在离拉萨不远的崖峰峭壁间。寺庙大都精巧玲珑，与崖石浑然一体，洞窟形式不同，大小各异，洞内有壁画、菩萨仙女神像，栩栩如生。西藏有一句谚语："西藏的灵魂在拉萨，拉萨的灵魂在耶巴；到拉萨而不到耶巴，就像做件新衣没有领。"从民间谚语不难看出，扎耶巴寺在藏族人心目中的地位。

扎耶巴寺是西藏四大隐修地之一，在西藏历史上有着极其重要的地位。据史书记载，8世纪莲花生大师在扎耶巴寺修行传教，营造了"一百零八大成就者"修行洞，使这里成为吐蕃时期著名的修行道场。其建筑风格独特，并完好地保存了1500年前修建时的风貌。寺内藏品丰富，寺外风光秀丽。

扎耶巴寺的房屋式建筑并不多，因此也被人称为"扎耶巴神殿"。在海拔4000米的耶巴山上，扎耶巴寺和整个山坡都被五彩经幡覆盖着，大小各异的108个隐修洞就散布其中。

扎耶巴寺以岩洞和寺院一体而闻名，悬空的经幡将峭立的山体与寺院建筑连为一体，曲折的山路在经幡的色彩中蜿蜒伸展，甚至山体的色彩也被漫山的经幡浸染为代表宗教的五色。

扎耶巴寺所有建筑均依附耶巴山峭壁之上，凿壁架屋，又叠屋成寺，显得格外壮观空灵。寺庙神殿傍山而立，一半嵌在山体内，一半以土石垒砌在外，整个殿堂因其明黄色外墙非常显眼。神殿内供奉着松赞干布、赤尊公主、文成公主和建寺的王妃蒙蕯及王子贡日贡赞雕像。此外，还供奉着一块雕刻精美的六字真言玛尼石。神殿内的十圣地佛殿中塑造的16尊塑像，其造型特征与印度阿罗汉相似，但衣饰却与内地僧侣相似。

扎耶巴主寺叫桑阿林，15世纪时由宗喀巴大师的弟子克珠结兴建，克珠结便是后来追封的第一世班禅大师。主殿供奉一座强巴佛（弥勒）像，约有三层楼高，为前藏第一大佛像。

在西藏的宗教史上，扎耶巴有着特殊的地位，历代许多高僧大德都在这里留下过足迹，佛教主要教派都在崖峰间建有道场。

雪顿节亮宝晒佛

雪顿节，是西藏历史悠久的传统节日之一。在藏语中，"雪"是酸奶的意思，"顿"是宴的意思。雪顿节按藏语解释就是吃酸奶的节日。每年8月（藏历六月三十日）的雪顿节是哲蚌寺最盛大的节日。雪顿节的重头戏为展佛，更培乌孜山展佛台上长30米、宽20米的释迦牟尼佛像，在旭日的照耀下，呈现出佛光普照的场面。

17世纪以前，雪顿节是一种纯宗教活动。那时按照佛教的戒律，为避免外出踏死幼虫而无意间犯"杀生"之戒，僧人在夏天有一个半月足不出户，称为"雅勒"，即夏日安居。僧众只准在室内修习，不许到户外活动，这种禁戒要持续到藏历六月底七月初。开禁后，僧徒纷纷出寺下山，山下百姓准备酸奶进行施舍，这也成为雪顿节的来源。

17世纪中叶，五世达赖阿旺罗桑嘉措建立了甘丹颇章政权，驻锡哲蚌寺。五世达赖十分喜爱文学艺术，尤其钟情于藏戏，在雪顿节期间，他常邀请民间藏戏班子来哲蚌寺助兴演出。五世达赖从哲蚌寺移居布达拉宫后，每年藏历六月三十日的雪顿节，总是先在哲蚌寺进行藏戏会演，第二天再到布达拉宫为达赖演出。18世纪初罗布林卡建成以后，成为达赖的夏宫，于是雪顿节的活动又从布达拉宫移到罗布林卡，并开始允许市民入园观看藏戏。因此雪顿节又可称为"藏戏节"。雪顿节是藏族的重要节日，人们最重视的内容是展佛。雪顿节这天，规模最大的晒佛仪式在哲蚌寺。清晨，当金色的朝霞从东方的雪山之巅显露的时刻，在哲蚌寺后山，高高的崖壁上展示出一幅巨大的缎制释迦牟尼佛像，辉煌壮丽。这是一年一度的哲蚌寺雪顿节开场式，也是拉萨夏日的一大景观。

哲蚌寺山上展佛，始于五世达赖时期，迄今已有300多年历史。每年这天凌晨，拉萨市民家家户户都从屋内涌上街头，浩浩荡荡地朝哲蚌寺方向走去。各路人流汇集到哲蚌寺山下的唐巴村附近，便开始顺序登山。

群峰还在晨曦中若隐若现时，数以万计的信徒香客，早已云集在展佛崖下，翘首盼望。突然，南面不远的三层神宫楼顶，僧人们吹起银号角，沉洪有力的音响，沿着峡谷往上传播。号音传到哪里，哪里便燃起香草，紫烟冉冉升起，掩映着坡谷，弥漫于天宇。随后，几百个身披紫红袈裟的僧人，抬着卷曲成捆的缎子佛像，从神殿鱼贯而出，沿着高低起伏的山路，朝着高高的崖壁上走去。聚集在两旁的信徒香客，纷纷挤上前去，撒糌粑、献哈达，用额头顶礼佛像，有的乘机加入"抬佛"的行列，所有这些，都是为了多积一份功德。

卷成长龙的佛像被抬到高高的崖顶，许多僧人在这里焚香诵经，磕头迎接。有4位僧人乐师登上突起的岩石之巅，举起金光闪闪的唢呐，对着东方的霞光，吹出悠扬又略显悲怆的乐曲。在僧人的诵经声和唢呐鸣奏声中，在万众瞩目中，佛像徐徐放落，逐渐展示出释迦牟尼慈眉善目的容颜。这幅巨大的彩缎佛像，整整覆盖了约10层楼高的峭壁，千万朝佛者匍匐在它的下面。佛像展现，人声鼎沸，哈达满天飞，不断有人把钱币向佛像撒去，虔诚的信徒口中念着佛经，顶礼膜拜，每个人都在祈祷着，祈祷声如同海涛起伏。

十几支藏戏队在巨大的佛像下蹦跳起舞，欢呼展佛盛典。他们头戴面具，身穿彩衣，歌唱蹦跳，舞步飞翔，"嘣嘣"的藏戏鼓点，在整个山谷里强烈地回响。此时此刻，一轮光鲜夺目的朝阳，从东方的高山之巅喷薄而出，为高悬崖壁的巨大佛像镀上一层鲜丽耀眼的金辉。随后，金唢呐再次吹响，几百名僧人一起动手，佛像在阳光照耀下徐徐卷起。

不远的甘丹颇章神宫，又响起了急促的藏戏鼓点，预示着哲蚌雪顿节演出即将开始。朝佛者、旅游者、观瞻者、僧人、俗人、中国人、外国人，又汇成一股股人流，朝甘丹颇章涌去。

雪顿节是展示西藏民族、宗教、文化等人文景观的一个全民参与的文化节日，今天雪顿节的文化意义已远超出其宗教意义。不过，哲蚌寺雪顿节亮宝晒佛的仪式却仍是藏族民众心目中地位最高、最隆重的一种宗教仪式。

第五章 雅砻探古

山南地处西藏高原中南部，喜马拉雅山脉中断，居藏南雅砻河谷。雅砻河是藏族的母亲河，发源于雅拉香布雪山，在山南泽当镇汇入雅鲁藏布江，从而造就了土地肥沃的雅砻河谷。

山南因位于冈底斯山至念青唐古拉山以南而得名。它北与拉萨相连，东与林芝地区接壤，西与日喀则地区为邻，南与印度、不丹等国毗邻，总面积 7.97 万平方公里，人口 32 万。山南地区辖 12 个县，边防线长 630 多公里，战略地位十分重要。

横贯山南中部的雅鲁藏布江，正处中下游，江面开阔，支流众多，河谷遍布。北部为宽谷区，中部以高山、湖盆平原为主，东南部则是高山深谷区。平均海拔 3800 米，境内多高山、草原和湖泊。这里气候温和，土地肥沃，自古享有"西藏粮仓"之美誉。

山南地区是藏族的发源地，勤劳勇敢的山南先民在这片古老神奇的土地上创造了灿烂的民族文化。藏族民谣曰："地方古莫古于雅砻，宫殿古莫古于雍布，赞普古莫古于聂赤"。山南历史上，有着以"古"著称的诸多西藏之最，有西藏第一块农田"萨日索当"，第一个村庄"雅砻索卡"，第一位赞普"聂赤"，第一座宫殿"雍布拉康"，第一个奴隶制政权"吐蕃王朝"，第一个庄园"朗赛林庄园",第一批僧人"七觉士",第一个教派"宁玛"教派,第一座佛殿"昌珠寺",第一座寺院"桑耶寺",第一部经书"邦贡恰加",第一位女活佛"桑顶多吉帕姆",第一部藏戏"巴嘎布",第一座吐蕃王陵墓"藏王墓"等,众多第一都出自于山南。

山南有著名的泽当贡布日神山和羊卓雍措圣湖,还有国家级雅砻风景名胜区。古代猕猴变人的传说便发生在山南地区行署所在地泽当镇。"泽当"藏语意为"猴子玩耍之地"。这种几千年流传下来的传说,居然与达尔文的物种起源不谋而合,颇为神奇。

大约在四五万年以前,雅砻一带就有藏族先民繁衍生息。约在公元前2世纪初叶,居住在雅砻河谷一带的人们逐渐形成部落。早期悉补野部落的首领第一代赞普聂赤统一牦牛部落,建立联盟政权,并确定了子孙世袭赞普制度。6世纪左右,雅砻一带进入奴隶社会,第三十二代赞普松赞干布先后征服苏毗、象雄及其他小部落,统一西藏高原,建立吐蕃王朝,并逐步将政治、经济、文化中心由琼结向拉萨转移。

七世达赖格桑嘉措执政时期,遵照清乾隆皇帝的谕旨,于1751年成立噶厦地方政府。噶厦下设"基巧"(相当于地区)、"宗"(相当于县)两级机构,山南成立基巧,辖10余个宗,其中乃东、琼结、贡嘎由驻藏大臣直接监管。基巧、宗两级机构一直延续到西藏和平解放后的民主改革时,改为地区、县机构。

贡布日神山的传奇故事

贡布日山是一座充满神话色彩的神山,它位于雅鲁藏布江和雅砻河汇合口附近,是西藏四大神山之一。

贡布日山有三座山峰,第一峰是央嘎邬孜,第二峰是森木邬孜,第三峰是竹康孜。据说三座山峰由一洞穴串连,山脚有神灵托着,离天一大截,离地一大截,只有有缘的人才能登山看到仙境,从中预测自己的顺逆祸福。每年的藏年吉日,信教群众从四面八方赶来转山,特别是6月(藏历四月十五日),转山达到高潮。人们相信只要绕着此山朝拜一次,就可以终身消灾免祸。

在贡布日神山海拔4060米的山腰上,有一个猴子洞,这便是西藏家喻户晓的关于神猴变人传说的猴子洞。《西藏王统世系明鉴》记述了关于藏人起源的这则神话:普陀山的观世音菩萨,给一只叫做强久森巴的得道猕猴授了戒律,命它从南海来到雪域高原修行。这只猕猴踏过千山万水,来到雅砻河谷的山洞中,潜修慈悲菩提心。几年后,他平静的修行生活被打乱了。一个名叫扎姆扎松的罗刹魔女,每天都到洞前向猕猴示爱,施展浑身解数勾引猕猴破戒。猕猴知道这是外魔,不为所动,不愿放弃修行多年的功德,坚决地拒绝了。于是,魔女威胁他说:"如果我们成不了亲,我就会成为魔鬼的妻子,就会生下许多魔子魔孙,到那时候,这片土地都将是魔子魔孙的领地,这是我最不想发生的事情。"猕猴心存不忍,但又不愿破坏了自己的戒行,于是万里迢迢返回普陀山,请观音菩萨指点迷津。菩萨笑着一语道破天机:"快快去吧,这是上天的旨意,你和魔女结为夫妻,将为这片土地带来吉祥和好运。"于是,得了旨意的猕猴回来和魔女结为夫妇,并生下了6只小猴,在藏南的森林里快乐嬉戏。很快小猴长大了,又不断繁衍后代,3年中有了500只之多。其时,林中的果实即将耗尽,众猴饥饿难当。猕猴无奈,只好再次求助观音菩萨。菩萨又指引猕猴前往须弥山去取五样种子。回来后,猕猴带领猴子猴孙,把种子挥撒在泽当贡布山下的河滩上,这里很快长出了青稞、小麦、豌豆、荞麦等5种粮食,从此猴群得到了充足的食物。由于奔走劳作,猴群尾巴慢慢地变短了,学会说话和行走,渐渐地变成了人,也就是西藏高原上的藏族祖先。泽当河滩上的那块地被认定为西藏的"第一块农田",而猴子洞所在地的贡布日山便成了神山。当年小猴到山下玩耍的地方,就是今天的山南地区泽当镇。

有关贡布日神山"猕猴变人"之说,我们不但在布达拉宫、罗布林卡等处看到展示传说故事的壁画,而且在许多藏史书籍中都有记载,如《西藏王统记》、《贤者喜宴》、《雍体苯教史》等。1984年,在泽当镇附近的温区和亚堆一带陆续发现新石器时代人们所使用的石斧,在贡布日山下还发现了内含木炭及陶片残渣的灰坑,这些珍贵器物距今至少有数千年的历史。

如果说以前"猕猴变人"仅仅是传说，那么现在就有充足的理由证明这种传说正是人们对远古先祖历史足迹的朴素追忆，山南这一带显然是藏族文明的发祥地。

这个传说，尽管其历史上限不明，年轮模糊，到底是佛教起源在先还是藏人起源在先，都无法考证。但是，起码说明了人类起源于猿猴这一概念，而这一概念早于达尔文的人类起源学说几千年。

从泽当镇的白日街一直往东走，穿过村庄，上山的一条小路直通山顶，贡布日山相对高度约800米，站在山脚仰望神山，更觉巍峨雄伟。位于山腰处的猴子洞海拔4046米，下距山脚垂直500米，上距山顶70米，为自然形成的岩洞。洞高2.5米，宽7米，洞内5米处有一条向上的斜道。在距洞口1米处有一裂缝，裂缝处有一只猴子的头形，据说那就是与罗刹女结合的猕猴。岩洞东南石壁上有一幅彩绘壁画，内容是猕猴手捧供品，坦然坐在莲花上。其近旁还有小猴画像，神态生动逼真，逗人喜爱。洞内外还有浅刻的石板佛像，刻有六字真言的各种石刻和五彩经幡比比皆是，石洞香火旺盛，游人香客对此洞尊崇备至，不断来此添香礼佛，追寻藏民族祖先的历史足迹。

藏族的母亲河——雅砻河从琼结一带的群山中悠悠而下，穿过泽当镇，汇入奔流不息的雅鲁藏布江，形成了一片宽广丰沃的河谷。而雅鲁藏布江对山南也格外垂青，中国境内全长2091公里的雅鲁藏布江大部分流域都是河道狭长，水流湍急，唯独在山南，从贡嘎县的曲日山开始，经过扎囊、乃东，直到贡布日，山间的河谷豁然开朗，最宽处达到7公里，汹涌奔腾的江水一下子变得温顺而婉转。而过了贡布日，江水又恢复其汹涌之势，一日千里，直奔印度洋。

风姿绰约的羊卓雍措

羊卓雍措地处山南地区浪卡子县境内喜马拉雅山的群峰之中。湖面海拔 4441 米，东西长 130 公里，南北宽 70 公里，湖岸线长 250 公里，水域面积达 638 平方公里，是喜马拉雅山北麓最大的内陆淡水湖。它与藏北的纳木措和阿里的玛旁雍措齐名，被尊称为西藏高原的三大圣湖。

"羊卓"藏语为"天上牧场"之意，"雍"则指"碧玉"，"措"就是湖。羊卓雍措，在藏语中意为"碧玉湖"，又被当地藏胞亲切地称为"羊湖"。碧蓝清澈、绚丽多姿的羊湖，冬季冰封水冻，犹如一位银装素裹的美女，安详地躺在喜马拉雅群峰之中；夏季湖边水草丰盛，湛蓝的湖水浮光跃金，黄鸭、天鹅成群结队，时起时落，湖光山色，交相辉映。难怪人们用"天上的仙境，人间的羊卓"这样的民歌来赞美她。

我们西出拉萨，经过雄伟的曲水雅鲁藏布江大桥，沿着拉（萨）亚（东）公路南下，行驶 170 多公里，翻越岗巴拉山，便可俯瞰羊卓雍措。

站在海拔 5380 米的岗巴拉山口极目南望：美丽的羊卓雍

湖，像一位恬然宁静的少女，在群山环抱中安睡，一汪清碧的湖水似一袭华美光泽的袍子，缠绕在群山之间。湖岸蜿蜒曲折，直伸向远方的雪山。

从山口沿着盘山公路下行大约30分钟，就到了湖畔。羊湖周围有许多常年不化的雪山冰峰，最高的海拔7000多米。在雪山、碧空和白云辉映下，幽深的湖泊显得更加高雅明丽。

伫立湖边，只见眼前湖水如一块平滑如银的镜子，倒映出天上的蓝天白云和雪山碧谷。由于深浅和光源的变化，湖面呈现出五彩斑斓的颜色，深的、浅的、沉静的、晶莹的、斑驳的、光彩的、暗淡的。阳光穿过白云，在湖面上投下巨大的光影。

羊卓雍措中有21个岛屿，最大的面积为18平方公里。其中一个岛上建有著名的宁玛派寺庙雍布朵寺。湖中岛又是天然牧场，春天牧草丰盛，牧人便将牛羊用牛皮船运到湖中10多座小岛上放牧。直到初冬，才又运回陆地。羊卓雍措还是藏南最大的水鸟栖息地，是天鹅、黄鸭、水鸽、大雁、水鹰、鹭鹚和沙鸥的天堂。碧绿的湖面上，成群的水鸟在水中追逐嬉戏。湖中盛产高原裸鲤，此鱼光滑无鳞，味道鲜美。

湖中有一个岛叫色朵，住有15户人家。岛上一直延续着一种传统的通讯方法，有人要到岛上去，就在湖岸边点一把桑，岛上的人看见桑烟就会驾船来接你，村里各户人家在湖对岸都有各自的放烟点，谁家亲朋好友或自家人上岛，一目了然。如果村里有公家的客人来，湖岸边有一块特大的红色岩石，叫"公差石"，乡里、县里的干部要上岛，就在这块大红石头上燃烟，岛上的人一看知道是公差，村委会就会派人来接。

岛上姑娘出嫁的时候，全村人都要上门祝福。新娘穿戴鲜艳，等着湖岸边的男方上岛迎亲。那一天，岛上所有的牛皮船都要下湖，船上披着彩带，挂着哈达，新娘乘坐的牛皮船更是装饰一新，船底还铺上一张牛皮，上面放着卡垫，划船的人也穿上了最好的衣裳，整个湖区充满喜悦的气氛。

　　碧蓝色的羊湖围绕着群山舒展着自己的身躯，曲折蜿蜒，千姿百态。当地人告诉我们，汽车绕行整个湖要走几个小时。因为她不是一个规整的湖泊，而像一条自由的河流，在宽谷中随意飘行，而后又连成片。她有许多汊口，像珊瑚一样，因此她在藏语中又被称为"上面的珊瑚湖"。正是这种"支离破碎"的格局，使得她和草原、山峦，形成你中有我、我中有你的独特景观，成为人们向往的一块圣地。

　　羊卓雍措是藏族同胞心中的圣湖，主要原因是她能帮人们寻找到达赖喇嘛的转世灵童。达赖圆寂后，由西藏上层僧侣组成的负责寻找灵童的班子，先要请大活佛打挂、巫师降神，指出灵童所在的方位，然后到羊卓雍措诵经祈祷，向湖中投哈达、宝瓶、药料。最后，主持仪式的人会从湖中看出显影，指示灵童所在的具体方位。如果上述三种仪式所示方位一致，便可派出人马，循所示方位寻找灵童。

西藏第一座王宫雍布拉康

雍布拉康坐落在山南乃东县东南约5公里的扎西次日山巅。雍布拉康作为西藏的第一座王宫，由第一代吐蕃赞普聂赤所建，距今已有2100多年历史。

"雍布"在藏语中意为母鹿，"拉康"意为神殿。因其所在的扎西次日山头外形看起来像是一只母鹿，而鹿在佛教中象征吉祥、温柔，雍布拉康也因此而得名。大约在公元前360年，出身在波域的玛涅乌比热经过工布拉日强多来到雅拉香波雪山下的赞唐郭西时，恰逢寻求王的12名苯教智者。智者们看到乌比热性情刚强，本领超群，言行举止非凡，便询问乌比热从哪里来。乌比热用手指了指天，智者们以为这位青年是从天上来的，是"天神之子"，格外高兴。于是，他们前呼后拥地把他抬回雅砻悉补野部落，并把他神化，一致拥立他为雅砻悉补野部落首领。因为他是被人驮于颈上请回来的，人们尊称他为"聂赤赞普"。藏语中，"聂"是脖子的意思，"赤"是宝座，"赞普"是英武之王。而聂赤赞普是吐蕃部落的第一个首领，从他开始，西藏历史上第一个王朝吐蕃王朝建立，一共传承了三十二代。

我们从山南地区泽当镇乘车南行，沿着美丽而神秘的雅砻河谷穿行大约 15 分钟后，眼前忽然呈现出一片广阔的平原。平原上，一座孤独的城堡高高耸立于扎西次日山的陡峭山巅，高出平地 150 多米，形似碉堡，远远望去雄伟壮观，气势非凡。当地人告诉我们，这就是西藏历史上的第一座宫殿雍布拉康。王宫周围布满五彩经幡，随风飘动，猎猎作响。

通往山顶宫殿有两条路，一条是环绕上山路，大约 300 米；另一条是新修的直通山顶的水泥路，有 100 多米。从山上往下看，可以看到西藏的第一块农田"索当"，呈三角状，只有几亩地，但那却是西藏农耕文化的发源地。

雍布拉康分为两部分，前面是一座 3 层建筑，后面是一座方形的高层碉堡望楼。前座建筑一层前半部为门厅，后半部是佛殿，主供三世佛、松赞干布、赤松德赞、文成公主、赤尊公主及大臣禄东赞、吞弥·桑布扎的塑像。第二层亦分前后两部分，前半部为三面环绕矮墙的平台，后半部是带天井的回廊，供奉着强巴佛、莲花生、宗喀巴大师等多尊造像。

雍布拉康为聂赤赞普建造的王宫，后为松赞干布和文成公主在山南的夏宫。五世达赖时为格鲁派寺院，成为许多高僧大德修行之地，也成为许多伏藏的发现和埋藏之地。伏藏是指苯教和藏传佛教徒在他们信仰的宗教受到劫难时藏匿起来、日后重新挖掘出来的经典，分为书藏、圣物藏和识藏。

到了第二十八代赞普拉脱脱日年赞时期，班智达洛森措和译师利第司带着《宝箧经要》《六字真言》《诸佛菩萨名称经》、牟陀罗手印等宝物到吐蕃部落，献给赞普拉脱脱日年赞。赞普虽然无法识别这些宝物，但还是奉为神物，供奉在宫殿内。据

《王统世系明鉴》记载：上述宝物随着太阳光落到宫殿楼顶，同时空中还有声音预言说：你以后的第五代，将有知晓这些物品意义的国王出世（指的是松赞干布）。很多藏文佛教史书都认为这就是佛法传入西藏的开端。由于"玄秘神物"供奉在雍布拉康，此宫也就被佛教徒视为圣殿，愈加崇敬。

西藏第一座寺庙桑耶寺

素有"西藏第一座寺庙"美称的桑耶寺，位于西藏山南扎囊县雅鲁藏布江北岸的扎玛山麓，与山南地区泽当镇隔江相望，是藏传佛教史上第一座佛、法、僧三宝俱全的寺庙。桑耶寺建于唐大历二年（767年）至十四年（779年）。寺院布局奇特，规模宏大，是吐蕃时期最宏伟壮丽的建筑。寺内珍藏着自吐蕃王朝以来西藏各个时期的历史、宗教、建筑、壁画、雕塑等多方面的文物，是藏族早期文化宝库之一。

桑耶寺藏语意为"吉祥永固天成桑耶大伽蓝"，又称作无边寺、存想寺、三样寺。相传，赤松德赞请来莲花生大师为其建寺传法后，为了满足赞普急于见到寺庙的迫切之心，莲花生施展法术，在自己的掌心变出了寺院的幻影，赤松德赞见此景，惊呼一声："桑耶！"（"出乎意料"的意思）于是该寺得名"桑耶寺"。

走近桑耶寺，只见寺院周围河渠萦绕，树木葱茏。寺院殿塔林立，楼阁高阔，建筑风格独特，规模宏大。围绕主殿，四周有诸多大大小小的寺庙，据说原有108座，有的虽然倒塌残破，但其规模仍然可见。

桑耶寺以乌孜大殿为主体，组成一座庞大、完整的建筑群。整个寺庙的布局是按佛教世界的结构设计而成。这个颇具特色的古代建筑群总面积为2.5万多平方米，距今已有1250多年的历史。该寺院为雪域佛教弘扬之源地，是第一批受戒僧人的修习处及佛法经论藏经之场所，是众多班智达、大译师和大成就者驻锡之地。

乌孜大殿即祖拉康（大雄宝殿），是桑耶寺的中心主殿，建筑面积达6000多平方米。主殿坐西朝东，殿高3层，每层殿堂的空间很高，式样别致，独具风格。乌孜大殿3层各属不同的建筑风格。最下面一层是按照藏族寺庙格式修建的，中间一层则有着汉式经堂的特点，第三层是按印度寺庙风格建造的。各层的壁画和塑像也体现出不同的艺术风格。这种集藏、汉、印三种风格于一体的建筑，在建筑史上是非常罕见的，所以桑耶寺也被人们称为"三样寺"。

桑耶寺以象征须弥山的乌孜大殿为中心，周围建有象征四大部洲、八小洲的佛殿。这分别是东面江白林、南面阿雅巴洛林、西面格丹强巴林、北面强秋森结林，这四座佛殿代表《时轮经》上说的四大部洲。在四大部洲的外八方建有朗达乘康林、达觉参芒林、顿堆昂巴林、扎久甲嘎林、隆丹白杂林、米要桑旦林、仁青那措林、比哈廓最林八座小殿，代表八小洲，还有日、月两小殿,象征宇宙的日月双轮。

　　从主寺下楼,我们来到坐落在主寺西南的译经场。这个幽静雅致的场所曾经聚集了不少中外翻译家,把佛教经典译成藏文。当年,赤松德赞派白·色朗等七人剃度出家为僧,先行修行。后来,这七个人不负王命,成为西藏第一批真正的住寺僧人,并被委任为讲经的规范师,被后人奉为藏传佛教的先驱者,史称"桑耶七觉士"。后来,赤松德赞又到天竺等地请来许多高僧和译师,指导藏族僧徒进行佛经翻译工作。从此,佛教在吐蕃广泛流传。如今,译经场上还留有十几幅精美的壁画,再现了当年翻译场工作的情景。

　　桑耶寺乌孜大殿四角成直线的地方,建有白、红、黑、绿四座佛塔,代表四大天王。大殿东南角的白塔,是按小乘声闻塔外形建造的。南角的红塔,是法轮莲花饰菩萨乘塔。西北角的黑塔是安藏迦叶佛舍利的塔,是按涅槃塔形建造的。绿塔建在大殿的东北角,为吉祥法轮塔,塔体呈四方多角形状。以上四塔不仅形制奇特,而且风格古雅。

　　桑耶寺的外围墙呈椭圆形,周长约200米,墙上有塔刹,象征着世界外围的铁围山。桑耶寺周围不远处有赤松德赞的三个妃子的宫殿,王妃蔡邦萨梅多纯以乌孜大殿为模兴建了"三界赤铜宫",建筑规划仅次于桑耶寺乌孜大殿。妃子坡拥萨杰姆尊建有"静园金华宫",王妃卓萨赤杰姆赞兴建了"吉杰齐玛林"。

　　桑耶寺内珍藏有很多文物、唐卡、佛像,其中有王子牟尼赞普塑造的密宗大师莲花生像、莲花生在堆龙敲取泉水所用之手杖、莲花生从巴达霍尔迎请的绿松石释迦牟尼佛等等，都是镇寺之宝。

乌孜大殿东门廊上悬挂着一口历经千年的古铜大钟，钟高1米，直径70厘米，重达七八百斤，据说是西藏历史上铸造的第一口铜钟。据钟体顶端铭刻藏文记载，此钟是为了纪念赤松德赞的妃子卓萨赤杰姆赞所铸。卓萨赤杰姆赞笃信佛教，她带领30多名贵族妇女削发出家，成为西藏历史上的第一批尼姑。

桑耶寺乌孜大殿东门外右侧，有一座保存完好的吐蕃时期的石碑，石碑高4.9米，碑身有藏文横书21行，后人根据碑文的内容起名为"兴佛盟誓碑"。碑文内容反映了吐蕃王室极力扶持佛教的历史事实。

吐蕃王朝第五代赞普赤松德赞为唐朝金城公主之子，后来在藏族历史上被称为"师君三尊"之一。754年，赤松德赞掌权之后，为巩固政权，设计除掉了推崇苯教的大臣，大力弘扬佛法。为此，他从印度和邬仗国分别迎请高僧寂护和密宗大师莲花生入藏传经，请他们主持设计并修建了桑耶寺，并宣布吐蕃全民信仰佛教。

严格地说，西藏佛教的"前弘期"是从赤松德赞时开始的。因为在这以前西藏虽有佛教，但因一无寺庙（只有几间神殿），二无藏族僧侣，传入的佛经也很少，所以影响较小。在赤松德赞的亲自主持下，西藏建立了第一座正规的佛教寺庙，据说桑耶寺修建了12年才完工，落成庆祝会几乎开了一年，可见庆祝之隆重。随着桑耶寺建成，藏族出家的僧人开始增多，由第一批7人发展到300多人。同时，大规模翻译佛经的工作也开始了。赤松德赞还采取传统的盟誓方法进一步推行佛教。桑耶寺的建成和桑耶盟誓，标志着佛教在西藏的传播进入了一个新的阶段。

当时，佛教对维护赞普王室的统治起了很大的作用。赤松德赞被佛教徒尊为"神子"，并被赋以"王权神授"的最高统治地位。赤松德赞以后的三代赞普都是尊佛的能手。牟尼赞普嗣位的一年多时间里，继续坚持供养僧人。他去世后，由其弟赤德松赞继位，尊佛政策仍然不变，他还让长子藏玛出家为僧，以示对佛教的尊崇。赤德松赞的第五子赤祖德赞（即热巴巾）继位后，信佛更是达到了痴迷的程度。由于佛教僧侣日益增多，赞普王室已无力全部供养，他便强令每7户平民供养1名僧人，下令凡咒骂僧人者割其舌，恶意指僧人者断其指，恶意视僧人者剜其目。他封大僧钵阐布云丹为曲伦（意为教法大臣），位在诸大臣之上，不仅有权处理政事，而且连和唐朝会盟也由他来主持。现在拉萨大昭寺前的会盟碑侧面上刻写的吐蕃会盟大臣，钵阐布名列第一。

总之，从赤松德赞在位到赤祖德赞在位的80多年，佛教在西藏社会兴盛一时，这段时间被称为西藏佛教"前弘期"。

历代高僧修行圣地青朴

青朴地处山南扎囊县境内，位于桑耶寺东北隅 8 公里的纳瑞山腰上。因为吐蕃时期著名人物寂护、莲花生、赤松德赞和众多高僧活佛曾在这里修行，加之此地环境清静幽雅，所以久负盛名。青朴是西藏最著名的修行地，历来是信众心目中的圣地。

青朴所在的山谷呈凹字形，三面环山，山谷正面对着宽阔的雅鲁藏布江，气势非凡。草木茂盛，鸟语花香。几座寺庙经堂，几尊白色佛塔，在大山环抱里兀自静立。路边的石块上还有许许多多藏文摩崖石刻，有佛像和各种颜色、各种字体的六字真言。山路两边许多天然洞窟便是修行洞。

青朴是历代众多高僧大德悟法修身之圣地。寂护大师、莲花生大师、赤松德赞赞普及金刚乘大师白若杂那都先后在这里修行。在藏传佛教"前弘期"结束时，佛教徒遭到迫害，他们将许多经卷埋在这里，成为"伏藏"，从而吸引了"后弘期"不少佛教徒在此掘藏。

据说青朴曾有修行洞 108 个，但由于年代久远，大部分修行洞已被埋没或损毁。现存 40 多个，住着远道而来寻求解脱之道的修行者。青朴与其他圣地、寺庙不同之处在于这里并没有一个主体建筑,尼姑庙、寺庙、修行洞、修行者,就是青朴的象征。青朴随处可见大石头上天然生成的字迹和佛像,这种自然现象藏语称为"然炯",就是"天然形成"之意。青朴是自由修行的场所,因此这里的"然炯"圣迹随处可见。

沿纳瑞山下的尼姑庙上行,沿途有不少修行洞窟。约2小时到达白塔,这附近分布着很多低矮的修行者的小屋,由于青朴的名气越来越大,后来的修行者觅不到天然的洞穴,只好在大树下搭建简单的小屋。再往上行,有一座寺庙,寺庙内有三四十位僧人,寺庙周边山间分布着许多大大小小的岩洞,安上一个木门就是他们的修行处,这里是修行者最集中的地方。来青朴修行的有僧人、尼姑和普通信徒,他们常年居住于此,过着一日一餐、过午不食的简单生活。修行洞大多低矮狭窄,布置简陋,修行者终日于岩洞中打坐,终极目标是修成正果,一劳永逸地脱离尘世。

位于山顶东面最著名的莲花生修行洞,现已被一座凭崖而立的寺庙包围起来。传说赤松德赞建桑耶寺时,因此地妖气很盛,屡建屡垮,后来迎请莲花生大师来帮忙。莲花生在桑耶的哈布日山降伏妖魔,追杀龙界魔女到此。莲花生在山上的白塔后留下脚印,伸出手指口诵咒文"哗",山石即刻滚塌下来,魔女被镇压在白塔下。

走进寺内莲花生修行过的红岩洞,洞内供奉着莲花生和他的两位明妃的塑像。传说只要望见它就会生起虔诚心,朝拜过它就会洗净一生罪孽。

青朴修行地著名的寺庙有庵子庙、温扎寺等,著名的修行洞有格乌仓洞、措杰洞、法王洞、鲁堆琼钦洞、朗长宁布洞等。现在在这里修行的僧尼有400多人，其中70%为尼姑。来青朴修行的不必具备怎样的修行资格，也无需谁来审查认定，修行者来去自由。

这里的修行讲究修心不修身，也就是修藏密气功。识字的人以读经书为主，不识字的人可以上百万遍地念诵六字真言，也可以无休止地磕头，方式因人而异，功德都是同样的。昌都贡觉县一个33岁的尼姑的修行方法是在室内佛龛前磕头，七八年间她已磕了30多万个等身长头；而她的邻居，一位62岁的老尼姑已磕了40多万个等身长头。

拉加里王宫遗址

拉加里王宫遗址位于山南地区曲松县境内。拉加里王宫遗址记录着拉加里王朝的兴衰，见证了一段荡气回肠的历史。

从山南地区所在地泽当往东南行进60公里，便是土林环绕的曲松县城。在县城右前方陡崖上，可见半截高大的褐黄色墙壁及周围高矮不一的残垣，一大片浅紫红色的房屋安卧在不远处的山坳里，这就是拉加里王宫的遗址。

拉加里王宫的始建年代已难评考，仅从现存建筑遗存的诸多特点和史料分析，宫殿现存建筑遗存可分为三期：早期建筑旧宫"扎西群宗",中期建筑新宫"甘丹拉孜",晚期建筑夏宫。现在的拉加里王宫多已颓毁或已改建民居。

站在拉加里王宫广场,端详这群废弃的建筑物,透过残存主体结构的宫殿,似乎能联想到王宫曾经辉煌的情景。遥远的拉加里王朝,已成为历史。

从正门踏上木楼梯,来到王宫正中的一个殿堂。原本5层高的王宫,现只剩下3层,建筑物已陈旧不堪,几根木头柱子支撑着即将坍塌的屋顶,偶尔能看到颜色模糊的壁画。通过2楼敞开的大洞向下俯瞰,整个曲松镇卧在河谷的腹地,一条闪闪发光的小河缓慢流过。环视四周,拉加里王宫附近和对面的台地上,分布着一些小村落。在王宫的第三层,屋顶早已坍塌,右边墙上仍残存的精美壁画告诉我们,这里当年是经堂的所在。

仰望苍穹,思绪万千,一段辉煌的历史已属于昨天。公元9世纪中下叶,吐蕃王朝已是日薄西山,赞普朗达玛剿灭佛法为这一王朝敲响了丧钟。而席卷西藏的奴隶、平民大起义则撼动了这个王朝赖以存在的社会基础。该世纪末,随着末代赞普沃松之子贝考赞在后藏娘若香堡地区(今西藏江孜)被奴隶起义军擒诛,吐蕃王朝寿终正寝。

在娘若香堡以西数百里开外的切玛雍仲,落荒而走的贝考赞之子吉德尼玛衮与送行老臣们凄然作别,向西而去,从此撩开了七百载古格王朝的序幕。

与此同时,贝考赞次子扎西孜巴贝也流落到后藏日喀则西南部的仲区一带,并在那里繁衍生息,成为当地土王。公元12世纪,他的一位后代被原吐蕃贵族请回藏南,建立了名为"雅砻觉沃"的小王朝,以后又迁徙至曲松,为拉加里王国开国之初。

拉加里王系比古格王系持续得要久一些,一直延续到上世纪中叶。到1959年西藏民主改革时,拉加里王统治的地区还有拉加里、桑日、加查、隆子等4宗（县）之地,方圆一二百公里,下辖19个庄园、9个牧场、638墩土地、7000多头牛羊、2000余户农奴、八九千属民、15个直接为王府服务的手工作坊、三四百名家奴、大小寺院9座,拉加里王室享有制定法律、制造刑具、设立监狱、判决案件的特权。

七八百年来,作为吐蕃王室的正宗后裔,拉加里都保持着独立地位。拉加里王去拉萨朝拜,西藏地方政府要派四品官去拉萨渡口迎接。会见达赖喇嘛,拉加里王的座位较之藏地最高统治者也只低一层卡垫。

洛村离曲松县城很远,这里是拉加里法王的发迹地,后来王宫才搬到曲松。接近洛村的山崖上布满洞窟,这就是考古学家李水宪等人发现的早期佛教艺术洞窟"牛鼻子"。

牛鼻子是个形象的说法,指洞窟的形制。考古学家研究认为,这一带洞窟艺术应该是佛教"后弘期"早期刻下的,时间大致是在公元10～11世纪。其开凿形式与敦煌接近。像这样的洞窟,在洛村的村前村后共有100多个。

山谷尽头的洛村是个不小的村庄,一大片的山坡上挤满了房子。山腰上方有一座寺庙,名罗曲丹寺,是拉加里王宫的寺庙。寺上方有一处旧房子,叫杰赛冲康,是王子出生的房子。据说第一代拉加里王的孙子就出生在这里。因为此地是拉加里保护神所在地,风水好,凡王后生子必到洛村这座老房子,这个习俗一直延续到1959年。

　　拉加里王每年在夏季（藏历六月）和入冬前（藏历十一月）来洛村，每次停留二三天，敬神祭祖，接见百姓。

千年藏王墓

　　藏王墓位于山南地区琼结县境内，是西藏现存最大的王陵。它是吐蕃王朝时期第二十九代赞普至第四十代赞普、大臣及王妃的墓葬群，占地约1万平方米。据史书《智者喜宴》记载，此处有墓葬21座。而现在明显可见的只有11座，其中9座的墓主分别是：贡日贡赞、杜松芒布杰、朗达玛、赤德祖丹、赤松德赞、赤德松赞、赤祖德赞、芒松芒赞和松赞干布，其余两座墓主尚待查证。这群类似城堡式的古建筑，经历了1300多年风沙雨雪的考验。古藏王墓是西藏山南的圣地之一，现为全国重点文物保护单位。

　　从山南地区所在地泽当镇南行20公里，便到了吐蕃王朝的故都琼结县。琼结的历史悠久，早在原始社会，雅砻先民们便在这块土地上繁衍生息。公元前2世纪后，吐蕃部落崛起，子承父业的王族世系就此开始。到了公元7世纪，松赞干布降服了苏毗，征服了象雄，建立了统一的吐蕃王朝。这时虽然政治、经济、军事、文化中心移到拉萨，但琼结一带仍有不少吐蕃旧王族留居故土，赞普们也常来祭祀祖先。为了不忘根本，吐蕃历代赞普逝世后,都要移到这里埋葬,所以才有了这么多的藏王陵墓。

我们沿着琼结县城往西南前行,至木惹山麓可见河谷地带排列着10多座形如土丘的山包,这便是赫赫有名的古藏王墓群。藏王墓是用土石垒成的高台丘墓,层层夯实,高达10米。史书《通典》记载:"其墓方正,累石为之,状若平头屋。"藏王墓群背靠穆日山,前临雅砻河,分布在数里长的山坡上。

藏王墓群中,靠近河边有一座陵区面积最大的陵墓,就是松赞干布之墓,墓体浑圆庞大。沿台阶登上墓顶,墓顶上有一座古庙,叫做"钟木赞拉康",意为松赞庙,是守墓人居住的地方。庙内供有松赞干布、文成公主、赤尊公主、贤相禄东赞等人的塑像。古庙的下面,就是松赞干布的陵墓。据说,墓中有5座佛殿,装修豪华,放有大量金银财宝等随葬品。陵墓大门朝西南开,面向释迦牟尼的故乡,以示对佛的虔诚。左侧埋有松赞干布的金盔甲及珍珠,是为财产;右侧埋有纯金制作的骑士和战马,是为侍从。

离开松赞干布陵,向右走一段田间小路,又可看到一座大冢。该冢高约7米,墓冢东侧立着一块古碑,已经有1000多年了。这是赞普赤德松赞的陵墓。赤德松赞墓碑通高7.18米,由碑冠、碑身、碑座三部分组成。碑正面向北,上端东西两侧刻有太阳和月亮。石碑东西两侧上部均有浮雕云中升龙图案,两条龙追逐升腾。碑下为石龟碑座。碑身正面刻有59行藏文,主要记述了赤德松赞的生前功绩。

赤德松赞在位17年(798~815)。他竭尽全力稳定内部,扶持佛教，修建寺院。他积极主张与唐朝息战，稳定边境形势，加强与唐朝友好往来。他还亲自组织了很多高僧、大译师对旧译佛经进行了全面的修订并厘定卷帙，编纂了梵藏《翻译名义大集》，同时就显密乘典籍的译法，根据厘定文字敕命撰写了《声明要领二卷》，形成了佛经翻译理论体系，促进了藏族文化的发展。

赤德松赞墓之前是其父赤德祖赞之墓。赤德祖赞墓位于木惹山中腰，规模相当大。墓冢高30余米，宽约16米，下部呈方形。与其他陵墓不同的是墓前立有一对花岗石砌成的石狮，两狮的距离300步。左面一尊尚完整，只缺一条腿，仍然保持着它雄伟的气势；右面那一尊却断了头，但仍然稳坐墓前，忠于职守。这对狮子面朝墓前，尾巴从屁股后面卷向右侧，却稳坐地面，其刻纹粗犷，线条简朴，形象逼真。

藏王墓群中，唯有石碑和石狮最引人注目，其余就没有什么特别之处。藏王墓上石碑和石狮的竖立，表明它受唐朝文化影响较大。石碑自不必说，就石狮而论，西安附近乾陵的石狮，与这里的石狮就有许多共同之处。无论外形与花纹的雕刻，还是摆设的位置，藏王墓都有仿照唐陵的痕迹。

继人殉制之后，藏地又独兴守墓人制。守墓人制度属于苯教人殉制的延续，由杀人祭祀变为不被杀而守在此。守墓人一般由藏王的贴身奴仆或近臣担任。谁能被选中，对他的家族来说是一件幸事，这一家将世代接受王朝供养，享有土地、奴隶等封赏。但对于守墓人来说，却很不幸。他其实是个活死人，一生不得与外界人接触。有人来祭祀，他必须回避，而且只能吃供品，也像被祭祀的。

当然，仅有供品是不够的，守墓人也有补充食物的来源。周围百姓们的牛羊不小心跑到墓地里来了，守墓人就有权把送上门的牲畜据为己有。方法是，把牛羊的角经烧烤后拧成一个弯口，表示已成为守墓人的财产，然后仍然放回，由主人家继续放养，供品不足时，守墓人可以杀来充饥。

取消人殉制而实施守墓人制，大约在公元7世纪，约存在了200年。后来吐蕃王朝灭亡，又兴起了天葬，既无藏王，也无墓可守了。但守墓人烧牛羊角做记号的做法却保留下来了。强盗们效仿着把百姓的牛羊角烧变形，需要时理直气壮地取回。

在藏王墓群的后面，有一个庞大的玛尼石堆，上边挂满五彩斑斓的经幡。这些经幡不仅会让行人驻足欣赏，而且还是人与神的"连线"。

第六章　后藏揽胜

日喀则地区位于西藏自治区南部，南与印度、不丹、尼泊尔三国接壤，西连阿里地区，北接那曲地区，东邻拉萨市和山南地区。地处喜马拉雅、冈底斯、念青唐古拉三大山脉中段年楚河和雅鲁藏布江交汇处，属藏南高地。平均海拔4000米以上，总面积18.2万平方公里，东南长800公里，南北宽380公里，边境线长达1753公里，具有十分重要的战略地位。

日喀则是西藏第二大城市，至今已有500多年的历史。旧时属于"卫藏"中的藏地，又称"后藏"。历史上，这里曾是多个宗教势力竞相争夺的地方，萨迦派、夏鲁派、觉囊派皆创建于此，后来噶举派和格鲁派大举进入。随着一世达赖根敦珠巴创建扎什伦布寺后，日喀则逐渐成为了以班禅为主导的后藏的政治、宗教中心。

后藏，因地处雅鲁藏布江上游而得名，指的是喜马拉雅山麓的大部、雅鲁藏布江上游的30万平方公里的土地。其地貌种类多样，山势高峻，平地广袤，湖泊错落。全区水资源丰富，分布大小河流100多条。西藏最大的江河雅鲁藏布江发源于日喀则地区仲巴县的杰玛央宗冰川。全地区有大小湖泊40多个。日喀则地区气候温和，日照充足，农牧业发达，素有"西藏粮仓"之称。

日喀则地区有两个国家一级陆路口岸聂拉木（樟木）口岸和吉隆口岸，一个国家二级口岸定结县日屋口岸，还有边贸集市 21 处，一直以来是与南亚各国友好往来的主要门户。全地区有国务院批准的全国 99 座历史文化名城中的两个：日喀则市和江孜镇。

历史上，日喀则的兴盛，是在噶玛王朝统治西藏的 24 年间。这期间，噶玛王朝建都于此，日喀则一度成为了西藏的政治、经济和文化中心。17 世纪，五世达赖喇嘛阿旺嘉措即位，五世达赖喇嘛开始与四世班禅罗桑确吉坚赞分管拉萨与日喀则的政治宗教事务，从此日喀则成为西藏第二大城市、后藏的政治、宗教和文化中心以及历世班禅的驻锡地。

西藏和平解放后，首设日喀则分工委和江孜分工委，1959 年设日喀则专员公署与江孜专员公署，1964 年合并为日喀则专员公署，1978 年更名为日喀则地区行政公署。现在地区下辖 17 县 1 市，其中边境县 9 个。全区总人口 70 万，其中藏族占 95%。

古老的日喀则历史悠久，文化发达，有驰名中外的古迹名胜扎什伦布寺、乃宁寺、萨迦寺、白居寺、夏鲁寺、苯教寺院热拉雍仲寺等，有爱国主义教育基地江孜抗英宗山城堡英雄纪念遗址和帕拉庄园遗址。喜马拉雅山脉在日喀则境内绵延 200 多公里，共有海拔 7000 米以上的高峰 14 座，其中世界第一高峰珠穆朗玛峰海拔 8844.43 米，洛子峰海拔 8516 米，马卡鲁峰海拔 8463 米，卓奥友峰海拔 8201 米，希夏邦玛峰海拔 8012

米。这里还有辽阔的草原牧场、肥沃的河谷粮田、茂盛的亚热带丛林等诸多景观，使之成为西藏境内色彩最丰富的地区。

历代班禅驻锡地扎什伦布寺

　　扎什伦布寺位于日喀则西面的尼色日山南麓，建筑面积约30万平方米，有大小金顶14座，扎仓4个，灵塔殿、大小经堂等56座，是后藏最大的寺院，也是格鲁派六大寺院之一。扎什伦布寺始建于1447年，由宗喀巴的弟子一世达赖根敦珠巴创建，历时12年。最初寺庙叫做"康建曲批"，意为"雪域兴佛"。寺庙建成以后，根敦珠巴正式起名为"扎什伦布巴吉德经钦却唐皆南巴杰娃林"，意为"吉祥宏固资丰福聚殊胜诸方州"，简称"扎什伦布寺"，取"吉祥须弥"之意。

　　据史书记载，根敦珠巴是后藏萨迦人，是第一个把格鲁教传到后藏的人。他创建扎什伦布寺后，任扎什伦布寺第一位法台。后来在建立达赖活佛转世系统时，他被格鲁派追认为第一世达赖。四世班禅罗桑曲吉担任扎什伦布寺法台时，进行了大规模扩建。从此，扎什伦布寺成为历世班禅的驻锡祖庙。1713年，清廷册封第五世班禅罗桑益希"班禅额尔德尼"，由此班禅的地位得到确定。扎什伦布寺与拉萨的布达拉宫分掌前、后藏政教事务。

扎什伦布寺殿堂林立，规模恢宏。它拥有世界上最大的铜佛像弥勒大佛像。该寺僧侣人数在历史上定额为4400名，现有住寺僧人780多名，是当今格鲁派第一大寺院，现为全国重点文物保护单位。

按照藏传佛教的传统，历世班禅转世灵童的寻访均由扎什伦布寺负责，而且在认定后，通常都会拜达赖为师，同样达赖在确定后也会拜班禅为师。历史上，七世班禅的老师就是八世达赖，而六世达赖的老师则是五世班禅。

扎什伦布寺坐南偏东，依山而筑，雄伟壮观。依照格鲁派传统经学院格局，由中心殿堂向外增建，有措钦大殿、班禅拉章（寝宫）、扎仓、强巴佛殿、灵塔祀殿、展佛台等建筑。

我们首先进入主殿钦措大殿，这是扎什伦布寺最早的建筑，为全寺的中心。一进门，有一个广阔的讲经场，约有500平方米。四壁墙上，有石凿的佛像祖师、四大天王、十八罗汉以及形态各异的1000尊佛像。讲经场用喜马拉雅山的片岩铺成，这个场地是班禅对全体僧人讲经及僧人辩经的场所。

大经堂在广场的台阶之上，可容纳2000多人在此念经。大经堂内有班禅的宝座，正中为释迦牟尼佛殿，塑像高5米。释迦牟尼像两旁分立着他的八大弟子的塑像。大殿左侧，是1461年扩建的大佛堂，堂中有一尊高11米的弥勒佛像。大经堂右侧是度母佛堂，里面安放着高2米的白度母铜像，两旁是泥塑的绿度母像。

大经堂里还有许多年代久远的壁画，其中有宗喀巴师徒像、80位佛教高僧像，还有各种仙女飞天像。这些佛像壁画，画工精细，色泽鲜艳，别具一格。

　　大经堂旁有一个其他寺庙没有的"汉佛堂"，藏语叫"甲纳拉康"，佛堂内陈列着历代皇帝赠送给各世班禅的诸多礼品。

　　汉佛堂中有乾隆皇帝的巨幅画像，系故宫原作，画像前侧有"道光皇帝万岁万岁万万岁"的牌位。这个佛堂是七世班禅时建的。偏殿是清朝驻藏大臣与班禅会见的客厅，每逢皇帝传下圣旨，便由驻藏大臣带到这个佛堂内，班禅在此接旨。再过一个小门，便是陈列厅。厅内陈列了历代班禅到内地觐见皇帝时，皇帝赠送的礼品，包括永乐古瓷、元明织品、玉石如意、金银酒杯、茶碗碟盘、佛像佛珠等等。其中有一串嵌有宝石的佛珠，是清朝皇帝送给七世班禅的。

　　大强巴殿位于扎什伦布寺的西侧，大殿高30米，整个建筑面积860平方米。佛殿外观呈阶梯状，层层收拢。每层顶角都有精美的装饰，殿顶还有汉式的金顶和鎏金宝瓶、法幢、法轮、祥麟等雕饰。强巴佛殿供奉的强巴大佛是世界上最大的铜像。强巴佛也叫"未来佛"，即可以预见未来悲善的佛。大佛高27米，共分5层：一层是莲花殿，二层是腰部殿，三层是胸部殿，四层是面部殿，五层是冠部殿。在佛像四周有回廊，可由木梯拾级而上。强巴佛像造型生动庄严，制造工艺精湛，尤其眉宇间镶嵌的那颗犹如核桃般大小的钻石，就像是用来关注人们未来的眼睛。

　　这尊铜像，由110个工匠用了4年时间才修建成功。建造这尊佛像，用黄金8928两，紫铜231450余斤，其他珍宝装饰不计其数。这尊世界上最大的铜佛所披的袈裟也是世上最大的，据记载，强巴铜佛更换过 3 次袈裟，第一次是 1904 年，第二次是 1957 年。1985 年，扎什伦布寺举行了第三次更换袈裟的仪式。

登上扎什伦布寺大经堂的最高层，可见金顶光辉四射，金顶下面雕梁画栋，其胜景可与布达拉宫相媲美。金顶的西北面，有一个巨大的晒佛台，高近 10 米，于 1468 年建成，每年要在这里晒一次巨大的卷画佛像，让信徒们有机会在露天里见到巨幅佛像。

扎什伦布寺内建有灵塔，其中最早的灵塔曲康夏是四世班禅罗桑曲吉坚赞的灵塔殿。塔身高 11 米，塔身以银质包裹，遍身镶嵌珠宝。建造该灵塔用去黄金 2700 两、白银 33000 两、铜 3.9 万公斤，各种珍珠宝石不计其数。灵塔是按无降塔形建造的，雪白皎洁的银塔上镶嵌着各种珍奇宝石，显得庄重华贵。

五世班禅至九世班禅灵塔殿叫做"班禅东陵扎什南捷"，在"十年浩劫"中遭受严重破坏。1984 年，国家拨专款 780 万元，用黄金 108 公斤、水银 665 公斤、紫铜 5638 公斤，重建合葬灵塔殿，于 1988 年完工，由十世班禅额尔德尼·确吉坚赞亲自开光。

释颂南捷是十世班禅的灵塔殿。第十世班禅额尔德尼·确吉坚赞在完成合葬五世至九世班禅的遗骨后，圆寂在驻锡地扎什伦布寺。国务院决定在扎什伦布寺修建十世班禅大师灵塔和礼殿。为此，国家拨专款 6404 万元、黄金 614 公斤、白银 275 公斤以及其他建筑用料。班禅大师的灵塔于 1990 年动工修建，历时 3 年完成。释颂南捷大殿总面积为 1933 平方米，高35.25米，大殿主体为钢筋水泥框架，用花岗石砌成。整个建筑以西藏古代寺院建筑风格为主，采用现代工艺和古代风格相结合的方式建筑。

释颂南捷殿内的十世班禅灵塔，面积为253平方米，塔高11.55米，以金皮包裹，遍镶珠宝，共用宝石866个、珠宝24种6794颗，还有大陨石1个，金刚护身符13个，琥珀445个。

扎什伦布寺还有4个扎仓，即吉康、堆桑林、夏孜、阿巴。

扎什伦布寺与其说是一座寺庙，不如说是一个宗教城市，里面道路复杂，殿宇楼台叠耸交错。走进寺内，就像走入迷宫一样。如今，历经近5个世纪风雨的扎什伦布寺，已当之无愧成为藏传佛教六大寺首。

"艺术宝库"萨迦寺

萨迦寺坐落在萨迦县境内的苯波山麓。萨迦南寺建于1268年，由萨迦派第五代祖师八思巴所建。元朝时，萨迦为西藏萨迦政权之都，萨迦寺是当时西藏政治、宗教、文化的中心。萨迦寺因其丰富的藏经和壁画而被誉为"第二敦煌"。现为全国重点文物保护单位。

萨迦北寺是由萨迦派创始人昆·贡却杰布于1073年创建。"萨"藏语意为"土"，"迦"意为"灰色"。相传苯波山上的岩石经风化后成为灰色的土，这就是萨迦地名的来历。萨迦寺分南北两寺，分建于仲曲河的两岸。北寺修在北岸苯波山前，规模宏大，但在"文革"中遭到了毁灭性的破坏，现只剩山坡上的一片废墟。南寺是萨迦寺的精华所在，现在仍保存完好。

  13世纪中叶，萨迦派的主要活动集中在北寺，而南寺仅有一个规模不大的拉康拉章。1240年，蒙古势力西征，得悉藏区诸教派中萨迦派威信甚高，便借助萨迦派的影响安抚全藏。1244年，萨迦班智达贡嘎坚赞应蒙古皇子阔瑞的邀请赴凉州，随同前往的有其侄八思巴。后萨班致书西藏各教派，劝说各教派臣服元朝，并滞留内地直到1251年在凉州病故。八思巴作为萨班的继承人，备受元朝皇室优礼。1264年，八思巴被元世祖忽必烈封为国师领总制院事，掌管全国佛教和西藏地区事务。1267年，八思巴返回西藏，建立了萨迦派政教合一的地方政权，设"本钦"具体掌管西藏地方行政事务，设"囊钦"掌管本教派事务，从而结束了西藏近400年的分裂割据局面。1269年，八思巴创制蒙古新字，元世祖忽必烈下诏颁行。1280年，八思巴圆寂于萨迦。由于萨班叔侄在祖国统一中作出了巨大贡献，萨迦派的地位急剧上升，萨迦寺作为萨迦法王和萨迦地方政权的政治中心，随之在北寺不断扩建，新建了悉托、拉章、古荣木、乌则、仁岗拉章、屯曲拉章等殿堂。1268年，八思巴又授命本钦释迦桑布和贡嘎桑布修建南寺大经堂拉康钦莫，并以此为中心向四周扩展，形成了仅次于敦煌的文化艺术宝库。

  南寺是一座城堡式的建筑群，有大小殿堂20多个，占地面积4.5万平方米,总建筑面积1.5万平方米。四周筑有坚固的两重围墙。

进入萨迦南寺大门,通过广阔的天井,来到大经堂拉康钦莫。这是一座庞大的主体建筑,大殿面积5700平方米,殿高10米,殿内有40根大柱直通殿顶,中间4根尤为粗大,三人才能合抱。大殿内供奉着释迦三世佛像和萨迦五祖八思巴塑像。

殿内藏有藏、蒙、梵、汉文抄写的经书及各种书籍数万册。在大殿主供佛像后面,还有一个巨大的书库,藏有各种经文典籍2万余部,这些典籍大多是元、明时代的手抄本,分别用金汁、银汁、朱砂和墨汁精工写成,其中有一部用金粉抄写的"八千颂",长1.7米,宽1.3米,厚1米,为世界上最大的经书。

大经堂的第二层为平措颇章灵塔殿、卓玛颇章灵塔殿及专门收藏各类藏文图书的"贝竹康"等建筑。在"贝竹康"内,珍藏着许多有关历史、医药、天文、地理、历算、文学的书籍。最著名的是一部上千年的梵文贝叶经。大经堂两侧还有两个配殿,两边为传授制作沙绘曼荼罗技艺的场所,东边配殿内供有萨迦派截至14世纪为止的11位大师的灵塔。大经堂的右侧及后面是八思巴的公署和僧舍。

萨迦寺从建寺到现在已有900多年。寺内所藏珍品极其丰富,除许多珍贵的经文典籍外,还有2万尊佛像,其中很多是元、明以前的珍贵文物。萨迦有四件珍奇宝物,一为贡布古如,是由竹钦白巴从天竺请来的萨迦怙主神像;二为尊胜塔,是由巴日译师修建的,塔内经常出水,被视为神水;三为文殊菩萨塑像,是萨班贡嘎坚赞的本尊像;四为王洛度母像,是八思巴供奉的本尊佛像。主殿上的宋、元古瓷，如明宣德青花五彩碗、清霁青描金瓶等都属稀有珍品，堪称国宝。还有如封诰、诏书、印章、法器、供器、玉器等，都是极为重要的文物。

萨迦寺的元代壁画总计有上万平方米，画工精细，尤以萨迦法王像和曼荼罗最有特色。从主殿登上扶梯，上了楼便可见一幅幅巨大的壁画，其中有著名的时轮金刚坛城图、集密降白多吉坛城图、喜金刚海生派坛城图等，这些壁画采用西藏特产的矿物颜料绘制，至今色泽鲜艳。

主殿还珍藏着许多珍贵的唐卡，其中有20多轴名为"帕唐"，意为"八思巴画传"的唐卡，是萨迦寺的寺宝。"画传"是以西藏传统的唐卡布轴画的形式，描绘萨迦法王八思巴洛追坚赞生平的画集。据说"画传"全套有30轴，现只存有25轴，这是一套现存较为完好的西藏古代绘画精品。

萨迦寺除了规模宏大的寺院建筑外，还有一些官署府邸之类的建筑。萨迦世系传至贡嘎洛追坚赞时，萨迦昆氏家族分裂成4个"喇让"，4个"喇让"均系父子相承，而萨迦法王的宝座则由这4个"喇让"轮流继承。细妥喇让、拉康喇让、仁青岗喇让、杜却喇让等4个喇让均建有各自庞大的府邸。

萨迦寺是西藏中世纪文化复兴繁荣的标志。萨迦寺的建筑也是西藏建筑史上的一个范例，是汉藏民族文化交流的又一个突出表现。

萨迦寺的宝物，从本身的建筑，精美的壁画，珍贵的法衣、盔甲、古瓷，到典籍、经卷和唐卡，都是不可多得的艺术品，萨迦寺确实是个巨大的艺术宝库。不同的是，敦煌记录的是已经过去的历史，而萨迦寺则一直薪火相传到现在。

建筑风格独特的白居寺

白居寺位于江孜县城北宗山脚下，海拔 3900 米。白居寺，藏语称为"班廓德庆"，意为"吉祥轮大乐寺"。1418 年，它由江孜法王饶丹贡桑帕创建，历时 10 年修建而成。白居寺有两大特色：一是一寺融萨迦、噶当和格鲁三教派，兼容并立，一直维持到今天；二是寺内有塔，塔中有寺，寺塔相傍浑然天成，相得益彰。

1408 年，由格鲁派鼻祖宗喀巴举办拉萨祈愿大法会以后，佛教在西藏的发展进入了一个全盛时期。短短数十年间，甘丹、哲蚌、色拉、扎什伦布等具有重要历史意义的名寺相继开始修建，而白居寺也在其中。

修建白居寺的倡导者是江孜法王饶丹贡桑帕。1403 年，饶丹贡桑帕请来宗喀巴大师的弟子克珠杰负责江孜佛教事业，同时主持修建白居寺，经过 10 多年的准备，1418 年白居寺破土动工。尽管后来因为两人意见不合，克珠杰离开了江孜，然而寺庙的修建工作却从未停止。一直到 1427 年白居寺终于竣工。

因为克珠杰属于格鲁派，倘若他从始至终留在江孜，白居寺毫无疑问会属于格鲁派。可是，正因为他的中途离去，率先进驻白居寺的却是萨迦派。

不过，同别的寺庙只有一种教派不同，因为种种原因，后来噶当派和格鲁派也来到了白居寺。然而，最初这三派之间却不是能够和谐共处的，他们都想占据白居寺，让它成为自己专享的领地。但由于这个时期各个教派实力相对均衡，谁都没有实现自己的目的。

在三派纷争的局面下，无论哪两个教派争斗，总有一方是渔翁得利。在这样的相互制衡中，三个教派逐渐走上了调和之路。在三方的共同努力下，三方达成互不侵犯、和平共处的共识，实现了白居寺长久的三派融合。

白居寺建筑规模宏大，主建筑措钦大殿为明代建筑，殿高3层，面积4500平方米，底层是48根立柱的大经堂，立柱上挂满丝织唐卡佛像。经堂正中供有三世佛，透过那挂满唐卡和彩带的经堂，西北处有一尊高达8米的巨大强巴佛鎏金铜像，据说单是塑造这个佛像，就耗费了2.8万斤黄铜。

措钦大殿的二层是拉基大殿，这里是召开全寺最高会议的地方，三大教派的高层们就是在此共商大计。其东西配殿的法王殿正中供奉着十二面观音像，它的左右有亲教师静命、轨范师莲花生、法王赤松德赞等师君三尊，有松赞干布等祖孙三王，这些佛像造型精美，形象逼真，体态各异，是明代的艺术珍品。

措钦大殿的第三层叫夏耶拉康佛殿。殿内有8根立柱，四壁绘满密宗坛城壁画，云楼圆形莲花藻井非常罕见。殿内珍藏着100多件藏戏服装。这些服装都是用明清时代汉地出产的绒丝、刺绣、织锦等丝织品缝制的，极为珍贵。

　　白居寺的建筑兼有萨迦、噶当和格鲁派三大教派的建筑风格。由于每个教派在寺内都拥有五六个殿堂，所以殿内雕塑、壁画风格也不同于别处。白居寺壁画同其他寺庙的区别，更多体现在画风上。这里的壁画多有"佩孜"特点，是一种融合了尼泊尔、印度及克什米尔等地绘画风格而形成的画风。这种画风的特色在于人物造型颇具异国风情，鼻子高挑，眼睛较深，头发卷曲，衣着薄露，袒胸跣足。人物动作舒畅犷达，体型多为丰乳细腰宽肩，常呈"三道弯"式扭曲。

　　位于白居寺西侧的菩提塔，是西藏地区规模最大、制作最精美的佛塔。它是白居寺的标志，建于1436年。菩提塔藏语叫"班廓曲颠"，意为"流水漩涡处的塔"。菩提塔外形观类似于莲花，塔体为白色，每层的顶部则是红褐色的。佛塔直径62米，塔高33米，共9层，由13层石阶、塔基、塔腹、塔瓶、宝盖及金幢等几个建筑单元组成。塔形下大上小，递层逐渐上收。一至五层是八角形，六层以上呈圆形，八层为覆钵形，九层为伞盖，顶部是宝瓶、宝珠。塔东面建有通往各层直至塔尖的门殿和石阶，四面门檐饰有飞龙、跑狮、走象。塔内有佛殿、神龛、经堂共77间，设大门12道、小门96道，共计108道门。每道门内有泥、铜、金塑佛像千余尊。经堂内的壁画、塑像造型精美，栩栩如生。据说塔内的佛堂、佛龛及壁画上各种佛像共计有10万尊，因此被人们誉为"万佛宝塔"，堪称"佛像博物馆"，是中国建筑史上独一无二的珍品。

　　菩提塔的落成纪念日，正是释迦牟尼诞生、成道、涅槃日的萨嘎达瓦节。每年藏历四月十五日，白居寺都会有500位喇嘛诵经纪念，上千信众云集于此。

白居寺由于其悠久的历史、完整的建筑和特殊的宗教价值及寺塔内保存完好的精美壁画和造像，被列为全国重点文物保护单位。

富丽堂皇的帕拉庄园

帕拉庄园位于江孜城西南年楚河畔的班久伦布村，占地面积4.7万平方米，位居西藏十二大庄园之首。帕拉庄园是西藏贵族生活的缩影，是目前西藏保存最完整的奴隶庄园。

帕拉全称为"帕觉拉康"。在西藏的农奴社会里，贵族分为赞普后裔、亚奚家族、第本家族，其余的统称为"格巴"，帕觉拉康属于第本家族。

帕拉原是不丹一个部落的酋长，因不丹内乱迁到西藏。他和他的后代先后有5人出任过西藏地方政府的要职噶伦，家财雄厚。1904年的抗英战争，帕拉庄园出钱出丁出马，很是卖力。战后的帕拉庄园的园主扎西旺久曾经当过林布寺的小喇嘛，还俗后主持庄园的日常事务。他整顿庄园经济，扩充庄园规模，加强对农奴的统治，加上其兄土登旺丹和其弟多吉旺久在官场上步步走红，帕拉庄园开始蒸蒸日上，1955年才最终建成我们现在所看到的规模。当时帕拉庄园在江孜、白朗、康马、山南、拉萨等地拥有众多庄园和牧场。

最初的帕拉庄园建于江孜江嘎村，1904年英军入侵时被焚毁。抗英战争结束后，帕拉庄园重建于江孜城西南年楚河畔的班久伦布村中央。直到西藏民主改革前，帕拉拥有小庄园32个、牧场12个、农田3万多亩、牲畜4万多头，占有朗生（农奴）3000余人。1959年，帕拉旺久参与叛乱并外逃，其庄园被没收。当时的人民政府考虑到帕拉庄园系西藏十二大庄园之一，对其进行了妥善的保护。帕拉庄园是如今唯一保存完好的旧西藏贵族庄园。

步入宏伟高大的帕拉庄园，无处不透露出昔日贵族的奢华与考究，雕梁画柱，富丽堂皇。整个庄园原有房屋82间，现存57间，住房面积5357平方米。主体建筑为3层楼房，分为前、中、后3个院落，建筑配套完整，装修考究，设有经堂、会客室、卧室等。经堂陈设考究，佛龛保存完好，中间竖立着一个汉宝雕花门洞，木门、隔板、高台、护栏及藏柜上，雕绘着《三国演义》、《水浒传》、《红楼梦》、《西厢记》等故事以及著名的成语故事；女主人卧室之中，金银玉器琳琅满目。梳妆台上放着口红、香水等全套化妆品，全都是英、法等国进口的。还有一部当时很时尚的留声机，以及当年留下来的名贵食品、餐具、进口酒、进口白醋、裘皮服饰等。

主楼二层的东头，有楼梯通向庄园的后院，那里是一个后花园。花园里种着各种各样的果树花草，花园中央有一座凉亭，还设有秋千。花园围墙外面是帕拉家的郁郁葱葱的林卡。

主庄园的正南面是帕拉家最大的朗生院（奴隶园），朗生院的总面积150平方米，当年居住着14户60多名朗生。朗生们祖祖辈辈住在这些低矮阴暗的房间里，从事织卡垫、织氆氇、喂马、做饭、酿酒、侍卫等繁重的工作，与贵族的豪华住宅形成鲜明对比。

抗英遗址"宗山城堡"

"宗山城堡"位于江孜县城中心的宗山顶上。这座城堡不仅以宏伟壮丽而闻名，还因为承载着一段悲壮的历史而为人们敬慕。一个世纪以前，江孜军民在这里谱写了反抗外国侵略、保卫祖国领土和主权的壮丽篇章。

江孜地处西藏高原南部，位于拉萨、日喀则和亚东之间，从古至今它都是交通要道。历史上，江孜是古代苏毗部落的都城，松赞干布的父亲囊日伦赞降服了苏毗，江孜便成为贵族的封地。江孜的建城历史可以追溯到1300多年前，那时的江孜是西藏苏毗部落的政治中心。当时的部落酋长想要在一个地势险要的地方修建自己的宫室作为都城，于是便在江孜的宗山之巅构建了一座规模庞大的宫殿，这就是城堡的原形。

19世纪中叶，英国在我国东南沿海发动侵略战争的同时，也从西南边疆入侵西藏。1886年，英帝国主义为侵略西藏，加紧测绘我国边境要隘地形,派遣特务潜入我国边境窥探,并进一步在隆吐至日纳越界筑路,修建驿站,为侵略西藏作准备。对此,西藏地方政府积极征兵备战。1888年,爆发了隆吐山战役,英帝国主义点燃了第一次武装侵略西藏的战火。为了保卫国土,藏军们英勇抗敌,靠土枪、土炮、刀、矛等对抗英军的洋枪洋炮,杀伤大批敌军。

1904年4月,英国军官荣赫鹏率领一支军队,从亚东春丕谷偷偷越境,进攻江孜。来自前后藏、山南、塔工、波密、康区、藏北等地的自愿兵,以及各大、中寺院组织的僧兵等共1.6万人,死守城堡。为抵抗英军,江孜军民在半山前崖构筑炮台和其他防御设施。当时英军使用新式火器向宗山猛烈进攻,江孜军民誓死抵抗,他们拿起土枪、大刀、梭标和弓箭,坚守阵地,使敌人无法靠近。

5月,英军从江洛和岗珠两地炮轰宗山城堡,60多人的敌军组成突击队,用机关枪和步枪进攻"教场",企图以此为突破口攻占宗山城堡。藏军奋勇阻击,勇士们挥舞大刀长矛冲上前去,杀伤英军40多名。

6月,英军派来援军,又一次从江洛和岗珠山等地向宗山城堡发动全面进攻。藏军顽强抵抗。不幸的是,由于搬运弹药时不慎,一支燃烧的火绳掉进弹药库,造成弹药库的爆炸。经过一个多月的苦战,山上守军弹尽粮绝,饮水被敌人切断。但勇士们仍用擂石、滚木坚持战斗,使敌人遭受重大伤亡。最后,宁死不屈的一部分勇士们打开城堡门,冲出去与敌人肉搏死战,一部分勇士跳崖殉国。

英军攻占宗山城堡,前后花了3个多月的时间,付出了巨大的代价。藏族军民们可歌可泣的抗英壮举,展现了藏族人民为维护民族尊严,保卫领土完整,英勇奋战、不怕牺牲的崇高爱国主义精神。

在抗英烈士跳崖的地方,矗立着一块黑色的大理石碑,上边用藏汉两种文字记录着那个悲壮的瞬间。

今天,虽然宗山上昔日的宫堡、房舍早已倒塌,但炮台依然挺立。炮台旁边,褐红色的岩石缝中长满紫穗花,这些顽强生长的花草,彰显的正是当年抗英壮士英勇无畏的精神。

"地球之巅"珠穆朗玛峰

山体成巨型金字塔状的珠穆朗玛峰,耸立在喜马拉雅山脉中国和尼泊尔边界,北坡在中国西藏定日县境内,南坡在尼泊尔境内。其海拔8844.43米,昂首天外,坐视群山。珠穆朗玛峰周围环绕着40多座海拔逾7000米的高峰,其中4座山峰的高度超越了8000米,作为世界第一高峰,它与南、北极一起被科学家们并称为地球"三极"。

在藏语中,"珠穆"意为女神,"朗玛"是第三的意思。相传在四五千万年以前,现在的珠穆朗玛峰下还是一望无际的大海,妖魔猖獗。一日,来了5位美丽的女神,她们劈波斩浪,把妖魔镇压在雪山下,将此处变成了森林、良田、牧场和花草。同时,她们自己也化身成喜马拉雅山脉的5座高峰,其中,最高的一座就是最娇美、最勇敢的三妹的化身。当地民众称她为"珠穆朗玛",藏语意为"第三女神"。而生活在珠峰南坡的尼泊尔人,则称它为"萨迦玛塔",这是一个梵语复词,"萨迦"意为"天","玛塔"意为"山峰",合在一起便是"高达天庭的山峰"。

其实珠峰也并非"生来"就这么高。事实上,在3000多万年以前,它不过就是大海中一个小山头。大约从新生代早第三纪晚期开始,整个喜马拉雅山从遥远的南半球经印度板块推挤,漂洋过海2400公里而来。而在漂流的同时,它又因受到欧亚板块反作用力的阻挡,慢慢地抬高升起,最后被抬升为地球之巅。

地壳运动在造就了巍峨珠峰的同时,也造就了它周围群峰林立、重峦叠嶂的磅礴气象。在珠穆朗玛峰周边较著名的有南面的海拔8516米世界第四高峰洛子峰和海拔7589米的卓穷峰,东南面的海拔8463米的世界第五高峰马卡鲁峰,北面的海拔7543米的章子峰,西南面的努子峰和普莫里峰。在这些巨峰的外围,还有一些世界高峰遥遥相望:东南方向有海拔8586米的世界第三高峰干城章嘉峰,西面有海拔8201米的世界第六高峰卓奥友峰和海拔8012米的世界第十四高峰希夏邦玛峰,形成了群峰来朝、峰头汹涌的壮阔场面。

清康熙五十六年(1717年)编绘的《皇舆全览图》中,不仅精确地标示了珠峰的地理位置,还将其称作"朱姆朗玛阿林"，"阿林"为苗语，意为"山峰"。1855年，印度测量局在英国人主持下，测出珠峰海拔高度为8834米，确认其为世界最高峰，并以该局局长英国人乔治·埃佛勒斯的名字命名此峰。1952年，中国政府将埃佛勒斯峰正名为珠穆朗玛峰。1975年5月27日，中国登山队10名队员携带精密仪器登上峰顶，测定珠穆朗玛峰精确海拔高度为8848.13米。2005年10月，国家测绘局重新为珠峰测高，公布其新高度为8844.43米。珠峰高度虽有变化，但珠峰世界第一的位置是不变的。

珠穆朗玛峰的气候复杂多变，即使在一天之内也往往变化莫测，更不用说一年四季的翻云覆雨了。大体来说，每年6月～9月为雨季，强烈的东南季风造成暴雨频繁，云雾弥漫。11月～翌年2月，因受强劲的西北寒流控制，一般气温可达-60℃，平均气温在零下40℃至50℃之间，最大风速可达每秒90米。因此珠穆朗玛峰的极度严寒可与地球的南极和北极匹敌，故被称为"地球第三极"。每年3月～5月，是由风季过渡至雨季的春季，而9月～10月，则是雨季过渡至风季的秋季。

珠穆朗玛峰确实神奇美丽，无论是那云雾之中的山峦奇峰，还是那耀眼夺目的冰雪世界，无不引人入胜。不过人们最感兴趣的，还是漂浮在峰顶的云彩。这云彩好像是在峰顶上飘扬着的一面旗帜，因此被形象地称为旗云。珠峰旗云的形状千姿百态，时而像一面旗帜迎风招展，时而像波涛汹涌的海浪，时而变成婀娜上升的炊烟，时而又似万里奔腾的骏马，堪称世界一大自然奇观。由于旗云的变幻可以反映出高空气流的变动，因此珠峰旗云又有"世界上最高的风向标"之称，外国探险家称之为"圣母的面纱"。

珠穆朗玛峰的东北山脊、东南山脊和西侧山脊被切削出3大陡壁，分布着548条冰川。它是世界上发育最充分、保存最完好的冰川地貌，峰顶终年积雪不化，不化的冰雪逐年形成冰川，最长的绒布冰川达26公里，冰舌平均宽约1.4公里。同时，这里还广泛分布着悬冰川、冰斗、冰柱、冰洞等冰雪奇景。

珠穆朗玛峰地区以其独特的地理环境及气候特点而成为高原动植物的乐园。1980年珠峰自然保护区成立，1993年成为国家级自然保护区。保护区位于中国与尼泊尔的交界处，面积338万公顷。保护区内有被子植物2101种，裸子植物20种，蕨类植物200多种，苔藓、地衣植物600多种，真菌130多种；野生动物有兽类50多种，鸟类200多种，两栖和爬行以及鱼类共20多种。其中，国家一级保护动物有长尾叶猴、西藏野驴、塔尔羊、金钱豹、雪豹、黑鹇等10多种。

能看见珠峰的金字塔状身影，是每个来珠峰的人都欣喜若狂的事。观看珠峰的最佳位置是珠峰山腰海拔5154米的绒布寺。它是世界上海拔最高的寺院，同时也是一座僧尼混合的宁玛派寺院。寺院建于1899年。绒布寺是观看珠峰的最佳位置，两者直线距离25公里。珠峰的峰顶经常被云雾覆盖，难以见其真颜。七八月份的时候，珠峰的日出和日落都异常美丽和壮观，而每年的5月和9月是观赏珠峰的最佳时期。

珠穆朗玛峰是登山爱好者的天堂。登珠峰有两条攀登路线，中国境内是北坡，崖壁险峻，攀登难度大；尼泊尔境内是南坡，坡度较缓。每年的3～5月间是登山的黄金季节，这时会有许多来自世界各地的登山家云集于此。自1953年5月29日英国远征队首次成功登上珠峰以来，至今全世界共有20多个国家的50多个登山队计700多人完成了登顶的壮举，但在茫茫的白雪之下也埋葬了近200位登山家和他们的梦想。1953年5月29日，英国登山队的新西兰籍队员埃德蒙德·希拉里和他的夏尔巴族向导诺孟两人从南坡首次登顶成功，开创了人类攀登珠峰的新纪元。

　　1960年5月，中国登山队首次登上珠峰，登顶的王富洲、贡布（藏族）和屈银华3名队员，把五星红旗插上顶峰。此次攀登，也是人类首次从北坡攀登成功。至今，中国登山队已经16次登临"地球之巅"，先后有66人次把足迹留在世界第一高峰。1988年，中日尼三国联合登山队还创下从南坡和北坡会师顶峰的壮举。2008年5月8日，我国登山队在珠峰之巅燃起了第29届奥运会圣火，把"更高、更快、更强"的奥林匹克精神播撒到五大洲人民的心中。

中印边境重镇亚东

亚东地处祖国西南边陲，东连不丹，西邻印度，边境线长290公里，是重要的国境线边界关卡。全县平均海拔3500米，总面积4306平方公里，人口1.2万。今日的亚东是我国与不丹、印度进行贸易往来和文化交流的要道，也是西藏南部的主要边境县。亚东县境内山清水秀，气候温和，水源充沛，物产丰富，素有"西藏小江南"之美誉。

亚东位于喜马拉雅山脉中段南麓。北部阔而高，南部窄而低，呈现奇特的梯形地形。从地图上看，亚东在西藏南部凸出一块，就像一个锤子插入印度和不丹之间。

亚东是西藏最重要的通商口岸。20世纪初，这里的进出口贸易额最高时，达到上亿银元，占当时西藏对外贸易额的90%和中印边境贸易总额的80%以上。当时，中印商人主要通过骡马运输，交易对方所需要的货物。由于历史原因，中印两国在20世纪60年代相继撤销了原贸易市场的海关等机构，边贸通商也被铁丝网阻隔。后来随着中印两国一系列贸易协议的签订，亚东的边境贸易再次活跃起来，这个小城成了中印边境贸易兴衰历史的见证。

亚东有着傲人的美景，四周雪山林立，原始森林遍布，河流、湖泊星罗棋布。这里著名的风景名胜有卓木拉日雪山、多庆措、帕里草原、多打瀑布、下亚东原始森林、康布温泉以及东嘎寺、噶举寺等。置身其中，恍入仙境。

　　亚东距日喀则市300公里，到亚东要办理边防通行证。我们从日喀则乘车前往亚东，沿途一路欣赏到雪山、河流、森林、湖泊和草原的迷人风光。亚东县政府驻地为下司马镇。它依山傍水，处在森林环抱之中。街上商店林立，许多商店经营印度、不丹、尼泊尔等国的商品，琳琅满目。由于下司马一直是西藏重要的物资进口中心，因此又有"小香港"的美誉。

　　我们在武警边防大队办理好前往中印边界的乃堆拉山口边境通行证后，驾车沿着崎岖的公路驶上雪山。在半山腰远眺，山下的河谷像一个大花园，盛开着玫瑰、杜鹃和兰花，蜿蜒曲折的河流缓缓从河谷中间流过。山腰上，有一座古老的噶举寺。寺庙是一座两层建筑，走进寺庙，只见中间大殿供奉着释迦牟尼像，两边是莲花生大师和观音菩萨像；楼上中间是佛殿，右边是经堂。墙上的壁画古色古香，所绘佛像造型各异。还有一个轮回轮，描绘着无终止的转世轮回中人的命运沉浮。

　　离开噶举寺，汽车向乃堆拉雪山挺进。到了山顶的最高处，站在乃堆拉山口上，环顾四周，难以计数的雪山高矮错落，伸向无边的天际。阳光普照下的雪峰晶莹闪耀，宛如镶嵌在大地上的一颗颗巨大的钻石，光彩照人，让人惊叹不止。

第七章 万里藏北

藏北高原平均海拔在 4500 米以上，是西藏海拔最高的一个地区，藏语称之为"羌塘"，意为"北方的草原"。藏北草原的面积达 60 万平方公里，是西藏主要的天然牧场。藏北处在昆仑山、唐古拉山、念青唐古拉山及冈底斯山环抱之中，包括整个那曲地区及部分阿里地区。这一大片土地，是青藏高原的腹心，这里没有繁荣的城镇，也见不到密集的村舍，只有帐篷、牛羊点缀的寂静辽阔的草原。

一望无际的藏北草原，是中国五大牧场之一，草场面积为 2980 万公顷。这里到处都是牦牛、羊群和帐篷。牧民们在这片辽阔的草原上创造了色彩斑斓的游牧文化。

藏北草原是藏传佛教的弘扬地，玛尼堆、经幡、古塔随处可见，佛教传说故事广为传播，为苍茫的大草原增添了几分宗教的色彩。

草原深处，有许多湖泊。西藏高原上约有 1500 多个湖泊，绝大多数分布在藏北草原上。当雄草原上著名的纳木措、申扎草原上的色林，都是面积 1000 平方公里以上的大湖。

藏北草原还是野生动物的乐园。草原上活跃着野牦牛、野马、藏羚羊、白唇鹿、盘羊、岩羊、黄羊、马熊、豹子、猞猁、灰狼等。同时这里还有世界珍稀动物黑颈鹤、虹尾雉等上百种珍禽。

那曲地区面积 42 万多平方公里，占全国版图的二十四分之一多，其中约十数万平方公里为无人区。地区所在地那曲县，地处唐古拉山和念青唐古拉山之间，是整个藏北高原的心脏，为西藏北部重镇，东去昌都，西通阿里，北上西宁，南下拉萨，是藏北的行政、经济、交通中心，也是拉萨、格尔木之间重要的补给站。自古以来，那曲就是兵家必争之地。清朝初年，蒙古固始汗为帮助格鲁派巩固势力，在消灭青海却图汗后，从那曲进入西藏，帮助五世达赖喇嘛巩固了政权。

"天湖"纳木措

纳木措，藏语意为"天湖"，位于念青唐古拉山北麓，在班戈县与当雄县的接壤处。按行政区域划分，三分之一湖面属于拉萨市，三分之二湖面在那曲境内。湖面海拔 4718 米，长 70 公里，宽 30 公里，总面积 1940 平方公里，它是世界上海拔最高的大湖，也是仅次于青海湖的我国第二大咸水湖。终年积雪的念青唐古拉山和一望无际的广阔草原，就在纳木措周围展开。

当地牧民认为，纳木措如同佛教中的圣母，因而被视为

"天湖"。它以湖面宽阔、湖水纯净、色彩多变被尊为西藏的三大圣湖之一。在藏族人的心中，它是一个有生命的圣湖。传说 12 世纪末，藏传佛教达隆噶举派的几位创举人曾到纳木措湖边修习密宗要法，高僧们认为纳木措是密宗本尊胜乐金刚的道场，于是创始了在羊年绕纳木措圣湖之举。传说，在羊年纳木措诸佛、菩萨、护法神集会举行时到此朝拜，转湖念经一次胜过平时念经十万次，其福无量。

我们从拉萨乘车，沿着青藏公路北行，行程 200 公里，途经以地热闻名于世的羊八井镇和当雄县城，拜访了圣湖纳木措。

车子爬上海拔 5180 米的那根拉山口。站在山口，我们可以远眺纳木措。只见远处一湾圣洁蓝莹的湖水，远远地伸向群山。它像巨大平实的蓝色广场，袒露在四面雪峰怀抱之中。"天湖"纳木措，就在我们的脚下。

纳木措是远古西藏地区古特提斯海的一部分，形成于第三纪末喜马拉雅地壳运动，属于构造湖。大约 3000 万年前，天湖和整个藏北从海底升出水面，海拔还不高，那时的藏北是热带亚热带草原区。在距今 300 万年前，青藏高原持续上升，藏北地区升到海拔三四千米，喜马拉雅山则升到海拔七八千米的高度。喜马拉雅山像一道屏障，阻挡了南边的印度洋温暖气流。从此，藏北高原就成为干燥、高寒地带。一万年以来，由于高原气候逐渐干燥，纳木措的面积不断缩小，现存的古湖岸线有 3 层，远远望去，三条波纹像一圈一圈的体育场露天看台，一层比一层高，最高一层高出湖面约 80 米，可以想象得出当初的湖有多大。湖岸线就像是纳木措的年轮，记录着它的沧桑历史。

纳木措的湖水是不断变幻的，时而碧蓝，时而苍翠，时而蓝绿相间，时而又暗灰如晦，真是美不胜收。湖的周围是广阔无垠的湖滨平原，水草丰富，牛羊成群。

纳木措旁边的念青唐古拉山是念青唐古拉山脉的主峰，海拔7162米，终年积雪，云雾缭绕。念青唐古拉山和纳木措在藏传佛教中是西藏最引人注目的神山圣湖，念青唐古拉山因纳木措的衬托而显得更加雄伟磅礴，纳木措因为念青唐古拉山的倒映而愈加娴静动人。

纳木措湖中，有5个岛屿兀立在万顷碧波之中，就像5朵莲花，灿烂地在湖里恣意开放着。最大的是朗多岛，面积为1.2平方公里。佛教传说，这5个岛屿是五方佛的化身。

在湖边，还有5个半岛从不同方位突入水域，其中最著名的是扎西半岛，由石灰岩构成，岛上的岩溶地形发育得十分完美，石柱、石桥、溶洞美丽多姿。扎西半岛高出湖面一二百米，三面环绕，像一只从湖边伸入湖中的拳头。扎西半岛上有一个扎西寺，那里终年暮鼓晨钟，桑烟环绕。

纳木措湖畔玛尼堆遍布，由于年深月久，一座座玛尼堆渐渐连接起来，成为一堵堵长达上百米、大半人高的玛尼墙。玛尼堆上悬挂着蓝、白、红、绿、黄5种颜色的经幡。

信徒们朝拜圣湖纳木措，要绕着圣湖朝拜一周。他们转到江旁垂果坚时，要洗头，洗脸，喝圣水。转到嘎日拉木冬，要堆石子，献哈达，以表示敬意。作为有生命的圣湖，纳木措属相是羊。每逢羊年，来自四面八方的善男信女们，都要不畏千难万苦前来转湖。他们步行转一圈湖需要半个月时间。朝拜完毕，他们还要把湖水装进容器，带给远方的亲人。

长江源头格拉丹冬雪山

威严肃穆的格拉丹冬雪山是唐古拉山的主峰，海拔6621米，位于唐古拉山中段，在其周围簇拥着20多座海拔6000米以上的雪峰。

格拉丹冬雪山群是唐古拉山脉最大的冰川中心，南北长达50公里，东西宽约20公里，冰雪覆盖面积达670平方公里，周围分布着40多条现代冰川。众多冰川融水汇成溪流，形成了万里长江的源头。

格拉丹冬，藏语意为"高高尖尖之山峰"。远望去，格拉丹冬雪山高耸在西部的天空，雪峰与云团相拥相依，犹如被众多雪峰捧起来的银色金字塔。

格拉丹冬雪山是藏北群山之首，也是安多、多玛部落的神山。每年藏历七八月，是安多、多玛牧民们拜神山的日子。牧民一般在举行赛马会的日子里转神山，转山前要先请僧人念经，然后按照顺时针方向骑马或步行去朝拜神山。转神山时要在山上煨桑，并且敬上刻好的玛尼石，向神山献哈达。

格拉丹冬冰山群属于山岳冰川，高达六七十米的冰塔林，银盔白甲，高高耸入云层，一座挨着一座，如擎天玉柱，如摩天水晶楼，如寒气凌凌的宝剑，直刺云天。千姿百态的冰塔林中，有高高的冰柱，有玲珑剔透的冰笋，有形如彩虹的冰桥，有神秘莫测的冰洞，还有银雕玉琢的冰舌、冰湖、冰沟……简直就是一座奇美无比的艺术长廊。

格拉丹冬自然景致美丽动人。冬季，这里是冰雪的世界，山上山下，银装素裹；夏秋季节，冰消雪融，山下草原上盛开着五颜六色的野花，姹紫嫣红。那些悠闲的牛羊，伴着雪山和草原，成就了一幅美妙的格拉丹东草原画卷。不可思议的是，这里也是野生动物的天堂，野牦牛、藏野驴、藏羚羊、马熊、猞猁、黄羊、雪鸡等珍禽异兽都可以见到。

长江全长 6300 公里，仅次于南美洲的亚马逊河（7025 公里）、非洲尼罗河（6700 公里），居世界第三位。它汇集百川，流域面积达 180 万多平方公里，每年入海总水量约 1 万亿立方米，相当于欧洲最大的伏尔加河水量的 4 倍。

对长江发源地的考察经历了一个漫长的时间。上世纪 50 年代以来，有关部门曾多次对长江源头进行考察。特别是 1976 年和 1978 年，长江流域规划办公室两次组织江源考察，最后，确认格拉丹冬雪山是长江的源头，其西南侧的姜根迪如冰川被确认为长江上游沱沱河的最初源流。1978 年 1 月 13 日，新华社正式发布消息："确认长江源头在唐古拉山脉主峰格拉丹东雪山西南侧的沱沱河，长江全长 6300 公里。长江长度由原来 5800 公里，修改为 6300 公里，成为世界第三长河。"随后，《辞海》和有关书籍的注释也相继采用了这次考察成果。

格拉丹冬雪山西南侧的姜根迪如冰川,海拔5820米,像一条银色的巨龙从格拉丹冬雪山俯冲而下,气势磅礴。它有南北两条冰川,南冰川长12.5公里,宽1.6公里;北冰川长10.1公里,宽1.3公里。它们的冰雪融水汇聚后,冲过冰舌前端的终碛丘,进入河谷,形成沱沱河最初的源流。

沱沱河长358公里。沱沱河往下至青海玉树的河段称通天河,通天河以下至四川宜宾称金沙江,全长2300公里。

在沱沱河的岸边,矗立着一座江泽民同志题写碑名的"长江源"环保纪念碑。这座高2.5米、重14吨的花岗岩纪念碑,体现了国家对保护自然生态环境的重视,同时拉开了保护长江源头的序幕。

雪域温泉羊八井

羊八井位于拉萨当雄县,距拉萨91公里,距当雄75公里。它处于青藏公路与中尼公路的交叉点上,是一座充满希望的新兴城镇。羊八井有举世闻名的地热田,号称"地热博物馆"。

羊八井,藏语意为"宽阔",坐落在万里羌塘草原上。羌塘草原属于高寒地区,一年有八九个月冰封土冻,而身在其间的羊八井却是一片绿色,温泉热气腾腾。

我们从拉萨乘车到羊八井,当车子驶近羊八井时,远远就看到热水和湿蒸气直冲云霄，高达几十米，发出的吼声震耳欲聋，四周弥漫着白色雾气，使远处延绵的雪山若隐若现。

羊八井大致呈东北向西南走向，面积约450平方公里。温泉发源于北侧冰川的热田谷底，处在冈底斯山和念青唐古拉山中间的大断裂带上，为新生代盆地。羊八井地热种类多种多样，不仅有温泉、热泉、沸泉，还有喷泉孔、热爆炸穴等。其中最令人惊奇的是热水湖。羊八井地热附近，有一个引人入胜的热水湖，它的面积有7000多平方米，水温在50℃以上，湛蓝的水面微波涟漪，从湖底涌出一股股热水，在湖面西部形成涌动不息的湍流。每逢清晨或傍晚，地面气温降到0℃左右时，热水湖面上便出现一种奇特的现象：团团薄雾从湖中升起，而且愈来愈浓，一直飘向空中10余米高处。人在其中，如入仙境。如果遇到热水井喷发，可以一睹沸腾的温泉由泉眼直冲云霄高达几十米的壮丽场面。

人们通常把从地下涌出的天然热水统称为"温泉"。但是这里的高温热水和蒸气常以翻涌不息的沸水塘、气势磅礴的间歇喷泉、惊天动地的水热爆炸以及热浪袭人的喷气孔的形式出现于地表。因此这些精彩的现象用"温泉"一词，就难以恰如其分地概括了。科学界将这些现象统称为"水热活动"。

羊八井的地热温泉滑润而舒适，并且含有丰富的矿物质，可治疗多种疾病，一直深受大众喜爱。在雪山环抱中的羊八井建有世界上最高的露天温泉游泳池。置身于温暖的温泉水里，望着不远处白雪皑皑的雪山，头顶着蓝蓝的天空，思绪和白云一起漂浮，犹如置身于童话世界里。

羊八井地热早在上世纪70年代已开始开发。1977年,这里兴建了全国最大的地热发电站,它是中国与联合国合作研究及兴建的发电站。热水井的蒸气经管道输送推动涡轮,带动发电机发电,为拉萨地区带来既便宜又环保的电力。上世纪90年代,装机容量已达到2518万千瓦,发电量占当时拉萨电网的45%。

象雄王国遗址

象雄王国遗址位于那曲地区尼玛县文部乡的穹宗,背依达梁雪山,西临当惹雍措,地势雄奇,具有王国都城气势。遗址占地面积1平方公里,似一扼险而据的大石堡山寨。由于临近大湖,遗址附近草场降水量多,牧草丰美,盛产优质的克什米尔小山羊。

虽然史料所载的图腾壁画与华丽洞穴宫殿早已消失殆尽,但遗址的气势仍令人印象深刻。遗址沿路的山壁便是王宫的天然防御工事,其东西两端矗立着巨大的土石结构的城墙残体,有几米高,为当时坚固的防御工事。暗道已基本倒塌,但仍能辨出暗道一端连接王宫,一端连接山壁外墙。

古老的象雄是藏族文化发源地之一。象雄崛起于青藏高原的年代至少先于吐蕃六部联盟两个世纪。古象雄分为内象雄(又称里象雄)、中象雄、外象雄三大区域。内象雄指的是"冈底斯山西面3个月路程外的区域",极可能包括今日阿里、拉达克、克什米尔一带;中象雄指的是"冈底斯山西面1日路程外的区域",应是指今日拉萨、日喀则、山南与林芝一带;外象雄是指"以穹保六峰山为中心的土地",是指今日的那曲、安多与昌都一带。从地域划分上可以明显看出,象雄王国势力曾扩张到青藏高原、帕米尔高原、尼泊尔、印度等地。严格来说,象雄还不是国家,只是一个较大、较强的部落联盟。其后,苏毗、吐蕃先后兴起于藏北与山南,逐步削弱了象雄的势力。

象雄部落初期以畜牧为业,而后逐渐发展为以农业为主。当时已经拥有高度的文明,曾创立自己的文字。象雄文字有"玛钦"、"玛穹"两种写法,后以"玛穹"为基础发展成藏文。象雄文字刚好30个字母(藏文也是),字母写法不一样,但发音基本相似。

象雄是苯教的发源地。史载苯教的创造者敦巴辛绕是象雄第一代王,生于象雄的苯教圣地欧摩隆仁。当惹雍措是苯教徒最重要的神湖,湖边今存有一座建于悬崖山洞中的玉木寺,为苯教最古老的寺庙。

在全盛时期,象雄不仅文化发达,领土广阔,人口众多,而且早于吐蕃王朝便与唐朝建立了友好关系。象雄衰亡的原因至今仍是个谜。据传,吐蕃崛起征服苏毗后,象雄曾向其示好,松赞干布便将妹妹赛玛噶嫁给象雄王李迷夏,以联姻巩固双方的关系。到了7世纪中叶,吐蕃赞普赤松德赞派人串通了象雄最后一位国王来朋杰布的王后,利用祭湖之机杀了来朋杰布。

后来这位王后做了赤松德赞的妃子。之后又经过与象雄进行了将近一个世纪的争战，吐蕃在8世纪中叶才全面征服了象雄。象雄亡国，穷宗的王宫也随之破败，现只剩下断壁残垣。据说，象雄王宫规模宏大，环山而建。

文部乡是西藏原始宗教——苯教的发祥地之一。达尔果山是象雄语"雪山"之意，当惹雍即"净水"，是苯教的神山圣湖。它们都在文部乡。苯教作为吐蕃王朝的国教直至佛教传入为止，而在吐蕃之前，苯教是象雄的国教。

文部乡面积6万平方公里，山清水秀，不负圣地美名。达尔果山终年积雪，峰峰相连。当惹雍湖蓝得令人心醉。佛、苯教徒都来这里转山转湖，但方向相反。藏传佛教为顺时针方向，如代表法轮恒转不止的"卐"；苯教反其道而行之，如苯教教徽的"卍"。

追究起"卐"的来源与含义，《宗教词典》上注明是一个梵文读音，意思是"胸部的吉祥标志"。古时译为"吉祥海云相"，原为古代的一种符咒、护符或宗教标志，被认为是太阳或火的象征。在古印度、波斯、希腊等国，婆罗门教、佛教、耆那教等都使用。武则天长寿二年认定此字读为"万"，"卐"称作"万字纹"。

苯教教徽"卍"在苯教中称为"雍仲"。其来历同"欧摩隆仁"这一苯教圣地有关。欧摩隆仁被描绘成占据天下三分之一土地，具有八种莲花状的地形，上面笼罩着八个轮柄的轮形天空，有九迭"卍"山俯临着这块土地。"卍"这个符号在苯教中作为"永生"、"永恒"的标志，是人们希望的表现。从西藏历史看，"卍"并不是佛教引进后的产物。因为"卍"这个符号在佛教进入西藏以前，已遍及苯教的寺庙、民房及山石圣物，在文部也随处可见。

风情无尽的那曲赛马会

　　赛马会是藏族人民最隆重的节日。在藏民族的传说中，马是天上的神鸟与地上的猴子结合而生。在藏北，牧人们深知拥有一匹好马的意义。和人一样，马也需要荣耀。所以，赛马会也可以说是马的节日。藏区有许许多多的赛马节，其中，那曲赛马会规模最大。

　　赛马会因在夏季举行，故又叫"亚季"。它是藏北草原上规模最大的传统节日，被称为"草原盛会"。赛马会在每年8月（藏历六月）举行，为期5～15天不等。

　　每年8月上旬，赛马会举办的前夕，不计其数的牧民、商人、旅游观光者都会潮水般地涌至那曲，一顶顶帐篷挤满了赛马会场四周，构成了一座奇异壮观的"城市"。远远望去，那五彩斑斓的帐篷犹如开放在万顷碧波上的一个个硕大的彩莲。

　　赛马会期间，草原上的牧民几乎全部汇集到这座临时性的帐篷城市里来了。许多帐篷顶上飘扬着藏式节日彩旗，有的是三角型，有的是带齿长方型，旗子上分别画上了雪山、龙、马、猴、虎、鹰等图案。旗子被风吹得呼呼作响，这种情景使牧民们心花怒放，因为迎风飘扬的风马旗表达了他们的共同心声，愿草原上风调雨顺，水草丰盛。人们载歌载舞，期待着精湛的马术表演和骑射比赛。

那曲地区一年一度的羌塘赛马会都要举行隆重的开幕式。会场上彩旗飘动，看台上挤满了观众。简短的开幕式讲话后，由各地骑马高手组成的马术队进场表演。西藏的骑术运动历史悠久，早在吐蕃时期，已有马上跳跃、马上拾取纤芥等骑术项目。现在的骑术表演大致可分为马上倒立、直立、跳跃、拾哈达、敬献青稞酒等。骑手身着盛装，头戴大红帽，骑上由哈达、羽毛及铜铃装饰的骏马，先绕场一周向观众致意，而后进行精彩的表演。

接下来是藏族传统服饰展演，在一阵悠扬的乐曲声中，近千名身着艳丽藏装的青年男女步入表演区。藏北的服饰很有特色，雍容华贵，具有唐代遗风。由于藏北高原气候寒冷，人们多着长袖大襟皮袍"曲巴"。华丽的"曲巴"外面是大紫大绿的绣面，袍子的下摆及领口、袖口镶有水獭皮，水獭皮越宽则越显富贵。男子衣着宽大，腰束丝线编织的腰带，袒露粗壮的右臂，展现出豪放勇敢的性格。女子穿的"曲巴"，是黑色无袖的长坎肩，内着色彩鲜艳的长袖短身内衣，腰系横条图案围腰"帮典"。

当然，赛马会最吸引人们的还是那惊心动魄的赛马活动。赛马的赛程长短不一，一般在10公里左右。按选手年龄划分成少年、成年等层次；按比赛内容则分为马上射箭、打靶、短跑冲刺等项目；有时还包括类似于盛装舞步的走马赛。正式比赛之时，骑手都要先绕着巨大的焚香台转圈，以示对草原的敬意。那些英姿勃发的骑手和披红挂彩的参赛骏马在鼓乐声中逐一亮相。顿时，赛马道两侧观众的呐喊声与喝彩声响成一片，经久不绝。

赛马场上一般没有严格统一的裁判规则，形式较为自由，并带有浓厚的表演意味。但夺冠马的名字会迅速传遍草原，名声远远超过其主人。这些以"世界之星"、"黑色闪电"、"草原雄鹰"等命名的骏马因夺得好名次而蜚声草原。获得第一名的有大奖，得最后一名也有"奖"，那就是被人们用一串马粪挂在马脖子上，戏称为"捡马粪的"。

入夜，赛马场上凉风习习，篝火点点，似萤火闪耀。火光中，男男女女按顺时针方向不停地绕圈歌舞，男唱女和，女唱男应，且歌且舞。男舞豪放潇洒，铿锵有力，女舞轻柔含蓄，婀娜多姿。这种被称为"锅庄"的集体舞无疑是牧区男女的交际舞，青年男女们含情的目光在这里交流，躁动的心灵在这里碰撞……

神奇的冬虫夏草

冬虫夏草，藏语称"雅扎滚卜"，意为"冬天是虫，夏天是草"。冬虫夏草是一味珍贵的中药药材，补中益气，有润肺功能。人们常常把它与人参、鹿茸并列为三大补品。冬虫夏草是一种非常奇特的"小怪物",是世界上独一无二的动植物合体的生物。它是由昆虫和真菌联合而生,体长3～5厘米,有20～30个环节,腹足8对。它隶属鳞翅目蝙蝠蛾科,学名为虫草蝙蝠蛾。虫草真菌于冬季前后侵入蝙蝠蛾的幼虫体内吸收养分而发展菌丝,待菌丝充满虫体,虫即僵死,到了夏季,从死虫的头顶长出菌座,露出土面,故名夏草。

清代作家蒲松龄自从对科举和仕途彻底失望后,生活基本局限于教书、写作以及为附近的乡邻把脉治病。一年冬天,他为镇上一位富户治好患了多年的肺病,兴奋之余,他对药方中开出的一味至关重要的药材把玩良久,并为之赋诗:"冬虫夏草名符实,变化生成一气通。一物竟能并动植,世间物理信难穷"。

几乎就在蒲松龄为这种神奇的药材赋诗的同时,一个往来于日本和中国之间的大商人,把这种药材作为贵重礼品敬献给日本德川幕府的将军。将军不知此为何物,于是请教了曾在中国游历多年的高僧河野。河野为将军一一解说,将军不由长叹:世间竟有如此神物!

蒲松龄吟颂的和幕府将军感叹的药材便是来自中国青藏高原的冬虫夏草。300年后,青海省西宁市一条名叫勤奋巷的小街因这种神奇的药材而成为全世界最大的冬虫夏草中转站。这里的店铺全都经营冬虫夏草,每年交易的冬虫夏草达40吨之多。以2006年为例,其市场价值高达40个亿。可以说,这条不起眼的小街,它的每个简陋门市所产生的经济效益,与北京、上海等大都市商业街的门市相比毫不逊色。在20多年的时间里，冬虫夏草的价格像坐上火箭一样飞涨，其上涨幅度竟高达1万倍。

蝙蝠蛾是一种体色褐黄、体表长有长毛的普通昆虫。就像许多蛾类生物一样，蝙蝠蛾在长出翅膀之前，也经过蛹状幼虫阶段。蝙蝠蛾的幼虫极喜低温环境，它们生活在地表之下，以植物根茎为食。当大雪飘飞的冬季到来时，它们潜伏于冻土层中。春暖花开时节，气温不断上升，冻土解冻，蝙蝠蛾幼虫也随之来到土壤表层，并在四周筑起上下相连的隧道，以便活动取食。经过4年的生长之后，蝙蝠蛾幼虫长出了双翅。雌性蝙蝠蛾较重，只能边跳边飞，雄性蝙蝠蛾则可迅速飞行。

但是，如果蝙蝠蛾幼虫一旦和一种真菌相遇，生命的运行方向将被强行拐弯。这种真菌就是虫草菌，它和蝙蝠蛾一样，也喜欢低温和高海拔。虫草菌生活在地面，与地表之下的蝙蝠蛾幼虫原本井水不犯河水。但是，当虫草菌的孢子随着雨水渗入地下后，孢子又恰好和蝙蝠蛾幼虫遭遇，便会黏附在蝙蝠蛾幼虫身上。一旦有适宜的条件，孢子就会萌发出芽管，这些尖状的芽管通过蝙蝠蛾幼虫的口腔、气孔等一切有可能的通道侵入其体内，并在它的体内形成真菌丝。真菌丝充分利用蝙蝠蛾昆虫体内的有机物质作为营养，在其体内迅速蔓延，蝙蝠蛾幼虫苦苦挣扎，但最终一切挣扎都是徒劳，它逃脱不了死亡的命运。

然而，风雪之下的另一个生命却在顽强孕育，它不会因为外界严寒而停止既定的进程。来年春天，又一次春暖花开时，原本潜伏在蝙蝠蛾幼虫体内的真菌丝一点点冒出了地面，它渐渐长成了一株紫红色的小草，顶端有一个菠萝状的囊壳。

到此，这场化蛹为蝶般的成长终于大功告成：原本普通至极的蝙蝠蛾幼虫在付出生命的代价之后，和同样普通至极的虫草菌珠联璧合，生成了一种神奇的药材，那就是名声在外的冬虫夏草。冬虫夏草的成分除脂肪、精蛋白、精纤维以外，还含有虫草素和维生素B12等多种成分。

人们常常把虫草和冬虫夏草混为一谈。虫草其实是统称，它是一个大类，全世界目前已经发现的虫草有400多种，分布于全球各地，而冬虫夏草则是我国青藏高原的特有之物，药用价值令世界惊叹。

得地利之便，藏医药界是世界上最早发现和利用冬虫夏草的。事实上，现在我们使用的冬虫夏草这一称谓，就译自于藏语"雅杂滚卜"。生活于明朝中叶的藏医大师、藏医药南派创始人宿喀·娘尼多吉在他的重要著作《藏医千万舍利》中，对冬虫夏草就有明确记载，并指出它具有"祛风、利胆、益精"的功能。此后，清朝中叶的藏医药大师扎西·益西班觉也在《认药白晶镜》中，认为冬虫夏草"益精壮阳"。这一时期，中医也开始把冬虫夏草应用于临床，清代药学名著《药性考》称："冬虫夏草味甘，性温，秘精益气，专补命门"。同样也是清代著作《本草纲目拾遗》则说："冬虫夏草，功与人参同，能治诸虚百损，以得阴阳之气全也……药性温和，老少病虚者皆宜使用。"

中医向来有阴阳之说，世间万物，有的补阴，有的壮阳，而冬虫夏草两者皆备，冬虫属阴，夏草属阳，起阴阳并补作用。现代医学已经证明，冬虫夏草虽不像民间传说的那样包治百病，但它确实具有补肾、益肺，止血化痰之功，可以用于久咳虚劣、痨嗽咳血、阳痿遗精、腰膝酸痛等诸多疾病的治疗。

冬虫夏草除了对多种疾病有很好的疗效外，最大的魅力在于，它能够持续地提高人体免疫力，对癌症症状能够起到一定的缓解作用。

非常神奇的是，随着现代医学的进步，每过一段时间，药学家们就能从冬虫夏草中提炼或分离出新的对人体有益的成分，正如一位世界知名生化专家所说："冬虫夏草是上帝赐给人类的天然药用化合物宝库。"

冬虫夏草主要生长在青藏高原海拔在3800～5200米之间的高寒地带。青海、西藏产区面积最大，其次为四川、云南、甘肃。

每年5月左右，是上山挖冬虫夏草的季节。这时，乡村小学放假，寺院放假，全民上山挖虫草。据说，上世纪80年代，山上的虫草很多，一天能挖100多根，当时冬虫夏草已经比六七十年代贵了许多。60年代1公斤虫草只能卖两三角钱，70年代则上升到20多元。冬虫夏草价格的走高是从90年代开始的，尤其是2003年"非典"之后，冬虫夏草的身价骤增。2003年冬虫夏草价格的涨幅为15%以上，2006年涨幅高达50%以上，也就是在那一年，优质冬虫夏草每公斤价格第一次突破了10万元，到了2007年，冬虫夏草更是创下了每公斤的价格3天涨价1万元的神话。青藏高原是冬虫夏草的原产地，产地的价格已经如此之高,到了消费地,价格之高更令人咋舌。2008年,广州中药材市场每公斤800根的虫草王,曾经卖出过50多万元的天价。冬虫夏草由过去"藏在深山人未知"的状态,迅速变为人人口中的"软黄金",价格一路攀升。

据统计,青藏高原牧区至少每年有100亿的资金由冬虫夏草提供,而牧业和矿产等产业全部加到一起,也不足100亿。冬虫夏草的价格在短短十多年间急速走高,给青藏高原世代以放牧为主的牧民们带来了另一种全新的生活。

但是,采挖冬虫夏草严重破坏了原本就脆弱的青藏高原的生态平衡。每年采挖季节,庞大的采挖大军要在野外生活二三十天,给草原留下了大量的生活垃圾。此外,正常采挖冬虫夏草,是用手指捏住虫草的子座部位,上下轻轻用力摇松泥土,然后扯出虫草。或是用一把小铁锹,轻轻挖去其周围泥土,小心地把它拔出来,再把泥土回填,但现在,由于采挖者的急功近利,往往大面积地挖掘,更不要说回填泥土,这样自然会给原本就脆弱的高寒草原留下后遗症。同时由于冬虫夏草的过分开发,往往虫草的菌孢还没成熟,种子还没撒下时就被采挖殆尽,长此下去,冬虫夏草资源的再生长将被人为地扼制住,冬虫夏草资源只会年年减少。尽管各级部门意识到了这个问题,也采取了一系列的措施,但在强大的经济利益驱使下,执行起来还是有相当大的难度。

"东方神犬"藏獒

藏獒,全称"西藏獒犬",藏语叫"多启","多"意为"拴住"。藏獒英文名称是"Tibetan Mastiff","Mastiff"在英文中可翻译为猛犬,"Tibetan"英文为西藏。藏獒是世界上最勇猛的牧羊犬,其壮如熊,力大如虎,敏捷如豹,吼声如狮,听觉敏捷,视觉锐利,可斗败3条恶狼。藏獒外形奇特,很像百兽之王中傲视群雄的狮子。千百年来,这种动物一直与藏胞共同生存,成为藏区牧民的保护神。藏獒对付野兽具有顽强的战斗力,但对人类却充满着无限的忠诚,因此被西方人尊称为"东方神犬"。

藏獒原产于青藏高原,中国古代史料中所记载的"藏狗"、"羌狗"、"番狗"、"大倪"都是它的别称。藏獒最早出现在史料中应该是在公元前1066年。周武王灭殷商之时,周的盟国随同灭商。为庆祝胜利,西方的部落向周王献獒,作为最珍贵的贺礼。春秋战国时,晋文公因饲养了一条巨型藏獒而倍感骄傲。9世纪,成吉思汗的藏獒军团使得这一犬种名扬世界。

藏獒毛色多呈黑褐色,也有白色、金色和灰色,头大且方。眼睛炯炯有神,吻部虽短却很强壮,颈部也结实有力。藏獒不仅外观凶猛,它们的"硬件"也是一流的。成年藏獒,无论听觉还是视觉都无懈可击，它们的耳朵虽然不大，但足以将周围数百米内的任何状况尽收耳中；其前肢的爪子尖且利，如同一只匕首，后肢爪子则如同尖锐的弯勾，可以让猎物无法挣脱，再加上锋利无比的犬牙和粗壮有力的四肢，足以让它傲视群雄。

藏獒同时也以身形巨大而闻名，一只成年藏獒体重大约为60公斤左右，身长可达130～140厘米，俯身高度大约在70～80厘米。一只成年藏獒足以击退一只金钱豹或者几只野狼。这种能力，让它成为全世界唯一一种可以同猛兽一比高下的犬类。

藏獒原产地位于海拔4000米以上的西藏高寒地带。据记载，藏獒是由1000多万年前的喜马拉雅巨型古犬演变而来的高原犬种，是犬类世界唯一没有被时间和环境所改变的古老的活化石。它曾是青藏高原横扫四方的野兽，直到6000多年前，才被人类驯化，开始了与人类相依为命的生活。它刚柔兼备，能牧牛羊，能解主人之意，能驱豺狼虎豹，被藏胞誉为"天狗"。

高原严酷的环境造就了藏獒坚毅的品质，厚长的鬃毛让它们能够抗拒严寒，即便是在冰雪中也能安然入睡。强大的地盘意识让它们足以豁出性命捍卫自己的领域。然而，藏獒更珍贵的地方是在其冷酷的外表下，还有一颗柔软火热的心。铁汉的柔情总是最能打动人心，藏獒的魅力就在于此——它们忠诚无比，极富灵性，对主人的意图能够很快领悟，也能够尽忠职守地完成对牲畜的护卫任务。一旦主人的财物受到危害，它们会奋不顾身前去抢救。

颇为遗憾的是，由于当地人的血统意识并不强烈，导致藏獒与其他犬种不断杂交，如今纯种的藏獒已经不多见了。那些杂交出来的品种虽然外观看起来一如既往的彪悍，然而其体格、品性已经逐渐退化。到了今天，若要寻找带有典型喜马拉雅山地犬原始特征的纯种藏獒，恐怕只有在真正的藏区腹地才能如愿以偿了。

非凡的霸气和对主人的极其忠诚，使藏獒成为世界上最受人们关注的、也是最昂贵的犬种之一。由于人们近年来对藏獒的不断炒作，使得藏獒的市场价格普遍走高，一般来说，藏獒幼崽都在5000元以上，成年藏獒在三五万以上，纯种藏獒每条最高可达二三百万。

据估算，全世界目前的藏獒数量约有30万只，但纯种藏獒却非常罕见。中国在册的獒园有4000家左右，藏獒数量超过10万只，但这些藏獒不一定都是纯种藏獒、好藏獒。

第八章 古格追踪

阿里，藏语意为"领地"。阿里地处西藏的西南边陲，面积达34.5万平方公里，约相当于3个福建省的面积，而全地区人口却不及9.5万，人口密度为每平方公里0.31人，是我国地域面积最大、人口密度最小的行政区。区内平均海拔4500米，被世人称为"世界屋脊的屋脊"。阿里边境线长达1116公里，有57处通外山口毗连印度、尼泊尔等国与克什米尔地区，是我国连接中亚、南亚的一个接点。自古以来，这里就有一条商道直接通往中亚和欧洲，为连接欧亚大陆的第二条古道，有人称之为"麝香之路"。

地球上最雄伟壮观的山脉喜马拉雅山、冈底斯山、昆仑山、喀喇昆仑山交错横亘在阿里境内。这个位于我国西南一隅，隐匿在雪峰环峙的青藏高原最西段的地区，如今依然神秘而辽远。

西藏在人们心中是神秘的，而阿里更是神秘，这从它的名称上就能感受到。西藏其他地区的名称都有一个明确的汉语翻译，比如，"拉萨"是菩萨住的地方，也是圣地的意思；"林芝"是太阳宝座的意思；"昌都"是水交汇的意思；"那曲"是黑河；"日喀则"是最好的庄园；"山南"的名称是意译，就是那座山的南面的意思。可"阿里"却没有一个准确的汉语意思。有人说那是一句古藏语的音译；也有人说那与传说中的一种大鹏鸟有关；还有人说那是王的领地等等。这里地域辽阔，人烟稀少，却包括了西藏所有的高、险、难、远，西藏的苍凉、壮美、瑰丽、质朴在这里都得到了体现。因此，它又被人称做"西藏的西藏"。

阿里，作为地球上最辽阔最高远的特殊地区，有着它独特的魅力。这里是"千山之巅、万水之源"；这里是藏传佛教"后弘"期发端地。这里有历史悠久诡秘的古格王朝遗址和壮观的土林群，有驰名中外的古寺庙和象雄文化，有独具特色的高原风光和人文景观，还有众多的国家一级保护动物。

阿里地区下设普兰、札达、日土、噶尔、改则、革吉、措勤7县。从拉萨到阿里行署所在地狮泉河镇，行程1765公里，这条路是我国省级行政区内地区之间最艰难的路，不仅海拔多在5000米以上，而且没有现成的路。一路上多是瓦石、沙砾、沼泽、泥泞，来往的汽车歪歪扭扭地从这里走过，也就形成了沟沟坎坎的路。

狮泉河镇，是一个坐落在荒凉戈壁滩上的小镇，海拔4350米，因位于狮泉河畔而得名。狮泉河镇也叫"噶尔"，藏语意为"兵营、帐篷"。原西藏地方政府在抗击克什米尔的森巴（锡克族）军队入侵时，蒙古族将领甘丹次旺率军打败森巴军队后，曾在此扎营，"噶尔"由此而得名。狮泉河镇既是阿里行署所在地，也是噶尔县政府所在地。以狮泉河镇为中心，阿里已成为连接拉萨、新疆的交通枢纽和商品流通集散地，成为贯通印度、尼泊尔等国的主要门户。狮泉河发源于冈底斯山西段冰川湖,是印度河的上源。小说《西游记》中出现的通天河,实际上描述的就是狮泉河。

"神山"冈仁波齐

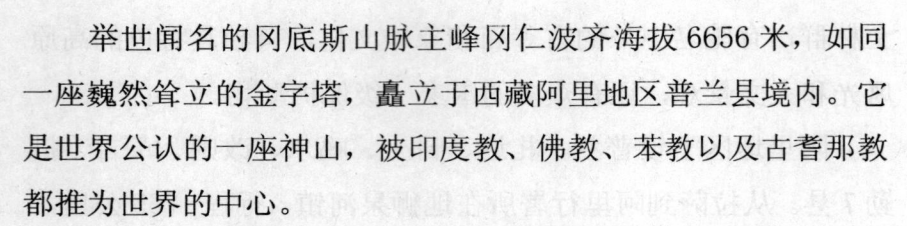

举世闻名的冈底斯山脉主峰冈仁波齐海拔6656米,如同一座巍然耸立的金字塔,矗立于西藏阿里地区普兰县境内。它是世界公认的一座神山,被印度教、佛教、苯教以及古耆那教都推为世界的中心。

冈底斯山脉横贯在昆仑山脉与喜马拉雅山脉中间。"冈底斯山"是藏、梵两种文字的混合,"冈"藏语意为"雪","底斯",是梵语,意思也是雪。冈底斯山脉峭壁千仞,雪峰林立,冰川纵横,气势磅礴。

冈仁波齐藏语意为"雪山之宝"。由于它在连绵的群山中突兀而起,直耸云天,山峰上四季覆盖冰雪,其峰顶宛如皇冠晶莹夺目,远远望去,就像是一座戴着银冠的金字塔,所以也被人们称为"冰山之母",与"冰山之父"南迦巴瓦峰遥遥相望。

冈仁波齐由数千米厚的普通砾石、卵石、砂和软硬相间的砾岩组成。由于岩层性质不同,又受到不同方向的构造变动,加上自然界长期风化作用,形成了今日外貌奇特的"神山"。在峰峦起伏的群山之中,冈仁波齐凌空直耸云霄,峰顶被皑皑冰雪覆盖，与朵朵白云浑然一体，举目远眺，有"神浮盈空"之感。经过长期风化作用而形成的天然台阶纵贯峰体中央，好像通往云端的悬梯，两侧悬崖绝壁，使整个峰体显得庄严雄伟，堪称天成的神殿。在科学不发达的过去，由于不能正确理解这些奇峰异景的形成原因，故而被宗教加以神化，逐渐成为至今还在尊崇的"神山"。迄今，仍有佛教、印度教、苯教和古耆那教的数以亿计的人们尊奉它为世界的中心，冈仁波齐也成为了这四种宗教的"万神殿"。

佛教中最著名的须弥山即指此山，被称为"世界的中心"。据《佛教小辞典》：须弥，山名，一小世界之中心也（地球被佛学看作三千大世界中一小世界）。相传冈仁波齐是佛祖释迦牟尼的道场，佛祖释迦牟尼尚在人间时，守护十方之神。诸菩萨、天神、人、阿修罗（古印度神话中的一种恶神）和天界乐师等都云集在神山周围，聆听佛祖讲经。

在前佛教时代的象雄苯教时期，冈仁波齐作为苯教圣地，被称为"九重万字（卍）山"，为雪域藏地之灵魂，其时有苯教的360位神灵居住于此。苯教祖师敦巴辛绕自天而降，此山为降落之处。后来藏传佛教噶举派大师米拉日巴与苯教法师纳若本琼在此斗法获胜，从此神山易主。

公元前六世纪至公元前5世纪，在南亚次大陆与佛教同时兴起的耆那教也信奉冈仁波齐。耆那教在汉译佛典中被称为"尼乾外道"、"无系外道"、"裸形外道"。该教曾于公元前后分裂为"无衣（裸体）派"和"白衣派"，并在中世纪得以广泛传播，一直保存到现代。在耆那教中，冈仁波齐被称作"阿什塔婆达",即最高之山,是耆那教创始人瑞斯哈巴那刹获得解脱的地方。

　　印度人称冈仁波齐为"凯拉斯",意为"麦加的神秘肖像","麦加"为梵语,意为"须弥山"。印度古代大诗人迦梨陀婆的抒情诗《云使》以及4世纪印度两大史诗《拉马亚纳》和《玛哈巴拉塔》,都把这里描写为世界的极乐园。古代印度人认定了冈仁波齐为世界中心、众水之源,日月星辰皆以此为轴心往复环绕,并各行其道。冈仁波齐,梵文称为"湿婆的天堂"。"湿婆"是印度教的主神之一。据印度教传说,神中之神"湿婆"独居冈仁波齐修行,法力无边。因此,印度教把"神山"看作是湿婆的化身,称它是"神的天堂"。

　　佛教、苯教、印度教和耆那教信仰的教义虽不相同,所信奉的神灵也不一样,但它们尊奉的都是同一座山,这使得冈仁波齐成为中亚和东南亚宗教的聚光点,诸多信徒都沐浴在它灿烂辉煌的神圣光芒之下。

　　千百年来,"神山"冈仁波齐吸引了无数信徒到这里朝圣、转山。传说朝圣者来此转山1圈,可洗尽罪孽;转山10圈可在五百轮回中免下地狱之苦;转山百圈可在今生成佛升天;在释迦牟尼诞生的马年转山1圈,则可增加一轮12倍的功德,相当于常年转山13圈。这些神话,不知痴迷了多少虔诚的人们,他们不怕山高路远,不怕天寒地冻,从西藏各地,从内蒙古及印度、尼泊尔、不丹一步一步地走到这里。虔诚的信徒磕着等身长头,用长达1年或更长的时间来朝拜神山。

　　冈仁波齐的存在是大自然的非凡创举,只有来到这里,才懂得了神圣永恒的含义，也就理解了中亚、东南亚各种宗教崇拜何以源远流长。

"圣湖"玛旁雍措

与冈仁波齐神山齐名的玛旁雍措，藏语意为"永恒不败的碧玉湖"。其形如满月，面积412平方公里，湖水最深处达81.8米。它位于神山冈仁波齐以南，纳木那尼雪山的北侧，海拔4588米，为地球上海拔最高的淡水湖，也是西藏三大圣湖之一，佛教徒把它奉为"圣湖之王"。

尽管近年来气候转暖变干，玛旁雍措已基本转为内流湖，但超过200亿立方米的庞大水体，缓解了咸化过程，水质依然清澈甘醇。在高海拔深水湖的环境下，阳光中偏蓝的短波光谱可以更多地穿过稀薄的大气投射下来，湖面显得格外清澈蔚蓝，湖水的透明度高达14米。遇到风和日丽的天气，平滑如镜的湖面雪峰倒映，正反两面真假难辨。每当清风吹拂，碧波卷起银色浪花层层推进，须臾之间又会彤云密布、狂风大作，灰暗的湖面上，汹涌的波涛轮番拍打着岸边的砂砾石雕。

关于玛旁雍措的传说不胜其多，由于它与冈仁波齐一样同为印度教、佛教、苯教、耆那教所崇奉，所以每个宗教对于它都有不同的解释，并赋予它不同的功能。佛教认为：玛旁雍措是胜乐大尊赐给人类的甘露。佛教经典中，它被称为"阿耨达池"。《佛学小辞典》记载："在瞻部洲之中心，香山之南、大雪山之北。周八百里。金银玻璃颇胝饰其岸。金池弥漫。清清如皎镜。八地之菩萨，以愿力故，化其龙王使居之。中有潜宅。出清冷水，给瞻部洲"。

西藏早期的苯教称它为"玛垂措"，藏语意为"众多珍宝"。因为湖内龙宫居住着广财龙王，其龙宫中聚集了世间许多的财宝。苯教尊玛旁雍措为"生命"或"命相湖"，视为生命之源，具有无穷财富和功德，认为用其水沐浴能清净所有污垢，消除灾难恶缘，成就一切事业。11世纪时，藏传佛教的噶举派大师米拉日巴与苯教法师纳若本琼为争夺冈仁波齐神山在此斗法。米拉日巴得胜后，将沿用了多个世纪的"玛垂措"改名为"玛旁雍措"。

玛旁雍措北宽南窄，像一个硕大椭圆形的天鹅蛋。因而印度著名史诗《摩阿婆罗多》中记载："圣湖"是天鹅王居住的地方，每年都有成群集队的天鹅神向北迁徙，飞往圣湖栖身。这与印度教"圣湖乃天鹅住所"一说吻合。印度教认为，玛旁雍措是湿婆大神用意念形成的湖泊，是用来给他和妻子喜马拉雅所生的女儿乌玛女神沐浴的地方。由于乌玛女神在这里洁净过身体，这里的湖水就成了圣水，神奇非凡。印度经典中称此湖能洗涤人类一切罪孽。现在，印度人仍对玛旁雍措尊崇有加，他们把印度著名领袖甘地的部分骨灰也撒入了玛旁雍措。

当地群众说，圣湖于每年12月（藏历十月）和次年6月（藏历四月）的某日封冻和化冻，而解冻这一天一定恰是佛祖释迦牟尼的生辰日。按地质界解释，这是因为湖底有周期性火山活动而至。但这个巧合，更为玛旁雍措披上了神秘的圣光。

玛旁雍措的大部分湖水是冈底斯山的冰雪融化而来，佛教徒把湖水称作是佛祖赐给人类的甘露。他们认为圣水可以洗净人们心灵中的"贪、嗔、疾、怠、嫉"之五毒，在这里沐浴净身，灵魂可以得到洗礼，因而能延年益寿。

与玛旁雍措相距4公里处，有"鬼湖"拉昂措，其形状像人的臂拐，面积269平方公里，湖面比玛旁雍措低了大约15米。玛旁雍措为淡水，湖中有鱼，湖畔布满青翠的草地；而拉昂措为微咸水湖，周围是荒芜的沙丘，寸草不生。为此，被打入另册，成为"鬼湖"。

其实神湖、鬼湖原本为一湖，由于气候变化，致使湖泊退缩才一分为二。同时，神湖、鬼湖之间有一条河槽，神湖之水可沿河槽流进鬼湖中。拉昂措先于玛旁雍措变为内流的微咸水湖，水质苦涩难饮。湖区南部的岸边和湖底由黑色超基性岩构成，受到黑色围岩影响，湖区景色略显暗淡，但仍不失为一个波澜壮阔的大湖。

在藏地，玛旁雍措被认为是世界上圣湖之王，它与神山冈仁波齐、神女五峰之一的纳木那尼、鬼湖拉昂措一起，组成了世界上最为庄严神圣的法域——神山圣湖之地，藏语称为"冈措"。几个世纪以来，神山圣湖区成了亚洲佛教徒的朝圣中心。圣湖湖水呈宝蓝色，如同一颗晶莹剔透的蓝宝石镶嵌在白雪皑皑的山峰中。湖岸西北是神山冈仁波齐峰，南面是纳木那尼峰，海拔7694米，藏语意为"圣母之山"、"神女峰"。

玛旁雍措四边有四个洗浴门，东为莲花浴门，南为香甜浴门，西为去污浴门，北为信仰浴门。据说，朝圣者绕湖一周到浴门洗刷，便能洗去一身的罪孽；若饮用湖水则可远离疾病、强身健体；如绕湖转经更是功德无量。许多信徒还把湖水装进瓶罐里，带回自己的家园，回家后点一滴在亲人的手心，或像撒甘露一样轻拍于额头，那都是一生中最大的荣幸。

昔日藏传佛教中心托林寺

托林寺位于阿里札达县的象泉河畔，始建于11世纪初，由古格王益西沃修建，为西藏地区最古老的寺庙之一。托林，藏语意为"飞翔空中永不坠"。由于古格王朝的大力兴佛，托林寺逐渐成为当时西藏的佛教中心。在朗达玛灭佛后的百年"黑暗时代"中，古格首开规范教规、整肃教法风气之先，以修建托林寺、迎请阿底峡之举，令藏地响起藏传佛教"后弘期"之先声。托林寺现为"全国重点文物保护单位"。

据史书记载，古格王益西沃是吐蕃王朝末代赞普朗达玛的五世孙。朗达玛之孙白果赞的一个儿子吉德尼玛衮在其父被杀之后，以吐蕃正统之名逃到西部阿里地区，投靠阿里部落，在那里当了阿里王，逐渐发展成为雄踞一方的封建地方势力。

吉德尼玛衮晚年将领土分封给3个儿子，长子领芒域，后来以今列城为中心建立拉达克王朝，次子占布让所属之地为今日普兰，三子德祖衮获得宗族所在地今札达县境内。德祖衮的长子柯日继承父亲的地位以后，便把他伯父所属的普兰地区也归并到自己的属下，在阿里建立起赫赫有名的古格王朝。柯日为了巩固和发展他的封建王朝，热心发展佛教，以建立"政教合一"的地方政权。他不仅竭力提倡佛教，本人还出家，把王位让给他的弟弟松艾，并取法名益西沃。

益西沃把握政教两权之后，对当时流行的一些大乘密宗教法，诸如以蹂躏妇女为成佛法门，以砍杀人头为超度手段和"炼尸成金"等邪术产生了怀疑。于是，益西沃挑选21名优秀青少年到迦湿弥罗（今克什米尔地区）去学习佛教密宗的教法。但是由于不适应克什米尔炎热的气候，加上瘟疫流行，21人中死亡19人，只有仁钦桑布和玛·雷必喜饶两人回来。

仁钦桑布，13岁从意西桑波出家，他曾3次去克什米尔，向大师学习佛法和语言文字，回古格后，翻译了大量经论。仁钦桑布一生共翻译了17种经、33部论、108种怛特罗（密咒），同时还翻译了一些医药、文法、工艺等书籍。由于他在译著方面的巨大成就，人们称其为洛钦（大译师）。

托林寺就是益西沃为了仁钦桑布等人译经的方便和发展佛教而修建的寺院。仁钦桑布在托林寺所译的密宗经典包括《集密》、《摄真实经》、《庆喜藏释》等重要密籍。从仁钦桑布开始才把密宗提高到了和佛教理论相结合的高度。因此，人们称他及其后所译的密籍为"新密咒"，而把念智称及其以前所译密典称为"旧密籍"。所以，托林寺的修建及仁钦桑布在此译著，对于西藏佛教"后弘期"的发展极为重要，实际上起到了划时代的作用。

托林寺建成以后，益西沃又从东印度请来达摩波罗及其三个门徒，专职传授佛教的戒律，这在复兴西藏佛教的过程中也是至关重要的。西藏佛教史将其称为"上派律学"。

益西沃的弟弟松艾在位时间不长，其去世后由他的儿子拉德继承王位。拉德也竭力发展佛教。拉德为了表示对仁钦桑布的尊敬，把普兰的协尔地区作为封地赐给仁钦桑布，名为"却豀"，意为"供养庄园"。这是藏族历史上地方政府赐给僧人封地的开始。同时，拉德还拨给托林寺一定的税收供僧人使用。从此寺庙有了寺属资产，为佛教在西藏的进一步发展，奠定了物质基础。

在拉德执政期间，益西沃为了进一步发展佛教，很想请印度高僧阿底峡来阿里传教。因为需要许多黄金才能请到阿底峡，益西沃便用武力在附近地区搜刮黄金。当他率兵到噶洛国去掠夺时，打了败仗，成了噶洛国王的俘虏。国王声称要用益西沃等身重量的黄金才能将其赎回。消息传到古格王朝，这时已是拉德的第三子绛曲沃执政，他极力想营救他的伯祖父，便在附近地区遍收不少黄金，不过收到的黄金只能赎回益西沃的身体，还差一个头的数量。于是益西沃叫绛曲沃不要赎他了，拿这些黄金去迎请阿底峡。由此益西沃便被噶洛国王处死了。当56岁的阿底峡来到托林寺时，年近85岁的仁钦桑布拜其为师，向他学习有关佛教密宗教法。

阿底峡是孟加拉国达卡人，出身王族，是个王子。他29

岁出家，之后担任过 18 个寺庙的住持，博学多才，名满印度。当时，阿底峡是印度著名佛教寺院超岩寺（在今印度比哈尔邦南部）住持之一。他带领 24 名弟子来到托林寺讲经著述，弘扬佛法。阿底峡来到阿里 3 年后，被前藏僧人迎请到卫藏地区传教达 9 年之久，直至圆寂。他晚年在藏 12 年，著书立说，教法灌顶，致力藏传佛教的教理系统化和修炼规范化，并写出《菩提道灯论》这一名著，成为西藏佛教史上的著名人物，被奉为"佛尊"。同时，他的东行卫藏也成为复兴佛教的势力从阿里进入卫藏的一个标志。

　　阿底峡的到来，对西藏佛教的发展起到了重要的推动作用。阿底峡也因此成为藏传佛教噶当派的祖师。噶当派后演变成格鲁派。

　　托林寺周围地势平坦，寺南以土山为背屏，北伴象泉河。殿堂、佛塔、塔墙、僧舍星罗棋布，气势非凡，如同一座佛城。

　　托林寺由殿堂、僧舍、塔林三部分组成，原有的规模很大，但目前保存较完好的只有迦莎殿、白殿、大经堂、集会殿和天降塔。

　　迦莎殿是托林寺的主体建筑，修建的年代较早，形制也最为奇特。殿分内外两层。内层殿堂呈十字型，里层有佛殿 23 座，号称百殿。藏文史籍记载：迦莎殿仿照西藏第一座寺庙桑耶寺而建，中间的方殿代表须弥山，也就是世界的中心。环廊外层的四组佛塔，分别代表"乐胜身洲"、"南瞻部洲"、"西牛货洲"和"北俱卢洲"。迦莎殿再现了桑耶寺设计的思想，构思奇特，是西藏建筑史上的一件杰作。迦莎殿外层是高高的围墙，四角建有四个塔，代表四大天王，护卫着大殿。殿堂四周还有转经通道。

白殿的面积为600平方米，坐北朝南，呈长方形。殿内有42根粗大的红色柱子，主佛是释迦牟尼。殿内东西南三面墙上全部画满了壁画，色彩鲜艳，熠熠生辉。进大门后两侧各有一尊汉式佛像，庄重慈祥。右侧墙上的壁画是一件稀世珍品《演武图》，画面上100多个身穿便服的武士，有的盘膝打坐，运气吐纳；有的伸拳舒臂，习练拳术；还有许多手持兵器的武士在做各种格斗动作。这铺壁画被誉为是中国体育壁画史上的重大发现。

拉康嘎波殿（大经堂）在白殿西南方，面积近500平方米。经堂原供奉有释迦牟尼、无量寿和无量支三尊佛像。左右两侧存放着西藏佛教百科全书《甘珠尔》和《丹珠尔》经卷。

异彩纷呈的普兰

普兰位于阿里地区南部喜马拉雅山脉脚下，紧邻印度、尼泊尔。北面有冈仁波齐峰，南面有纳木那尼峰，西面的尼泊尔境内矗立着阿碧峰，南面和东面为喜马拉雅群山，翻过喜马拉雅险峻隘口就是印度、尼泊尔了。围绕着普兰的高山平均海拔都在6000米左右，山顶终年积雪。因此，普兰被称为"冰雪围绕的地方"。孔雀河的源头经纳木那尼峰西侧缓缓流淌，由北向南纵贯县境，沿河两岸形成了普兰县的大片绿洲，孔雀河也在普兰的境内发育为印度恒河的上游。

普兰，藏语意为"独毛"，面积13179平方公里，而可耕地仅占总面积的0.028%，即不足万亩。其总人口为近1万，平均海拔4000米（县城3700米），是阿里地区海拔最低的一个县。因有孟加拉湾湿暖空气的吹拂，气候温暖，雨量丰沛，属于半牧半农的区域。

普兰历史悠远。在公元初始，它就成为象雄王国中心辖区之一，后来又成为赞普朗达玛的第三代尼玛衮的发迹之地。他和他的后代们在此建立了普兰王朝，又在喜马拉雅山另一侧建立了亚泽王朝，后于19世纪初才被尼泊尔的廊尔塔王武装占领。

普兰具有悠久的历史文化，境内寺庙建筑很多。县城西北建有著名的格鲁派寺庙夏巴林寺。该寺坐落在一个高约200米的山顶上。从下向上望去，寺庙与天空连接在一起，仿佛是天上的宫殿。

离县城19公里远，有著名的廊迦寺。传说释迦牟尼曾乘木车来到这里，车到廊迦寺就推不动了，释迦牟尼看到这里山清水秀，也不走了。于是，后人在释迦牟尼曾经驻足的地方修起了廊迦寺。廊迦寺繁盛于古格王国时代，至今已有1000年的历史，在印度、尼泊尔的佛教徒中享有盛名。

普兰的歌舞在西藏很有名气，特别是酒歌，曲调优美，使人听了如醉如痴。每年藏历年期间的庆典活动，都可以欣赏到古老的普兰民间艺术表演。参加演出的人身穿古代服饰，龙袍凤冠，雍容华贵。女演员头饰十分复杂，上面缀着玉、松耳石、金、银等许多装饰品。伴唱伴奏的都是寺庙僧侣。

普兰有古老原始的大型民间歌舞"玄"，后藏称"谐钦"（大歌）。"玄"舞须在重大节日和重大庆典时跳，重大庆典包括达赖坐床、活佛选灵童等。歌舞由13大段组成，男女两队各16人，可演唱整整一天。

普兰的婚礼歌则是一门综合性艺术，有歌、舞、诵、表演。正式歌词13大段，吉祥插曲18小段。婚礼中的许多歌词、称谓、仪式，都保留了当地古老的苯教色彩。

普兰是我国10多个三国交界的县份之一，有414公里的边境线。往西由强拉山口入印度，由丁喀拉山口入尼泊尔，南面则有数十条小路与尼泊尔相通，自古便是西藏重要的西南关隘。普兰的民间边境贸易已有500多年的历史，是中国同印度唯一陆地边贸开放的国家二级边境口岸。

20世纪50年代，我国政府正式批准设立的"塘嘎"国际贸易市场，使普兰成为西藏主要的对外通商城镇，不过这个国际市场可是全世界最小的国际市场。1960年以前，普兰国际贸易大户大都为印度商人，星散各处的商贸点也一度繁荣。按照1962年的中印协议，大批印商全部撤回，普兰的国际贸易一度中止。直到1980年改革开放后，才逐渐兴旺。

普兰的边贸方式依然停留在传统的"骡帮贸易"、"易货贸易"和"季节贸易"的阶段。传统的贸市有很强的季节性，经商者们是"候鸟"群。原因很简单，要依据大雪封锁山道的时间。在每年 6～10 月的通商季节中，大队骡帮运进从印度泊来的毛料、面布、香料、红糖、首饰及各色化妆品，尼泊尔则主要以木料、大米和手工艺品，换取并运出西藏的活羊、羊毛、羊皮、牦牛尾巴和盐等。同时这里还活跃着四川、甘肃、青海、新疆及康巴人经商的身影。其中四川人经营川味饭馆及从事电视、收音机、手表的修理业；甘肃人则经销衣物百货；卖瓜果的是新疆人；康巴人专做大宗的羊毛生意。

古格王国遗址

著名的古格王国遗址，位于札达县境内的象泉河畔的扎布让村。整个王宫建筑在一座高约 300 米、方圆约 1 公里的土山上。古城堡与山貌融为一体，共有房屋 300 余间、洞穴 300 余孔，碉堡、佛塔林立，工事地道遍布，山腰的寺庙完好，山顶宫殿巍峨。

古格王国遗址占地面积 18 万平方米，外围建有城墙，四面设有碉楼。其主要建筑分上、中、下三层，依次为王宫、寺庙和民居。以古格都城扎布让为中心，在方圆数百里的范围内，考古学家相继发现了东嘎、皮央、达巴、香孜等数十处以佛塔、寺院以及成千上万石窟组成的古遗址。

古格王国遗址东西宽约 600 米，南北长约 1200 米，合 72

公顷，将近是布达拉宫占地面积的1倍。建筑遗存主要分布在遗址西南部主体土山的东、北两侧山腰和山顶台地。山的下部为居民区，中间为寺院群，山顶平台为豪华的王宫。800多孔洞窟如蜂巢般密布在土山的底部，是当时奴隶和百姓们的住所。山腰有佛殿经堂445座、碉堡58座、瞭望塔28座，并有依山势叠砌的10余道防卫墙。

古格王国遗址的佛教建筑，虽遭到不同程度的毁坏，但从堂砌殿穴仍可看出当年的风貌。在山腰的白庙、红庙、轮回庙、枕布觉庙以及度母殿、护法神殿等寺庙殿堂保存较为完好。殿堂遗址中尚存千余米壁画和部分残缺彩塑。壁画色彩艳丽，有释迦牟尼和其父净饭王的画像，有吐蕃赞普及其王子的画像，以及古格王国国王和臣民们的画像，尤其红庙中的《庆典乐舞图》和《礼佛图》最为精彩。这些壁画内容丰富，具有较高的工艺水平，是研究古格王国历史的重要资料。

从山腰到山顶绝壁的王宫，只有一条人工开凿的暗道可以通达。山顶的王宫建筑群包括聚会议事的大殿，进行佛教活动的经堂、坛域、神殿和王室成员居住的冬宫、夏宫等。这些大殿堂现已毁塌，只有坛域内的壁画和木雕保存完好。

遗址内及其附近，偶尔可以看到一些残破不全的甲衣、盾牌和散乱的箭杆，一些洞穴中还堆积着投掷用的大量石块，这些都是当年战乱留下来的军用品。

阿里高原在远古时代曾经是游牧部落活动的区域。汉文古籍中称它为"羊同"，西藏的古书中称之为"象雄"。象雄王国盛产黄金，在最强盛的时期，其势力达到过中亚的波斯和阿拉伯，后来被强大起来的吐蕃王朝所灭。

据藏文史书记载，吐蕃王朝最末一代赞普朗达玛实行灭佛政策，但是并没能把佛教徒斩尽杀绝，朗达玛本人就死在佛教徒贝吉多杰的手里。朗达玛有一后、一妃。王后无子，妃生一子。于是，在王位继承人上发生了权力之争。王后嫉妒王妃有子，王妃怕宝贝儿子被杀害，令宫室中日夜烛光不灭，以备不测，并为自己的儿子起名"朗迪维松"，即"卫光"的意思。王后因谋杀不成，便想办法弄来民间一婴儿，谎说这是自己亲生的，并在侍臣之中广为宣传。王后还为这个儿子起名"云木巅"，即"母位稳定"之意，刻意夺得王位继承权。长大后的朗迪维松为人开明正直，他体察形势，觉得父亲灭教政策大失人心，有意恢复一部分佛教活动。而云木巅执意要继承朗达玛的政策。兄弟二人各自分占以"乌茹"和"约茹"为中心的两个地区，进而造成了西藏部落分立、群雄割据的局面。

云木巅和维松兄弟互斗，一直延续到他们的儿子。最后，维松的儿子白果赞31岁时（约923年）被云木巅的部下达孜聂杀害。白果赞的两个儿子扎西孜巴白和吉德尼玛衮在两位法臣的扶持下，逃离拉萨，向西奔走。最终，扎西孜巴白到"拉堆"住下来，其弟吉德尼玛衮直奔阿里，安营扎寨，逐渐统领普兰、古格、芒域等地。3个儿子长大以后，他又分别赐3个儿子管理阿里三环，让老大热巴衮领管芒域湖泊环绕之地，在今普兰县境，玛珐木错周围；老二扎西德衮领管达莫雪山环绕之地，在今普兰县上部，冈底斯主峰周围；老三德祖衮领管古格岩石环绕之地，在今札达县境内，古格王国遗址一带。后代人称为

"三衮占三环"。时至今日，阿里仍然有三环地区，但已不是史书记载的那样，而是日土、噶尔两县环水；扎达、普兰两县环山；改则、措勤两县环草。

现在的古格王国遗址只是扎达县境内吉德尼玛衮的第三个儿子德祖衮所建立的王朝遗址，其他两兄弟建立的王国遗址是否尚存，还有待进一步考证。古格王国遗址的佛像、佛经、佛塔，也印证了维松的后代确实继承了他的政策，不灭佛教。据《西藏王臣记》记载，古格王国世袭了16位国王，札达县境内的古宫堡，是从10～16世纪不断扩建的。

古格王国在西藏历史上占有十分重要的地位，是在吐蕃王朝灭亡以后，西藏近400年分裂时期中势力较为强大的王朝。这个王朝，像祖国西边的一道铜墙一样，抵御着外来侵略者的东进，捍卫了祖国的统一。

17世纪时，古格王室与佛教势力为争夺权力形成对立，随后由于葡萄牙天主教神甫安瑞特的介入，更导致矛盾的不断激化。1624年，印度果阿耶稣会教区派葡萄牙籍神甫安东尼奥·德·安瑞特与教士玛格斯二人，化装成印度教徒，从印度潜入扎布让，在重金赠送给国王夫妇的同时，极力宣讲福音，劝其皈依天主。这时，国王正苦于无法控制局面，便纵容安瑞特在都城扎布让拆毁民房，建立了西藏的第一个天主教堂，并邀来了更多的传教士，妄图以此与佛教势力抗衡，维持自己摇摇欲坠的统治。但国王此举却适得其反。由于这些传教士极力拉拢国王，压迫人民，1630年，一场驱逐异教徒的人民暴乱在扎布让发生了。成千上万的农奴和奴隶手持刀矛涌入京城，

一举捣毁了天主教堂，驱逐了外国传教士。由于国王对传教士的支持与纵容，引起国王弟弟为首的僧侣的不满，宫廷内部的矛盾也日趋激烈，继而引发互相残杀，终于导致了古格王国的彻底崩溃。1635年，拉达克地方统治势力乘机进犯古格，最终国王被杀，古格王国沦陷。一个拥有10万之众，演绎了700年灿烂历史的王国在这场入侵战争中宣告灭亡。

过去，对于许多人来说，"古格"是一个陌生的名词。但自从上世纪80年代中期以来，一系列考古发现让人们越来越重视这个消亡了350年的王国的价值。世人甚至把它和中美洲的玛雅文明、意大利的庞贝古城相提并论。值得注意的是，三者有一个惊人的相似之处，即它们都是在文明鼎盛时期突然遭到灭顶之灾。这突然的变故，使原来的一切被保存下来了，因而它们至今还保留着当时的原始现场。

最早发现古格王国遗址的是英国人麦克沃斯·洋，他于1912年深入象泉河谷地，对古格古都和托林寺作了考察，后撰文发表在印度历史学会杂志上。1930年，意大利著名藏学家杜齐考察西藏时到过古格，拍摄了许多珍贵照片，刊载于他所著的《穿越喜马拉雅》一书中。而当时的杜齐并没有意识到，他脚踩着的那片遗址就是举世闻名的古格都城。

1957年，中央新闻电影制片厂的一位摄影师来到古格都城遗址采风，回到北京剪辑了一部纪录片，一些独具慧眼的文物考古学家们看到后无不为之震撼。直到1979年，我国文物考古工作者才对古格都城首次探秘，以后又组织专家进行了数次重要的全面深入考察。1991年以上下卷《古格古城》专著公布了考察和研究成果，使沉寂了三个半世纪的古格王国遗址从此热闹起来。

关于古格王国的历史，汉藏文史籍都有记录。它的特殊地位和影响，使古格历史成为中外藏学家深感兴趣的一个课题。在藏文史料中往往把古格王国与吐蕃王朝并列，这不仅由于古格王朝对西藏佛教发展有重大贡献，更主要的是因为古格王国的国王是吐蕃赞普松赞干布的直系子孙。

国家地质公园札达土林

札达土林，位于阿里地区札达县境内。2007年，札达土林被评为国家地质公园，在这片面积达5600平方公里的土地上，有一片中国现存面积最大、最奇特的土林世界。札达土林瑰丽壮阔，它雄伟中透着秀气，美丽中透着灵气。这宛如童话般的土林世界是地质构造的产物，是大自然为人类塑造的天然奇景。

札达土林位于地质学界所称的"札达盆地"。它实际上是一条长百余公里、平均宽度30公里的象泉河谷地，因此也称土林大峡谷。走进这条黄褐色的峡谷，仿佛走进了云南的石林。那矗立着的一座座奇形怪状的山岩，如林中竹笋拔地而起，似千军万马冲锋陷阵，又像一群蹲伏待跃的猛兽，还有的如形态各异的城堡碉群、宫殿宝塔……人们心目中想象的事物，在这里应有尽有，令人眼花缭乱。如此栩栩如生的土林佳景，让人惊叹不已。

札达土林在远古时曾经是一个大湖。650万年前，在喜马拉雅山以北，出现了一系列断陷湖盆，其中最大的叫做札达湖盆，面积达7万平方公里。来自大山两侧的河流，携带着大量岩石碎屑堆积在湖中。

早期的札达湖盆，属于温湿的亚热带森林草原气候，湖中生活着天鹅绒鹦鹉螺和介形虫等水生动物，云松、栎树和蕨类植物等生长在湖滨，林间草地和草原上驰骋着古长颈鹿等动物。随着高原的不断上升，处在喜马拉雅山背风坡的札达湖盆逐渐转凉，过渡到温带草原气候。到了300万年前，高原整体开始大幅度抬升，湖盆周围进一步转变为半干旱的温带草原气候，沉积物的颜色由青灰、灰蓝转向棕黄、褐色。湖水蒸发留下来的碳酸钙质，把沉积物固结成半胶结的沉积岩，具有类似北方黄土的大孔隙、垂直节理和直立不倒的特征，为后期风雨和流水雕塑出土林造型，提供了物质基础。

在这次高原整体抬升的过程中，札达湖盆和下游印度河流域之间的高度差不断扩大，古札达湖盆最终干涸。裸露出来的湖底在干冷的气候条件下，植被稀疏，在暴雨和流水切割下，形成了纵横交错的千沟万壑。在沟壑两侧的岩体上，雨水和细流沿着节理缝隙下渗，溶解了岩层中的碳酸钙，削弱了岩石强度，下渗的水在缝隙中冻结膨胀，进一步拓宽了节理缝隙，加上沟壑中流水在岩脚的掏蚀，岩体不断崩离肢解，留下较为坚硬的块状岩体，呈现为板状、塔状和柱状。那些块状岩体犹如森严的古堡，又称作"古堡式残丘"，它们联合成林，形态各异，拟人拟兽或拟物，又被称作"土林"。

札达土林掩映在雪山蓝天之下，独具风采。落日中的土林最为迷人：在夕阳的照耀下，土林层层跃出红晕，绚丽明亮的晚霞映在陡峭挺拔、雄伟多姿的土林上，就像是赋予土林生命的灵气。走进土林中的沟壑中，就像置身于美国西部的科罗拉多大峡谷。人们可以从两侧峭壁层层叠叠水平岩层中，解读青藏高原古地理和古环境的变迁，感知高原隆升的节奏和韵律，因此，札达土林也成了科学工作者研究青藏高原隆升过程的自然实验室。

"圣地藏药"红景天

红景天是景天科红景天属植物，生长在海拔 3500～5000 米左右的高山流石或灌木丛林下。世界上有 90 余种，多分布在北半球的高寒地带。我国有 73 种，其中西藏就有 32 种。红景天是西藏著名的藏药，清代时曾作为贡品。

红景天主要以根和根茎入药，全株也可入药。主要有效成分有红景天甙及酪醇，此外还含有淀粉、蛋质、脂肪、鞣质、黄酮类化合物、酚类化合物及微量挥发油，并含有微量元素铁、铝、锌、银、钴、镉、钛、铜、锰等，叶与茎中含有少量生物碱。

我国对于红景天的使用已有很久的历史。清代，在红景天产区就有人将它用作滋补强壮药，用来消除疲劳，抵御寒冷。据记载，康熙皇帝在平息西北部族叛乱中，因长途征战在干旱的地区，便用红景天来消除军旅疲惫。乾隆年间，蒙古土尔扈特部从俄国伏尔加河流域回归祖国时，送给乾隆皇帝的贡品中就有红景天。在东北部分地区，民间常用其作为补品和治疗疾病。

上世纪60年代，前苏联基洛夫军事医学院在寻找强壮剂时发现红景天，并对其进行深入研究，提出红景天具有类似中医"扶正固本"的"适应原"样作用，而且它的增强免疫作用强于人参。前苏联斯克医科大学萨拉季夫教授认为，当疲劳机体不能自然恢复时，服用红景天浸膏会有显著效果。在食品工业中，用红景天可制成能提高工作效率的饮料。在前苏联民间，人们将红景天作为一种强壮剂，应用于治疗老年性心衰、镇静、阳痿及糖尿病等。

红景天中所含的红景天甙和甙元酪醇具有抗疲劳、抗缺氧、抗微波辐射、抗毒以及对神经系统和新陈代谢的双向调节作用，而且还有益智强身、提高工作效率、延缓抗体衰老等作用。此外，红景天作为一种环境适应药物，在军事医学、航天医学上发挥着十分重要的作用。

除以上作用外，据《西藏常用中草药》上记载，红景天还具有活血止血、清肺止咳、解热、并止带下的功效，主治咳血、咯血、肺炎咳嗽、妇女白带等症。红景天具有各种生理活性的成分近40余种。其中所含的红景天甙和甙元酪醇为人参型兴奋剂，所含的没食子酸、伞形花内酯、东莨菪素、山茶酚等具有抗菌消炎作用，同时山茶酚、东莨菪素还有止咳祛痰作用。同时红景天中含量最多的成分是鞣质，它是一类多元酚类的混合物，分子量较大，能与蛋白质结合生成不溶于水的大分子沉淀物，从而具有收敛性，能使皮肤发硬，在铅膜表面起保护作用，制止过多的分泌，防止过量的出血，所以医疗上用作止血药。

红景天作为一种环境适应药物，具有抗疲劳、抗缺氧等功效，因此成为入藏旅游者的热销产品。在西藏各宾馆、餐厅，随处可见当地生产的红景天胶囊、红景天饮料。

第九章 康巴风姿

　　昌都地处西藏东部、澜沧江上游。"昌都"，藏语意为"水汇合口处"，为"两河口"之意。扎曲河与昂曲河分别从北方的雪山丛中奔流而来，一东一西环护着昌都镇，在镇南汇流成著名的澜沧江，垂直南下，穿过横断山脉，流进越南境内改名湄公河。昌都地区东临金沙江，与四川省甘孜藏族自治州接壤；南接云南，并有一些地区与印度及缅甸相邻；北接青海省玉树藏族自治州；西南与林芝地区相接。其总面积约30万平方公里，相当于福建省的2.5倍。其行署所在地昌都镇是西藏东部横断山脉中的一个重镇，也是川、滇、青入藏的重要门户，现有川藏、滇藏两条公路交汇于此。历史上，优越的地理位置使昌都成为著名的茶马古道必经之地。

　　昌都地区山河壮丽，著名的横断山脉把无数终年银光闪闪的雪峰揽在宽阔的怀抱中，举世闻名的金沙江、澜沧江、怒江在昌都的崇山峻岭中一泻千里。在离昌都镇40公里处的卡若遗址，曾出土过大批文物，表明早在4000多年前，藏族的先民就生活在这片富饶美丽的土地上。

　　昌都的历史，在两汉、晋、隋代都有过简略的记载。汉、魏时期，昌都一带称之为"康"。唐朝初期，吐蕃王朝崛起后，不仅征服了雅砻河谷多个部落,兼并了年楚河流域的苏毗部落,而且一直打到康区(今昌都一带),昌都一带成了吐蕃王朝的属地。吐蕃王朝灭亡后,西藏经历了400年的分裂局面,昌都一带也在分裂中为土司所据。到了元代,萨迦政权统治西藏,昌都又成为萨迦政权的属地。明朝时期,内地称帕木竹巴政权统治的西藏为乌斯藏,因此明清以后统称此地为康藏地区。

明清两代的朝廷对这一地区统治管理施用怀柔政策。清顺治帝曾对昌都地区一些掌管政教大权的大活佛加封"博善禅师"、"呼图克图"、"诺门罕"等名号,从此以后,大活佛们定期向朝廷进贡。18世纪初,清朝为驱赶蒙古准噶尔部的入侵,派兵从滇、川两路入藏,并一直进军到昌都。为了扶持呼图克图的统治,清廷在这里设粮官、游击、守备、千总等文武官员,还从四川、云南两省调拨精兵几百名驻扎昌都,统辖周围各县。在此基础上,昌都逐渐发展成西藏东部的一个重要城镇。

辛亥革命引起了西藏地区的社会动荡,昌都成为各方势力争夺的焦点。康藏争端不断,1918年,根据康藏间的停战协议,西藏地方政府派官员驻昌都总管,开始对昌都地区行使管理权力。

由于昌都地处四川之西、拉萨之东的中间,北可趋青海,南可下滇缅,历来为兵家必争的战略要地。康熙五十八年(1719年),清朝政府为镇压准噶尔部的叛乱,派遣噶尔等将军率兵在昌都打退准噶尔部,夺回了昌都。宣统元年(1909年),川滇边务大臣赵尔丰为推行改土归流政策,也是首先陈兵昌都,进而挥戈远征。1950年,中国人民解放军为驱逐帝国主义侵略势力,完成祖国领土统一的神圣使命,挥师进军西藏,开展昌都战役,打垮了西藏反动上层的主要武装力量,促使他们同意签订了和平解放西藏的十七条协议。

在漫长的历史长河中,宗教在昌都占有重要位置,境内共有大小寺庙500多座。苯教时代的中心在丁青一带;吐蕃时代藏传佛教"前弘期"的寺庙和残存文物古迹在察雅香堆一带;藏传佛教"后弘期"以大建庙宇、教派林立为特征,12世纪下半叶,昌都兴建了著名古刹噶玛噶举的噶玛寺、玛仓噶举的察雅学寺、达垅噶举的类乌齐寺、格鲁派的强巴林寺等。

康巴歌舞闻名于世,其中的芒康弦子、昌都锅庄和丁青热巴,可称之为纯粹的藏文化。昌都每年举办一次康巴艺术节,为时7天,届时全地区11个县均选派歌舞队、服饰表演队参加,政府机关人员放假,观摩演出,热闹非凡。

令人荡气回肠的横断山脉

洪荒年代,古大陆分分合合,裂而为洋,聚而为陆。现今的青藏高原在长达八九亿年间在大洋中时隐时现,由北而南曾陆续生灭消长过三个古海大洋——原特提斯、古特提斯和新特提斯。三期海洋阶段的前两次为整个青藏高原共同经历,距今大约 1.8 亿年前形成的新特提斯古海洋则有两个地区不再参与，因大约 2 亿年前，藏北高原与横断山脉已率先脱海成陆。

脱海成陆的横断山区正好赶上了全球爬行动物繁荣的时代。那时大地平坦开阔，气候暖热湿润，古昌都湖畔原始森林茂密，大大小小的恐龙成为这一世界的主宰，长久的湿热环境造就了横断山区的红山脉、红土地。

横断山区一带独自经历了这一过程，那时拉萨连同喜马拉雅还在新特提斯大洋覆盖之下。4000 万年前，海水西退而去，包括东部和北部的整个青藏高原的新大陆又开始了步调一致的隆起。迄今为止，这里又至少经历了三次隆升，此刻的我们正置身于第三次强烈隆升的地质过程中，肇始于 365 万年前的这轮隆升，被地球科学家命名为"青藏运动"。

横断山脉正是这次运动的产物。它与青藏高原一脉相承，是青藏高原诸大山系改变了形象和走向的延伸：东西走向 2500 公里的喜马拉雅山，消失于横断山脉西侧的雅鲁藏布大峡谷的大断裂带中，念青唐古拉、唐古拉、巴颜喀拉等诸大山脉在此集合，急剧折向南北。这是由于大高原承受着南来印度板块的俯冲挤压，承受着北部、东部刚性地体的顽强抵御，迫使它别无选择地向上隆升并朝向两端流逸，横断山脉就如同柔韧的可塑物质般被压缩拧转，横空出世。比肩而立的巨大山岳像一列列冰甲雪袍的卫士，守护着身后的青藏高原。

穿行在横断山脉的大江大河也是这次运动的衍生物。怒江、澜沧江、金沙江、雅砻江、大渡河无不随着地势的增高和冰川的形成而纷纷起步，穿越中国，东向汇入太平洋，南向汇入印度洋。江河穿山而过,群山隔江相望,一江傍两山,一山携两江,山山都是分水岭。

横断山脉的大山大水都有世居此地的人们所称呼的乳名、汉文史籍所载的古称以及现代规范的学名。但统称为横断山脉不过百年,最早出现在京师大学堂教材《中国地理讲义》中:"……迤南为眠山、为雪岭、为云岭,皆成自北而南之山脉,是指横断山脉。"

横断山脉的定义和定名与约定俗成的方向观相左。若按约定俗成的方向观,以东西为横,以南北为纵:250万平方公里的青藏高原从南至北以五条缝合线、六块地体和若干巨大山系组成,平行排列东西走向是其纹理,而横断山脉的山纹结构为准南北向,实为逆理"纵贯"。查1936年旧版的《辞海》"横断山脉"词条云:"我国西部南北纵列之大山脉,亦称纵贯山脉,凡青海省之东南部、西藏之东部、西康省之中部、云南省之西北部,皆此山脉蟠结之地,共分五道,并行而下……"

正是由于有悖于纹理常规,横断山脉成为一个特殊的地理单元。群山的南北走向有利于太平洋和孟加拉湾的暖湿气流凭借西南季风送达,使三江流域成为仅次于雅鲁藏布大峡谷的第二大水汽通道。暖湿气流在高原内部贯通横断山脉,水汽掠过之处为湿润半湿润地区。高山深峡的跌宕有致又使得垂直自然带分布完整,自山麓河谷至高山顶部,分布着从山地亚热带至高山寒冻风化带的几乎所有类型的植被,成了世界上高山植物区系最丰富的区域,仅高等植物种类就有5000种以上,被科学界称之为生物避难所、生物多样性宝库、生物起源及分化中心。

今天我们所见的横断山脉，沿用七脉六江说，自东向西依次为岷山（岷江）、邛崃山（大渡河）、大雪山亦称贡嘎山（雅砻江）、云岭—沙鲁里山（金沙江）、宁静山即芒康山（澜沧江）、他念他翁山（怒江）、伯舒拉岭——高黎贡山。地原上则由若干不同的构造单元拼合而成，行政区划上也为川滇青藏四省区交界之地。此为"广义横断"：南北长为1300公里，东西宽可达800公里，幅员大约70余万平方公里。

被称为"狭义横断"的是西藏昌都地区的三江流域。这一行政区域的总面积为11万平方公里。

遗世独立，卓尔不群，是横断山脉独具的风骨与形象。在高峰林立的青藏高原，独有它逸出队列，凸显不同。

延续千年的茶马古道

在中国大西南险山恶水的丛林草莽之中，在横断山脉和西藏高原的崇山峻岭及高山峡谷之间，绵延着一条世界上地势最高、路径最为险峻的交通驿道，这就是著名的"茶马古道"。

茶马古道于唐时开通，清代兴盛，与北方"丝绸之路"齐名，是雪域高原与中原进行政治、经济、文化、宗教等交流的重要途径之一。它为藏东南的政治、经济、文化发展做出了不可磨灭的贡献。

千百年来，无数的马帮在这条路上艰难行走，悠远的马铃声串起山谷、平坝和村寨，也串起了众多民族和不同文化的交融。如今，古道石板上的马蹄印仍历历在目。

关于茶马古道的记载，很早就可见于历史文献中。西汉张骞出使西域，拉开了中西交往的序幕。除了北方有着一条通往西域地区的"丝绸之路"外，在我国西南地区还存在着另一条通往西方的交通途径，它就是茶马古道的雏形。

茶马古道是一条穿越整个青藏高原的崎岖道路，其局部线路众多，犹如江河主脉与支流。尤其在川西、藏东一带的横断山脉中，古道更呈四通八达的网状结构。以雅茶之路入藏而言，它东起四川雅安，经泸定、康定、理塘、巴塘、芒康到昌都再到拉萨，从拉萨再到尼泊尔、印度，国内路线全长3100公里；滇茶之路南起云南洱海苍山、西双版纳、思茅，经大理、丽江、中甸、德钦到西藏邦达、察隅或昌都、洛隆、工布江达、拉萨，再从拉萨经江孜、日喀则，向西南方向翻越喜马拉雅山，到达南亚的印度、尼泊尔，国内路线全长3800多公里。茶马古道上，密布着无数大大小小的支线，将滇、藏、川"大三角"地区紧密地联结在一起，形成了世界上地势最高、山路最险、距离最遥远的茶马文明古道。

茶马古道上终年行走的队伍主要是骡帮。滇、川、藏的商人是骡帮的拥有者，赶骡的脚夫是穷苦的打工仔。长途运输中，骡子的负载能力和耐力优于马匹，自然成为驮队的主力。每支驮队由骡马几十匹甚至上百匹组成。健壮的头骡头饰大红缨络，颈系合金串铃，与一般骡队成员系挂的铜铃响声有别。就这样，骡帮缓缓地迤逦在古道上，一路上，不时有骡马和人倒下，但头骡的红缨络始终在前，头骡的合金铃声兀自悦耳脆响。

历史上，内地茶叶销往西藏，主要是与藏胞进行茶马互易。藏族由于地处高寒地区，需要摄入大量的高脂肪，由于没有蔬菜，需要用茶叶分解体内的脂肪，茶叶成了藏族人民生活的必需品。藏族饮茶的历史，在吐蕃早中期就开始了，当年文成公主进藏所带的物品就有茶叶和茶种。而当时由于内地战乱频繁，对于战马的需求量很大，也就促使了以茶换马的商贸活动盛极一时。茶马互易，各取所需。

茶马交易从隋唐始，至清代止，历经千年岁月。在漫长的岁月里，茶叶商人在西北、西南边陲，踏出了一条崎岖绵延的茶马古道。从久远的唐代到上世纪60年代滇藏、川藏公路的修通，这1000多年里，茶马古道就像一条大走廊，连接着沿途多个民族，发展了当地经济，搞活了市场，促进了边贸地区农业、畜牧业的发展。

在茶马古道沿途，有着世界上最壮丽最动人的山水。它贯穿了亚洲板块最险峻陡峭的横断山脉，沟通了金沙江、澜沧江、怒江、岷江、雅砻江、雅鲁藏布江几大水系。古道的世界静得出奇，大山沉然不语，大江奔流不息，那种原始的美把人们带入史前时代。

茶马古道是一条人文精神的超越之路。骡帮每次踏上征途，就是一次生与死的体验之旅。茶马古道的艰险超乎寻常，然而沿途壮丽的自然景观却可以激发人潜在的勇气、力量和忍耐，使人的灵魂得到升华。

深山古刹噶玛丹萨寺

噶玛丹萨寺位于昌都县扎曲河上游的幽静峡谷里。噶玛丹萨寺是由噶举派高僧都松钦巴于1147年创建的，是藏传佛教噶玛噶举派的祖寺，噶玛噶举也因该寺而得名。噶玛丹萨寺在历史上影响深远，其建筑别具一格，文物古迹众多，是昌都地区著名的古刹之一。

创建噶玛丹萨寺时，正值藏传佛教"后弘期"康区的"下路弘法"（相对于阿里地区"上路弘法"而言）初盛时期。鼎盛时期的噶举派支系繁多，号称两支、四大、八小、两派、三巴，在整个藏区建有庙寺200多座，并在不丹、锡金、尼泊尔和拉达克等国家和地区也建有寺院。

都松钦巴之所以成为藏传佛教史上享有盛名的一名大德高僧，不仅在于他圆满完成了建立新兴宗派的使命，更为重要的是他在临终时口嘱他要在人间再次转世，让后人要寻访认定他的转世灵童。这是都松钦巴大师的伟大创举，他在藏传佛教史上，开创了"活佛转世"之先河。

"噶举"一词是藏语的译音，"噶"字意是指"佛语"，而"举"字则意为"传承"。故"噶举"一词可理解为佛语传承或教授传承。也有解释为口传传承的，这是因为"噶举"一词还有表示"口传"的意思。特别是噶举派注重对密法的实际修炼，而对密法的练习又必须通过口耳相传的方式来进行。这些都成为该宗派得以命名为"噶举"派的因素或由来。

噶举派形成于藏传佛教"后弘期"，由玛尔巴译师开创。后来噶举派成为了藏传佛教诸多宗派中支系最多、最庞杂的一大宗派。

噶玛噶举派是噶举派中具有较强影响力的一支派别，同时又是藏传佛教中第一个建立活佛转世制度的宗派，而且先后形成了几大活佛转世系统，其中主要有黑帽系和红帽系活佛。因此，噶玛噶举派在藏传佛教中占有极其重要的地位。

黑帽系活佛世袭，始于都松钦巴大师。后人追认都松钦巴为第一世黑帽系活佛，从此黑帽系活佛具有双重身份，既是历代楚布寺的寺主，又是噶玛噶举派活佛系统中的直接传承。

都松钦巴大师圆寂后，都松钦巴大师的再传弟子邦礼巴遇见噶玛拔希，并显见许多奇兆，由此邦礼巴认定他为上师都松钦巴的传世灵童，给他灌顶授教诫。噶玛拔希作为第二代活佛被迎请到楚布寺，授予比丘戒，取法名为却吉喇嘛。

1253年，忽必烈在南征云南大理途中，看到噶玛噶举派在藏族地区日益产生影响，遂召请噶玛拔希赴绒域色都（今四川嘉绒藏族地区）相见。1254年噶玛拔希会见了忽必烈并为他及其左右侍从传授发心（发菩提心）仪轨，使他们皈依藏传佛教。忽必烈还要求噶玛拔希长期随侍他，但被婉言拒绝。正当他一路传经返回西藏时，接到蒙古大汗蒙哥的诏书，他又去蒙古和林会见蒙哥。蒙哥封噶玛拔希为国师，赏赐他一顶金边黑帽和一枚金印,噶玛噶举黑帽系传承即由此而来。

噶玛噶举派的另一大活佛系统是红帽系,是藏传佛教的主要活佛系统之一。然而,它实际存在的时间并不很长,从14世纪中叶产生至18世纪末叶中断,只有400多年的历史。

噶玛噶举红帽系活佛的创立者为札巴僧格。他是噶玛噶举派的高僧,当时元朝皇室赐封他为"灌顶国师"之称号,同时赠一顶红色僧帽,这顶红色僧帽就是噶玛噶举派红帽系活佛名称的最初来由。1349年札巴僧格圆寂,终年87岁,后人认定他为噶玛噶举红帽系的第一世活佛。

然而,1780年第六世班禅赴京庆贺乾隆皇帝七十大寿,不幸当年在北京去世。之后,担任扎什伦布寺总管的仲巴呼图克图,遂将乾隆皇帝及在京的满、蒙、汉各族王公大臣向六世班禅馈赠和赐与的大量金银财宝据为己有,以教派不同为借口,没有分给自己的弟弟——噶玛噶举红帽系第十世活佛曲珠嘉措任何东西。对此,曲珠嘉措愤愤不平,并怀恨在心。后来,曲珠嘉措借机勾结尼泊尔的廓尔喀人,引导廓尔喀军队于1790年第二次入侵西藏日喀则地区,将扎什伦布寺的金银财宝洗劫一空。西藏地方政府将此事件通报清廷,并要求派兵。1791年,清军进藏击溃廓尔喀军,曲珠嘉措畏罪自杀。乾隆皇帝命令取缔红帽系,没收寺院田产,遣散僧人,该系活佛永远不得转世。从此,噶玛噶举红帽系活动在藏族地区消失。

噶玛丹萨寺地处嘎玛乡驻地以西12公里的白西山麓。沿山路盘旋而上,沿途可见山岩壁立,苍松漫山,溪涧奔流不息,风光绝美。

噶玛丹萨寺建筑别具一格，文物古迹众多，是昌都地区著名的古刹之一。噶玛丹萨寺大殿为单檐歇山形式，屋面覆盖琉璃瓦，屋檐正中是藏族工匠设计建造的狮爪型飞檐，左边为汉族工匠建造的龙须型飞檐，右边为纳西族工匠建造的象鼻型飞檐。大殿内有一尊17米高的弥勒像，是目前昌都地区保留下来的最大的泥塑佛像。

寺东有三塔，中间为一世噶玛巴都松钦巴大师的灵塔。三塔有一顶相连，有柱无墙，终年由经幡环绕。噶玛拔希并未圆寂于此，他的灵塔内据说只放着他的一颗牙齿和一尊佛像。这座灵塔殿的奇特之处在于，室内无柱，巨大的穹顶是用木料以几何图形构成。殿内存有明臣向噶玛丹萨寺赠送的旌旗缎带、丝绸等刺绣品，近百幅传世唐卡以及佛像、陶器、贝叶经、瓷器等文物，至今保存完好。

离噶玛拔希灵塔殿不远处是该寺的辩经场地，也是噶玛拔希从内地受封返回第一次戴黑帽的地方。

风光无限然乌湖

然乌湖位于昌都地区八宿县的然乌镇，是雅鲁藏布江支流帕隆藏布的源头。

然乌湖，湖面海拔3850米，总面积22平方公里，长约

26公里，平均宽1～5公里。湖水如镜子般平静，映衬着湖边晶莹的冰川和皑皑的雪山，景色绝美，散发出一种藏地之水特有的神秘与神圣的气息。然乌湖是昌都地区的第一大湖，是川藏线上最闪亮的明珠。

然乌，藏语意为"尸体堆积在一起的湖"。传说然乌湖中有一头水牛，湖岸边有一头黄牛，它们互相较量角力而死，随后化为两座大山，两山相夹处便是然乌湖。实际上，然乌湖处于喜马拉雅山、念青唐古拉山和横断山脉的对撞处，是典型的由造山运动形成的堰塞湖。

湖畔西南有岗日嘎布雪山，东北方向有伯舒拉岭，南面有著名的来古冰川。每当冰雪融化时，雪水便注入湖中，使然乌湖始终保持丰富的水源。

然乌湖的湖面时宽时窄，收放有致，完全依据山势和地势任意展开。那烟波浩渺的是湖，而可以望见彼岸的却只能说是河了。湖与河交错连接，不一样的视角，会给你不一样的然乌湖。

狭长的然乌湖向西蜿蜒了10多公里后逐渐收缩成一道河谷，随着季节的不同，河水也呈现出碧蓝或青绿等数种颜色。河道中许多岩石和小岛点缀其间。河谷里野花和森林中缭绕的云雾相伴而生，如仙女般的然乌湖静静地卧于雪山森林之中，如一个待嫁的新娘，摄人心魄。

湖心小岛是湖景最美的装饰，它静静地泊在那里，像是随时都会飘走一样。传说这座小岛是一方神圣之地，岛上生长着100种植物。在树荫中还隐藏着一座小庙，供奉着司水的地方神鲁杰布。过去，附近的村民常划着牛皮小船上岛，旱时去祈雨，水大时去求晴，因为鲁杰布的职能就是负责双向调节，会保佑村民们年年丰收。

然乌湖的南面是一长列重叠起伏的雪山。雪山间流动着冰川，其中最著名的是来古冰川。冰川从海拔5000多米的雪山一直延伸到海拔3880米的湖面，冰雪消融成水汇聚湖盆，湖水清澈碧绿。因此然乌湖又有"西天瑶池"之称。

然乌湖两岸的山岭雄伟挺拔，坡度很陡，好像两列围墙立在狭长的湖边，而山下近湖坡地则长满了青翠苍劲的松柏等针叶丛林。在这群山绿影环抱之中的然乌湖显得格外静谧而妩媚。再加上湖畔绿茵般的草滩以及一块块生长着青稞、豌豆、油菜等作物的农田点缀其间，构成了一幅既有青藏高原的壮丽，又有藏区田园牧歌的秀美的独特风情画卷。

其实，然乌湖本就是世间的奇景，哪怕没有古老的故事与传说。

壮丽的盐井景观

闻名藏区的盐井，位于西藏芒康县澜沧江畔的洪积扇台地上，台地高出江面300多米。盐井，藏语称"擦卡龙"，"擦"即盐，"卡龙"为河谷渡口之意。盐井是千百年来独特而神奇的景观。天造地设的盐卤水井紧依澜沧江畔，以木架支撑的"盐田"高低错落又平展如镜。

盐井地区属于地壳上升强烈地带，岩层受到来自东西方向剧烈的挤压，形成褶皱带和大断层。盐井地区的断裂构造线在三叠系含盐地层，沿断裂带流露的温泉水溶解含盐地层后源源不断喷涌而出，形成了富含盐分的卤水。

盐井的纳西人在澜沧江的东岸建了卤井50多个，在西岸建卤井20多个，又在江边垒建了3000多个吊楼晒盐木架。他们把高盐含量的卤水浇灌其上，经过几天的自然蒸发，便析出品质独特的藏巴盐。沿江垒建的吊楼晒盐木架，像层层梯田，成为当地自然与人文融合的一大奇观。

不同于海边晒盐和井边熬盐，在盐井，你能领略到另一种奇特的制盐方式。衣着鲜艳的纳西族妇女将盐卤背上来，倒入房顶的"盐田"，再经高原的阳光和澜沧江的江风晾晒结晶成盐。奇妙的是，由于地质的差异，东岸产的为白盐，西岸产的为红盐。白盐被视为上好的优质盐，红盐虽质差但牧民喜欢，因红盐打出的酥油茶色味俱佳，而且喂养的牲畜易长膘。

盐井的盐业生产迄今仍保留着原始人工方式。盐民在江岸上层层建起的几千块盐田，每块面积大约6～8平方米，灌满卤水后每块盐田两天即可收获盐结晶20多斤。盐棚建筑倚崖而设，其下以林立的木料支撑，棚顶平面以当地红土涂抹而成。

下方临水的岩石上凿出了深井，身背大木桶的纳西族妇女，上上下下往返于数百米陡坡，把盐井盐坑里的卤水背到自家的盐地中。这是一项强体力劳动，妇女们一代又一代地重复这项劳动。而盐的销售工作则由男人们去完成。在盐井镇上就地成交者有之，更多的是以骡帮驮盐，跋山涉水销往川滇藏的巴塘、德钦、昌都一带，用盐换粮换茶换钱。从前由于方圆几百里内仅有这一处盐田，所以周围数十个县的人、畜都仰仗着盐井的盐。

盐井的自然地理和人文地理都十分特殊，它地处滇、川、藏三省区交汇之处，历史上或属云南、或属四川，民国年间名义上又属西藏，更多时间则被地方势力实际控制。因盐资源丰富，历史上各方势力对此地始终争夺不休。至今盐井的盐业生产大多依然沿袭着纳西族妇女操作的习俗，就是丽江木天王时期的遗存。《格萨尔王传》中曾有一章就记载了争夺盐田的一场战争，说的是丽江的"黑姜国"国王萨丹，起兵抢夺盐田，格萨尔王与之斗智斗勇，终于夺回盐田。故事折射出了古代各地势力对盐田的觊觎与争夺。

如今盐井的正式名称是"西藏自治区芒康县盐井纳西民族乡"，它是西藏唯一的纳西族聚居的民族乡，人口3000多，其中约四分之三为藏族，纳西族实际不足千人。纳西族为明代木天王时期从云南境内迁来，集中生活在盐井一带，多以盐业为生。他们使用藏语，生活方式也基本藏族化。

盐井有一座天主教堂，对此许多人感觉有些不可思议。走遍西藏，唯在此处捕捉到历史上西风东渐的一丝讯息。盐井现有600多名藏族天主教徒。在这里，天主教与佛教相安无事，相互理解并尊重对方的信仰。不同信仰的家庭之间可以相互通婚，一家人中有的去佛寺烧香祈祷，有的去天主教堂做礼拜，和睦相处。

从外观形式方面，盐井天主教堂也是与本土文化结合的产物。其建筑形式为藏式，室内装饰吸收了佛教的某些样式，也有哈达、圣像、唐卡等。天主教徒用藏语念圣经，用藏语咏唱赞美诗。

"康巴敦煌"德格印经院

素享圣名的德格印经院，位于金沙江畔的四川省甘孜藏族自治州的德格县城，与西藏昌都地区江达县隔江相望。该院于1729年（清雍正七年）由四十二世德格土司兼六代法王却杰·登巴泽仁创建。德格印经院是我国藏族地区规模最大、出版经籍最多的印经院，历史上曾与拉萨印经院、日喀则那塘印经院并称为藏族三大印经院。由于拉萨、日喀则的印经院现已荡然无存，现存的德格印经院成为了藏文典籍出版极为重要的基地。因此，德格印经院与萨迦寺、布达拉宫被人们称为藏族三大文化艺术宝库。德格印经院现为全国重点文物保护单位。

德格印经院全称为"德格扎西果芒大法库印经院"，藏语意为"德格吉祥聚慧印经院"，素有"现代康巴敦煌"、"藏民族文化走廊"、"藏文化的大百科全书"、"藏文化发祥地之一"等美称。本印经院为一座傍山而建的两楼一庭的藏式寺院，红墙紧围寺院，寺顶的标志物为法轮和孔雀，与藏区寺顶普遍装饰的鹿与羊有所不同，孔雀代表内地，法轮代表藏地宗教，它们的组合象征着多民族的文化交流。印经院有藏式房屋大小数十间，内有藏板室、储纸仓库、裁纸齐书室、晒书的阁楼、洗书版的大木槽，以及佛室、念经堂等。

德格印经院历经近300年的经营，现保存印版28万块。同时，还珍藏有相当数量的木刻版画等。经版多为藏传佛教各教派经典，还有历史、科技、传记、藏医、历算、建筑、艺术、语言文字等藏民族文化科技典籍。其中有不少罕见的珍本和孤本，例如早已在印度本土消失的《般若八千颂》等。

德格印经院曾出版了世界著名的大藏经《甘珠尔》、《丹珠尔》，还有《四部医典》、《西藏王统明鉴》、《萨迦金书》、《布顿佛教史》、《宗喀巴全集》、《八思巴全集》、《汤东杰布传》、《米拉日巴传》、《诗例》、《卫藏神山志》、《汉地宗教源流》、《印度佛教源流》等。这些典籍，对于研究藏族历史、宗教、医学、历算、绘画、音乐等都具有重要的价值。

德格地处林木葱郁的金沙江畔，森林资源丰富，尤其盛产红桦木。因此印经院就地选取红桦木进行刻版，又以朱砂或用白桦树皮烧制的烟墨印刷。印书的纸，是专门采用一种叫"阿交如交"的草根皮制成，韧性强，虫不蛀，久藏不坏。所以，德格版藏文书籍印刷十分讲究，制作精美，不仅销往全国各地，而且远销印度、尼泊尔、不丹、日本及东南亚、欧洲、北美的许多国家。

英雄史诗《格萨尔王传》

《格萨尔王传》是享誉世界的藏族英雄史诗，内容深邃，语言优美，艺术精湛，影响巨大。全书共有120多卷，100多万诗行，2000多万字，是世界上最长的一部史诗，具有很高的学术价值。国际上有人称其为"东方的荷马史诗"，并誉之为"藏族文字的珠穆朗玛峰"。

这部不朽的史诗大约产生于古代藏族氏族社会开始瓦解、奴隶制社会逐渐形成的历史时期，即公元3～6世纪之间。在藏族社会由奴隶制向封建农奴制过渡的历史时期（10～12世纪初叶），得到广泛流传并日臻成熟。在11世纪前后，随着佛教在藏族地区的复兴，藏族僧侣开始参与《格萨尔王传》的编纂、收藏和传播。史诗《格萨尔》的基本框架开始形成，并出现了最早的手抄本。手抄本的编纂者、收藏者和传播者，主要是宁玛派的僧侣。

《格萨尔王传》是在藏族古代神话、传说、诗歌和谚语等民间文字的基础上产生和发展来的，代表着古代藏族文化的最高成就。史诗叙述了格萨尔王一生不畏强暴，不怕艰难险阻，以惊人的毅力和神奇的力量征战四方，降伏妖魔，抑强扶弱，造福人民的英雄事迹。这部史诗反映了藏族发展的重大历史阶段及其社会的基本结构形态，表达了人民群众的美好愿望和崇高理想，描述了纷繁的民族关系及其逐步走向统一的过程，是研究古代藏族的社会历史、阶级关系、民族交往、道德观念、民风民俗、民间文化的一部伟大著作。

《格萨尔王传》的产生、流传、演变和发展过程，是藏族历史上罕有的一种文化现象。至今，这部英雄史诗依然在青藏高原广泛传唱。在国外，也有俄、英、法、蒙等多种文字的译本流传。

《格萨尔王传》讲述了这样一个故事：在很久很久以前，天灾人祸遍及藏区，妖魔鬼怪横行，黎民百姓遭殃，观世音菩萨为了普度众生出苦海，向阿弥陀佛请求派天神之子下凡降魔。神子推巴噶瓦到藏区成为了黑头发藏人的君王，即格萨尔王。为了让格萨尔能够完成降妖伏魔、抑强扶弱、造福百姓的神圣使命，史诗的作者们赋予他特殊的品格和非凡的才能，把他塑造成神、龙、念（藏族原始宗教里的一种厉神）三者合一的半人半神的英雄。格萨尔降临人间后，多次遭到陷害，但由于他本身的力量和诸天神的保护，不仅未遭毒害，反而将害人的妖魔和鬼怪杀死。格萨尔从出生之日起，就开始为民除害。5岁时，格萨尔与母亲移居黄河之畔。8岁时，岭部落也迁移至此。12岁时，格萨尔在部落的赛马大会上取得胜利，并获得王位，同时娶森姜珠牡为妃。从此，格萨尔开始施展天威，东讨西伐，降伏了入侵邻国的北方妖魔，战胜了霍尔国的白帐王、姜国的萨丹王、门城的辛赤王、大食的诺尔王、卡切松耳石的赤丹王、祝古的托桂王等，先后降服了几十个"宗"（藏族古代的部落和小邦国家）。在降伏了人间妖魔之后，格萨尔功德圆满，与母亲郭姆、王妃森姜珠牡等一起返回天界。

《格萨尔王传》的故事结构，在纵的方面概括了藏族社会发展史的两个重大历史时期，在横的方面包括了大大小小近百个部落、邦国和地区，内涵广阔，结构宏伟。主要分成三个部分：一为降生，即格萨尔降生部分；二为征战，即格萨尔降伏妖魔的过程；三为结束，即格萨尔返回天界。三部分中，以第二部分"征战"内容最为丰富，篇幅也最为宏大，除著名的四大降魔史——《北方降魔》、《霍岭大战》、《保卫盐海》、《门岭大战》外，还有18大宗、18中宗和18小宗，每个主要故事和每场战争均构成一部相对独立的史诗。《格萨尔王传》植根于当时社会生活的沃土，不仅概括了藏族历史发展的重大阶段和进程，揭示了广阔的社会生活，同时也塑造了数以百计的人物形象。其中无论正面的英雄还是反面的暴君，无论男子还是妇女，无论老人还是青年，都刻画得个性鲜明，形象突出，给人留下不可磨灭的印象，尤其是以格萨尔为首的众英雄形象描写得最为出色。

《格萨尔王传》史诗流传于我国境内的藏族地区，说唱史诗的艺人主要分布在5个省区。这些艺人大都目不识丁，多数是无师自通，天生会唱。仅著名说唱老艺人札巴生前就唱过《格萨尔王传》600多万字的诗句。在国内有100多位会唱史诗的说唱艺人，他们对自己为什么能说唱这么浩繁巨大的史诗，有着非常离奇的解释。据说有的人在青年时代做过几次奇怪的梦，或者酣睡不醒、大病一场，睡醒或病愈后就能滔滔不绝地唱述《格萨尔王传》。他们说在梦中或病中，看到或亲身经历了格萨尔王征战四方、降妖伏魔的伟力奇功，所以讲说起来滔滔不绝，情节不同，诗句也不重复，记下来后便可成书。

更不可思议的是，处在不同时代不同地域的说唱艺人，编排的故事都大体一致，前后呼应，相互连贯。据说札巴老人60年前说唱的内容，60年后相距千里之外的艺人玉梅也能讲述，远在唐古拉山上放牧的才让旺堆也会说唱。他们互相不来往，既无师承关系，又无文字依据，为什么都会说唱同一部作品呢？

从1983年开始，《格萨尔王传》的搜集、整理和研究工作被列为国家重点科研项目。国家成立了专门的工作领导小组，开展对史诗说唱、搜集、整理、翻译、出版、教学和科研的工作，近20多年来，已发表相关研究学术论文与考察报告500多篇，还多次举办《格萨尔王传》国际学术会。

一个具有中国特色的《格萨尔王传》学的学科体系已初步形成，并不断发展。1995年6月在奥地利举行的第七届国际藏学会议上，《格萨尔王传》首次作为专题项目在会上进行讨论。这部古老的英雄史诗，充分展示了绚丽的光辉和强大的艺术生命力，在国际学术界为中国赢得了荣誉。

第十章 秘境秀色

素有"西藏江南"美誉的林芝地区，位于西藏东南部、雅鲁藏布江下游，平均海拔 3000 米左右。其西北与那曲地区接壤，西南与拉萨市毗连，东北与昌都地区相接，东南与云南省相邻，南部与印度、缅甸等国交界，有很长的边境线。全区总面积 11.7 万平方公里，几乎与福建省相等，人口仅 19.5 万。林芝气候湿润，景色秀丽，地区相对高差从海拔 2000 米到 4500 米，人们在此可领略到所有寒带至亚热带的自然景观。

林芝，藏语意为"太阳的宝座"。与藏北雄浑、苍凉的自然风貌相比，到处郁郁葱葱的藏东南林芝显得妖娆妩媚、多姿多彩。由于雅鲁藏布江从林芝西向东注入印度洋，印度洋暖流顺江而上，与来自北面的寒流在冈底斯山脉东段汇合驻留，形成热带、亚热带、温带及寒带气候并存的多种气候带，这里温暖湿润，青山绿水点缀着这块充满魅力和灵气的土地。

林芝地区处于地球上的北纬 30°一线。人们通常把这个纬度称作"神秘线"，因为世界上许多神秘莫测、鬼斧神工的罕世奇观大都处在这一纬度附近，如埃及的金字塔及狮身人面像、百慕大三角、诺亚方舟、死海、撒哈拉大沙漠、神农架等。同时，这个纬度也被生物学家称为专出名茶的神秘线，浙江杭州，安徽屯溪，江西庐山和祁门，湖南洞庭，四川邛崃等历代名茶产地，都处在这一纬度上。青藏高原唯一能生长茶树的地方，就在林芝地区的易贡，这里生产的茶叶被誉为"珠峰圣茶"。

　　林芝历史悠久，早在4000～5000年以前就有先民在这里创造了远古文明。林芝出土的陶器和石器，与甘肃、青海古代石器和陶器同属一种风格，和昌都地区新石器时期卡若遗址的出土文物是同一时期的遗存。1958年在林芝首次发现高原古人类残骸遗址，其中有一个青年女性的尸骨，被古人类学家命名为"林芝人"。据考证，"林芝人"生活在相当于我国中原的新石器时期。八一镇附近发现的杜布石棺葬，据测算是我国春秋至西汉的文化遗存。

　　林芝地貌险峻、气势不凡。这里有雄奇的"云中天堂"南迦巴瓦峰，有壮观的雅鲁藏布大峡谷和世界第三的帕隆藏布大峡谷，有世上罕见的藏布巴东瀑布群、高耸云霄的苯日神山、碧绿苍翠的鲁朗林海、绿草成毯的邦杰塘草原等，有唐蕃古道、太昭古城、桑多白仁寺、秀巴古堡等，有"世外桃源"巴松措，有具有2500年历史的"世界巨柏王"和历经千年风雨沧桑的桑树之王以及桃花沟的野生桃花园等，还有峡谷地区深藏着的门巴、珞巴等古老少数民族的殊异风情。

　　从拉萨到林芝路程为430公里。翻过海拔5000多米的米拉山，一路沿尼洋河而下，就进入林芝地区行署所在地林芝县的八一镇。在20世纪60年代中印边境自卫反击战时，这里是驻军之地，八一镇的"八一"因此而得名。八一镇是藏东南新兴的城镇，它有得天独厚的地理位置，东达成都，南至印度，北上拉萨，如今已成为初具规模的现代化城市了。

"云中天堂"南迦巴瓦峰

南迦巴瓦峰，海拔7782米，为世界第十五高峰，也是8000米以下高山的第一峰，有"冰山之父"之称。其山脊由一系列海拔7000米以上的高峰组成，周围多为裸露的断崖峭壁，巨大的三角形峰体高耸入云，终年冰雪覆盖，云遮雾绕，冷冽肃穆中透出雄奇和神圣。2005年，南迦巴瓦峰被《中国国家地理》评为"中国最美的十大名山"第一名。

南迦巴瓦峰位于林芝地区米林县和墨脱县交界处，雅鲁藏布江大拐弯的南侧。奔腾的雅鲁藏布江围绕着南迦巴瓦峰作了个马蹄形的大拐弯后，南流而去。因为这个神奇的大拐弯，印度洋暖湿气流得以顺畅地涌入青藏高原，雅鲁藏布大峡谷才因此而成为青藏高原最温暖湿润的地区，并形成藏东南林芝、易贡、波密一带特殊的自然景观，构成"西藏江南"的特色。南迦巴瓦峰不仅是绵延千里的喜马拉雅山脉东端的最高峰，是雅鲁藏布江大拐弯形成的主要元素，同时也是促成雅鲁藏布大峡谷成为世界上第一峡谷的主要原因。海拔7294米的加拉白垒峰与南迦巴瓦峰隔江对峙，如峡谷之门，锁江而立。

南迦巴瓦峰存于这世上已有7亿多年，它是整个喜马拉雅地区最早脱海成陆之地。它处在一个多重地质结构的叠合部位，多次的地壳运动导致了它向上做剧烈的断块上升，从而形成了喜马拉雅山脉东端的第一高峰。同时，由于南迦巴瓦峰的拔起在雅鲁藏布江形成了一系列紧密的弧形拐弯，也成就了现在罕见的雅鲁藏布江大拐弯。而南迦巴瓦峰的剧烈抬升也促使雅鲁藏布江的河床不断下陷深切，进而形成雅鲁藏布世界第一大峡谷。

南迦巴瓦峰之所以备受人们瞩目，不仅在于它的雄浑壮丽和神秘莫测，更在于它独特的环境和丰富的资源。南迦巴瓦峰地区东西宽80公里，南北长约120公里，呈马蹄形状，在此人们可以领略一山同时呈现四季的风姿：海拔5000米以上属寒带，犹如进入严冬；海拔4000～5000米之间，有冷杉、云杉、红松等林木，如临金秋送爽的秋季；海拔3000～4000米之间，阔叶林树冠交错，遮天蔽日，如同进入阳春三月；海拔2000米以下的地方，分布着热带植被类型，步入此地，如同到了烈日炎炎的夏季。

湛蓝的江水，皑皑的雪峰，晶莹的冰川，苍翠的原始森林，鲜艳精美的藏寨，牛羊如云的草原，五色绽放的鲜花，一齐扑入我们的眼帘，使人不由产生对天堂的极致想象。

因为南迦巴瓦峰终年云海茫茫，上世纪初曾有一些外国探险家经印度来到这里，希望一睹神山的芳容，能拍几张照片，但整整等了一个月，南峰始终被浓云所掩，只好望山兴叹，抱憾而归。即使是当地人，一年之中可以见她真容的时刻也寥寥无几。

1996年我第一次赴藏时，由于行程没有安排去瞻仰南迦巴瓦峰，感到十分遗憾。2010年4月，我再次赴藏，第一站便是参观南迦巴瓦峰。我们乘机从成都到林芝。离开机场后，乘车直奔米林县。那天天气晴好，阳光灿烂，接待我们的朋友告诉我，他曾先后3次去南迦巴瓦峰，都没有见到高峰的真容，希望今天你们能见到。当我们的车子接近南迦巴瓦峰时，远远地就望到高耸入云的雪山越来越醒目，山体越来越晶莹耀眼，在阳光照耀下闪闪发光，棱角分明的三角形峰顶，像一根银剑傲刺苍穹。我知道我们终于看到了南迦巴瓦峰的芳容，喜悦的心情难以言表。

南迦巴瓦峰高耸入云，当地相传天上的众神时常降临此处聚会和煨桑，那高空风造成的旗云就是神仙燃起的桑烟。因此，居住在峡谷地区的人们对这座陡峭险峻的山峰怀着无比的尊崇和敬畏，藏传佛教信徒更是视其为神山，认为南迦巴瓦峰的泉水是专治不孕症的圣水。

云雾中的南迦巴瓦峰另有韵律。淡淡的云气从谷底蒸腾而上，轻灵的云瀑从山顶悠然滑落，白缎般的流云环绕着山腰，发出蓝色寒光的如剑雪峰，在云缝中若隐若现，这无疑是一座飘飘渺渺的世外仙山。

西藏有很多著名的雪山，但很少能像南迦巴瓦峰这样给人们带来巨大的心灵震撼。与珠穆朗玛峰的敦实厚重相比，人们更迷醉于南迦巴瓦峰绝壁凌云的峻峭挺拔；与希夏邦玛的荒凉、干燥相比，人们更欣赏南迦巴瓦峰的绿意婆娑与冰天雪地的绝妙融合；与冈仁波齐的遗世独立相比，人们更眷恋南迦巴瓦峰山间那流云百转的灵动和勃勃生机。南迦巴瓦峰几乎穷尽了人们关于山的美好想象，对山的所有特质都作出了最完美的诠释。

气势磅礴的雅鲁藏布大峡谷

雅鲁藏布大峡谷，在古代藏文文献中将它称为"央恰布藏布"，意为"从最高顶峰上流下来的水"。它位于林芝县和墨脱县境内，北起米林县大渡卡村，南到墨脱县巴错卡村，全长504.6公里，最深处达6009米，平均深度2268米。1994年4月，新华社向全世界发布消息：我国科学家首次确认，雅鲁藏布大峡谷为世界第一大峡谷。雅鲁藏布大峡谷是世界上最长、最深、海拔最高、最雄伟壮观的大峡谷。

发源于喜马拉雅山北坡杰马央宗冰川的雅鲁藏布江，像一条奔腾的巨龙，以大约每秒1000立方米的水量奔流了2000多公里，生生切开了横亘于面前的喜马拉雅山脉的阻挡，绕过海拔7782米的南迦巴瓦峰，形成了一个举世无双的近乎180°马蹄形的大拐弯，似盘龙出山，以巨大的流量冲刷出水急谷深的峡谷地貌。雅鲁藏布大峡谷整个峡谷的海拔高度由峡谷入口派镇到巴错卡出境处，在直线距离只有短短40多公里的范围内，高度垂直降落近3000米，水能蕴藏量为全世界之最。除了创造举世闻名的马蹄形大拐弯，大峡谷还自上而下镶嵌着一个接一个的小峡谷，叠套着80余个马蹄形小拐弯，如此奇观的峡谷地貌，世界上实属罕见。更加独特的是，至今雅鲁藏布江的地壳运动还没有结束，南迦巴瓦峰由于两个板块的挤压，会越抬越高，而雅鲁藏布江也会越切越深，峡谷也将越来越险峻。

雅鲁藏布大峡谷最深处位于南迦巴瓦峰和里勒峰与雅鲁藏布江交汇处的宗容村，谷深6009米；单侧峡谷最深处在得哥村附近，谷深7057米；大峡谷平均深度为2268米，核心地段平均深度为2673米。大峡谷江面从入口处的660米，逐渐收敛至最窄处的35米，江面最大坡降（河段高程差与距离之比）为75.35‰。这些数据是世界上其他著名的大峡谷所无法比拟的。

百余年来，美国西部的科罗拉多大峡谷一直顶着"世界第一大峡谷"的桂冠享誉全球。近年，秘鲁推出了科尔卡大峡谷，以3200米的深度向这一桂冠提出了挑战。随后，尼泊尔王国又推出了喀利根德格大峡谷，以4403米的深度刷新了世界第一深峡谷的记录。但是，科尔卡大峡谷和喀利根德格大峡谷尽管在深度上胜出，但雄伟壮观都显不足，从整体上无法与科罗拉多大峡谷媲美。放眼全球，唯一真正直接向科罗拉多大峡谷提出挑战的，只有中国的雅鲁藏布大峡谷。

雅鲁藏布大峡谷为印度和欧亚两大板块碰撞的杰作。在强烈阶段性上升的青藏高原上，雅鲁藏布江巨大的水量循地壳薄弱部位向下猛烈侵蚀切割，逐渐形成了大峡谷。

由于雅鲁藏布大峡谷恰好切开了喜马拉雅山，这里也成为了印度洋季风进入高原的最大水汽通道。有了这一水汽通道，热带山地环境在此北移6个纬度，出现了藏东南的一片绿色，青藏高原60%～70%的生物物种集中在此。这里有从极地寒冻带到低河谷热带季风雨林带的世界上最齐全、最完整的垂直自然带，在水平距离只有80公里、垂直高度不足5000米的范围内，经历高山冰雪寒带到河谷季雨热带的9个垂直自然带。这些自然带景色各异，可以看到类似于我国海南岛到北极的全部自然景观，被科学界誉为"高原上的西双版纳"。

雅鲁藏布大峡谷的美是无与伦比的，奇特的大拐弯和青藏高原最大的水汽通道，本身就构成世界上最珍奇的自然奇观。独特的自然环境，丰富的生物多样性，构成雅鲁藏布大峡谷多姿多彩而又独一无二的景观，原始、自然、质朴，魅力无穷，可谓"高壮深润幽，长险低奇秀"。

雅鲁藏布大峡谷，经科学家论证确认为世界第一大峡谷，这是20世纪末国际上一次重大的地理发现，如果说我国出土的秦兵马俑是中华民族古代文化艺术高度发达的见证，雅鲁藏布大峡谷则是新发现的具有科学意义的世界第一大自然奇观。

蔚为壮观的藏布巴东瀑布群

藏布巴东瀑布群，位于雅鲁藏布江流域的多吉帕姆峡谷。藏布巴东瀑布群由3个瀑布组成，其中处在最上游的为藏布巴东瀑布，宽117.7米，落差33米；中间为白浪瀑布，宽62米，落差35米，是雅鲁藏布江干流落差最大的瀑布；最下游的是落差和宽度相对较小的藏布巴东三号瀑布。藏布巴东瀑布群撼天动地，蔚为壮观，是中国最壮观、最原始、最神秘的瀑布群，当居中国瀑布之首。2005年，被《中国国家地理》杂志评为"中国最美的六大瀑布"第一名，而我国著名的黄河壶口瀑布和黄果树瀑布，则分别被评为第三名和第六名。

雅鲁藏布全长2840公里，位居世界第二十三位，但流量却高达16290立方米/秒，居世界第七，其最大洪水流更达76600立方米/秒，高居世界第四。这条大河发源于喜马拉雅山脉北麓的杰马央宗冰川，沿喜马拉雅山麓一路向东奔去。当它流至东喜马拉雅山主峰南迦巴瓦峰下，突然被向南插入的加拉白垒峰（海拔7294米）阻住去路，迫使它不得不在两山结合的薄弱部位切出一条窄狭的通道继续前行，于是形成了位于加拉白垒峰东侧极其陡险的多吉帕姆峡谷。在这短短20公里的峡谷河段中，隐藏着以藏布巴东瀑布群为代表的四处雄伟的瀑布群：藏布巴东、扎旦姆、秋古都龙和绒扎瀑布群。其中最蔚为壮观的瀑布群就是处在多吉帕姆峡谷入口处的藏布巴东瀑布群。

藏布巴东瀑布位于两岸近于垂直的陡壁内，一堵高33米的岩墙巍然耸立在江中，岩壁东侧更兀起一块巨石，汹涌的江水在此被分为两股，翻岩喷涌而下，下落的水流相互碰撞如雷声轰鸣，偶有一线阳光掠过，江上立即拱起一道彩虹。在夏季丰水期，巨量的江水会将基岩全部漫过，那时瀑布的落差可能会高至40米，可以想象其气势之雄壮。

江水在藏布巴东瀑布跌落后狂奔而下，在靠近两壁陡岩脚下的回水处，由于湍急水流的推动，巨大砾石日复一日地旋转，竟磨出几个巨大的石臼。最后江水又撞向下方基岩的岩壁，从其西侧 65 米宽、35 米深的第二阶坎跃下，在空中化作一道碧绿色的弧线飞落而下，消失在万丈深谷之中。深谷中腾起的白色水雾像原子弹爆炸后的蘑菇云，渐渐升起，然后在峡谷上方膨胀，扩展散去，从而形成雅鲁藏布江干流最壮丽的白浪瀑布。

流量、落差、宽度是瀑布的三要素。藏布巴东瀑布群狂野奔腾，气势恢弘，澎湃激昂，具有雷霆万钧之力，充满阳刚之气与撼天动地的魅力。

生活在峡谷里的古老民族

门巴族和珞巴族是西藏除藏族以外最重要的两个民族。因为他们居住的地域、生活方式、语言、习俗和民族心理状态等都与藏族不同，所以在上世纪 60 年代经国务院正式确认为我国两个少数民族。僜人和夏尔巴人虽然还没有正式确认，但他们仍以其独特的风貌，生活在雅鲁藏布江流域。

在封建农奴制时期，这几个古老民族备受歧视。西藏废除封建农奴制度实行民主改革后，他们才从半原始生活状态中解脱出来，政治地位和生活水平有了很大提高。

在数百公里的雅鲁藏布峡谷中，分布着 36 个大大小小的村庄。在大峡谷中段和下段的方圆 120 公里的地方，分布着 17 个珞巴族山村和 14 个门巴族山寨。

历史上，门巴族和珞巴族始终以诚信为本，最忌讳说假话和偷盗行为，民风十分纯朴，因而被誉为"不上锁的民族"。门巴、珞巴两族各有语言，均属汉藏语系的藏缅语族，但无文字。门巴族普遍使用藏文，门巴语中四分之一的词汇，尤其是宗教、政治、天文、技术等方面，多数借用藏语；珞巴族则多以刻木结绳记事。门巴族多数习惯以 20 为一个整数单位，珞巴人则以 10 为一个整数单位。几千年来，勤劳勇敢的门巴、珞巴两族人民创造了悠久的历史和灿烂的文化。

门巴族是 1964 年经国务院批准确认的一个少数民族。生活在西藏的门巴族是中国少数民族中人数相对较少的一支，只有 8000 多人。他们主要聚居在墨脱县，有 1000 多人散布在错那、林芝、察隅等地。"门"，藏文意为"谷地"。白玛岗（今墨脱县墨脱村）四面环山，是门巴族主要聚居地。

门巴族主要从事农业，其作物种植地一般分为园圃地、常耕地、刀耕火种地三类，刀耕火种的原始生产方式至今还很盛行。狩猎和采集仍在门巴族的经济生活中占有一定的地位。

门巴族信奉原始宗教，认为人的祸福缘于鬼神的作祟或恩赐，尤其有炽热的生殖崇拜文化。他们信奉男性生殖图腾，把阳具称为"看郎欣"（音译）。门巴族男性生殖崇拜的习俗渗透于其生产、生活的方方面面，而且根深蒂固。他们会在田里插上一个硕大的、形象逼真的"看郎欣"，在家门口竖立一根 1 米多长的木制"看郎欣"，而且每家吊脚竹楼的天花板上也要吊挂两个"看郎欣",取人丁兴旺的吉祥之意。"看郎欣"已不完全是生殖崇拜的标志了,它已演变为男子汉的象征。

门巴族的服饰基本与藏族差不多,但他们更喜欢色彩鲜艳的服装。门巴族男女都戴一顶别具特色的用氆氇制成的小圆顶帽,叫"巴尔霞"。妇女穿红色内衣,腰束白色围裙或穿彩条裙,这也是门巴族妇女的突出标志。男子传统服饰是红色氆氇长袍,腰间挎一把半月形刀,这既是装饰,又是生产工具。

门巴族的婚礼隆重、热闹又独具特色。按门巴族的习俗,新娘迎进男家后,要将新娘的一切衣服饰物脱光,从内衣内裤到婚装首饰,全部换上婆家的。新郎最"害怕"的人,不是岳父岳母,而是新娘的舅舅,因为在婚礼上素有"娘舅闹婚"的习俗。婚礼上,舅舅是最尊贵最难缠的客人,无论新郎家如何照顾周到,舅舅内心如何满意,都必须要板着面孔百般挑刺。最终,舅舅耍尽了威风,这才转怒为喜,喝下喜酒,婚宴也才能顺利进行下去。这种习俗虽然古怪,但也为婚礼增添了不少乐趣。"换衣"和"娘舅闹婚"这一婚俗,细细探究,颇有深意。母系氏族社会的婚姻,是男到女家,实行所谓"从妻居"。随着男子的社会地位提高,出现了由女权到男权的争斗性的变革。门巴族婚俗中残留的这种现象,正是这种权力变革激烈争夺的真实写照,也是"从妻居"到"从夫居"转化过程的最形象的史证。

值得一提的是,门巴族中曾经诞生过六世达赖罗桑仁钦·仓央嘉措,他的诗集《仓央嘉措情歌集》十分有名。作为格鲁派的最高活佛,他居然能够以情歌的方式表达对爱情的渴望,可以说是门巴族内心狂热的血液激烈燃烧的写照。

珞巴族是1965年国务院正式确认并批准的一个少数民族。珞巴族是中国56个民族中人口最少的民族，仅有的3000人，分布在东起察隅、西至门隅的珞渝地区。因地处高山峡谷地带，人烟稀少，交通不便，珞巴族至今仍保留原始的刀耕火种、平均分配的生产和生活习俗。珞巴族拥有众多的部落，以从事农业和狩猎为生。

"珞渝"是藏语的音译，意为西藏的"南方之地"，是珞巴族的故乡。珞巴是藏族对居住在珞渝及其邻近广大地域的族群的习惯称呼，即因居住的地域而得名，意为"南方人"。在信仰上，珞巴人普遍信仰万物有灵的原始宗教，祭祀以牲畜为主。近代国外学者也对珞巴族进行了一些研究，称他们为"阿巴达尼人"或者"阿迪人"，意为阿巴达尼的子孙或大山人。

珞巴族内部对本民族没有形成过一个统一的称谓，而是以不同的部落名相称，共有博嘎尔、德根、米辛巴、米古巴、达额姆、希蒙、坚波、民荣、崩如、旭龙、登尼、崩尼等部落30多个。珞渝地区北依喜马拉雅山脉，西与门隅相连，东与察隅接壤，南与印度毗邻，总面积约4万平方公里，属亚热带雨林气候区。

由于地处深山峡谷之中，交通极为不便，珞巴族部落之间处于相对独立封闭的状态，所以30多个部落形成了30余种不同的方言，构成了独特的珞巴文化。

珞巴族历史悠久，是一个古老的民族。据考古证实，大约在新石器时代之前，珞巴族先民已经在此有生产生活经历，后逐渐转化为今天的珞巴各部落。

目前，在西藏的珞巴族主要分布在东起察隅，西至门隅之间的珞渝地区，其中比较集中的为林芝地区米林县。根据2000年人口统计，米林县珞巴族总人口为1134人，占珞巴族人口总数的40%，南伊民族乡则又是米林县珞巴族的主要聚居区，有357人，约占全县珞巴族总人口的32%。

珞巴族习惯于按照一定的血缘关系聚集而居。部落由许多氏族组成，他们将部落生活区域称为"日崩"，意为生活的山谷或者辖区；将氏族生活的区域称为"蒙"，意为小区域；将家族生活的区域称为"冬隆"，意为血缘村寨。由于各部落的人丁较少，因此各个"日崩"、"蒙"、"东隆"之间没有明确的界碑，各部落、氏族、家族之间的土地界限以自然的山脉、河流等自然物为界限。

珞巴族婚俗的特点是族外婚，禁止本氏族之间通婚。若有违者，一旦抓获，或沉入水中，或丢进深涧，以此来维护血统的纯正和尊严。氏族外婚制将两个氏族联系在一起，一方面保证后代的体质和智力的健全发育，另一方面以这种联系为纽带，无形中成为氏族联盟，共同抵制血腥的氏族仇杀，使本氏族群得以生存和延续。与此相应的就是血统等级内婚制，部落各氏族中的等级是按照血缘划分的，分别有4个等级："麦德"意为贵族，"麦让"是次等级平民，"伍布"意为旁支家系，"涅巴"即为奴隶。为了保证血缘纯洁，4个等级之间禁止通婚，特别禁止"麦德"和"涅巴"等级通婚。

珞巴族通常是一夫一妻的父系氏族家长制，女性是作为男人的附属品而存在的，兄弟去世后，可将兄弟之妻出卖给他人，也可以纳为己妻。部分人因原配妻子不能生育或没有儿子无法继承香火时，会娶二房或三房。多数的家庭中，妻子的地位不是一成不变的，妻子地位的变化取决于生儿子的数量，生儿子多的女性，在家庭中的地位也较高。

在珞巴族各部族中，由于地缘因素和生产力落后等原因，德根部落是最贫困的部落，博嘎尔部落各氏族的奴隶（涅巴）主要源于德根部落。因此在婚姻中，博嘎尔部落各氏族内固有成员禁止与德根部落的人结婚。否则，社会地位将要下降，并且永世不得翻身。

由于在婚姻上有严格的限制，因此传统珞巴族的婚姻形式，主要有买卖婚、交换婚、抢婚三种。

买卖婚盛行于珞巴族的传统社会，就是将女性等同于有价的实物，男子娶妻要支付女方母亲的抚养费、女方父亲的养育费、中介或撮合费、给女方舅舅的看护费等，通用的价格是以值几头牛来计算。

交换婚则是双方的男子均以自己的姐妹或亲族中的女子相互交换为妻。由于双方均以一名女子为代价进行交换，故无需另外补偿。这种形式较为普遍。

抢婚现象过去较多，抢婚原因主要是：（一）男女双方事先已相好，但男方无力支付婚费，而女方父母又不肯让步（二）经父母包办而订婚，后女方因悔婚而不嫁的（三）原夫妻婚后没有感情，女方与其他男人相识，该男人也会出来抢婚（四）氏族间复仇抢亲。在抢婚中，前两种已被社会所默认。而后两种，则会引起纠纷和械斗。

珞巴族没有明确的宗教信仰，没有宗教经典、偶像和庙宇，但他们相信神鬼，遇到任何事情，都要问卜占卦征求神灵的意见。占卜的方式有米卦、鸡肝卦、猪肝卦、鸡蛋占卜等。

珞巴族居住竹楼，使用石锅。普遍嗜酒好辣，不分男女，都喜欢吸烟。珞巴族妇女喜欢穿着紧身的筒裙，然后在小腿部分用裹腿紧紧绑住，显得干练洒脱。男子们的衣服则更加重视实用性，他们喜欢在腰间围上一条腰带，可以悬挂刀具、火镰或狩猎工具。珞巴族服饰已被列入全国第二批非物质文化遗产保护名录。

不羁的"情圣"仓央嘉措

六世达赖仓央嘉措，是一位深受藏族人民喜爱的才华横溢的诗人。他虽然位居藏传佛教"教皇"之尊，却写下了大量清新优美而且直言不讳的情诗。他的情诗是对宗教的一种叛逆，反封建色彩很浓，形式纯朴自然，富有民歌风味。不爱江山爱美人的仓央嘉措，用他25岁短暂的一生给高原大地留下了一道永不消失的彩虹。300多年来，那些脍炙人口的诗歌一直在雪域高原广为流传。

六世达赖仓央嘉措，1683年（清康熙二十二年）出生于藏南门隅地区一个门巴族的贫苦农民家庭。传说仓央嘉措出生时，突然出现晴空彩虹落、雪山佛光升的离奇景象。他在前往布达拉宫坐床成为六世达赖喇嘛之前，拜五世班禅为师，剃头受戒，学习藏文、佛经、文学、哲学、医学、天文、历算等。仓央嘉措天资聪慧，勤奋好学，自幼就有了较好的文化素质。

与其他达赖不同，仓央嘉措直到15岁才被迎到布达拉宫立为六世达赖喇嘛。仓央嘉措生活的时代是西藏历史上的多事之秋。在他出生以前，噶举派掌握着西藏的统治权，对格鲁派实行压制剪除政策。五世达赖罗桑嘉措与四世班禅罗桑曲结联合蒙古势力，密约和硕特部首领固始汗率蒙古骑兵进藏，一举推翻噶玛地方政权，建立了以格鲁派为主的甘丹颇章政权，确立了格鲁派在西藏300多年的统治。后又经清朝皇帝的册封，达赖喇嘛成为西藏至高无上的政治领袖。但蒙军入藏，也造成了固始汗操纵西藏实权的后果，导致了其后几十年激烈的权力斗争。

1679年，年事已高的五世达赖罗桑嘉措为防自己死后大权旁落，任命桑结嘉措为第司（即摄政）。1682年（清康熙二十一年）五世达赖圆寂。第司"欲专国事，秘不发丧，伪言达赖入定，居高阁不见人，凡事传达赖之名以行"，并向清政府请封。康熙皇帝册封桑结嘉措为王，并赐金印。桑结嘉措受封后，更加专横。他一面暗地支持新疆准噶尔部葛尔丹汗的分裂活动，一面又妄图利用准噶尔部的军事力量，与达赖汗（固始汗之子）争夺西藏地方的权力。

1696年，康熙皇帝亲自率领大军击败了准噶尔部，葛尔丹汗自杀。从准噶尔军队的西藏人口中得知五世达赖早已身亡的消息后，康熙降旨严厉斥责桑结嘉措，桑结嘉措这才将达赖的死讯和仓央嘉措作为转世灵童的消息公开，并派人前往门隅迎接仓央嘉措，定为六世达赖。

仓央嘉措是在激烈的政治、宗教和权力斗争的漩涡中被推上六世达赖宝座的。但是，仓央嘉措对政治和宗教权力都没有兴趣。进宫之后，他有达赖之名，却无达赖之实，作为一个政治斗争的傀儡，他根本无法左右自己，而14年的门巴村寨生活，又早已给他打上了不可磨灭的烙印。那外观壮丽辉煌而不见天日的布达拉宫，无异于一座金色的监狱。他厌烦那里的一切，他很苦恼但无法与之抗争，只能用诗歌来宣泄心中的一切。

仓央嘉措进宫后正当弱冠之年，长得仪表堂堂，性格豁达爽朗，行为自由洒脱。他虽居佛尊之位却不事戒持，虽在高墙深院却不能束缚住思想的遨游。宗教的虚无、神秘和禁欲主义，以及围绕着他的权力角逐，使他内心无比痛苦。对现实不满的情绪与日俱增，最终使他成为了一个贪恋酒色、无视清戒、多情多欲、放荡不羁的风流喇嘛。

在这个最崇信宗教的民族中，作为万众仰望的神王，他一半是神，高坛论经，法轮常转；他一半是人，纵欲放浪，寻芳猎艳。仓央嘉措白天是达赖喇嘛，夜晚则化名改装，潜游拉萨街头的酒肆街巷，沉湎于温香软玉与甜醇美酒中，与西藏最高宗教领袖的身份大相径庭。仓央嘉措从不把地位当回事，夜晚常从布达拉宫侧门出去，与拉萨巷里的女人交欢，待到破晓时才潜回宫。起初，宫中除贴身侍者外未有人知。一个大雪之夜，他从城内一位当炉女家里回宫，不料将脚印留在雪地上。天明时侍者看见有足迹从旁门进入达赖喇嘛卧室,怀疑有贼人进去。他察看卧室,见达赖一人安卧于床,但鞋是湿的。经追踪足迹,一直通向城内当炉女家中。于是隐私败露,达赖的艳事一时盛传宫内外。但仓央嘉措却泰然处之,还满不在乎地以诗记其事:"黄昏去会情人,破晓大雪纷纷,足迹留在地上,保密还有何用"。由此,第司·桑结嘉措不得不出面干涉,劝说他抑制谣邪,示范教法。但他还是不改初衷,依旧我行我素。

仓央嘉措的风流韵事,随着他的情歌流向千家万户。在第司·桑结嘉措与拉藏汗的矛盾日渐白热化的时候,仓央嘉措的行为也成了指责第司政权的口实,因为他是第司所立。

1701年,蒙古固始汗的儿子达赖汗死,其子拉藏汗于1703年继汗位。拉藏汗与桑结嘉措为了争夺西藏地方实权,矛盾日益激化。1705年桑结嘉措买通拉藏汗的内侍,准备下毒谋害拉藏汗,不料消息败露。于是,双方加紧调兵遣将,第司仓促集结藏兵,准备驱逐蒙古势力出藏,拉藏汗则火速调动当雄八族和青海蒙古骑兵入藏。这年7月,双方在拉萨城郊暴发激战,第司·桑结嘉措战败被俘,拉藏汗立即将他处死。

第司死后,厄运也随之降临到仓央嘉措头上。拉藏汗召集各大寺喇嘛,共审第司所立之"伪达赖"。提到仓央嘉措"行为不检",喇嘛们除以"迷失菩提"和"游戏三味"来搪塞外,没有人认为仓央嘉措是伪达赖而将他治罪,更没有一个人提出"废立"。拉藏汗无可奈何,便派使进京一方面向康熙皇帝报告第司"谋反"的罪行,一方面报告桑结嘉措所立六世达赖仓央嘉措,沉溺酒色,不理政务,不是真达赖,请予"废立"。

康熙皇帝认为桑结嘉措罪有应得，并加封拉藏汗为"翊法恭顺汗"，同时以"耽于酒色，不守清规"为由，将仓央嘉措"废立"，并把他"诏执献京师"。

1706年5月，当仓央嘉措出行时，无数教众跪拜于前，挥泪相别。他们向六世达赖敬献哈达，声声祈祷。当仓央嘉措走到哲蚌寺时，僧侣们纷纷跪拜，含泪迎奉。突然，这些喇嘛一跃而起，从蒙古人手中抢走了仓央嘉措，迎至甘丹颇章躲藏。拉藏汗得知消息，立即派兵攻打。哲蚌寺的喇嘛死伤惨重，仓央嘉措不忍目睹，毅然离开寺庙，走进蒙古军中。

故事本该结束了。因为《青海史》、《大清一统志》、《噶伦传》、《西藏喇嘛事例》等，都记载着仓央嘉措在解送京师的途中死于青海湖。至于死因有说是被害死的，有说是累病而死，而有的记载只云"圆寂"，终年25岁或24岁。

关于仓央嘉措之死，各种藏汉文献说法不一，民间更是众说纷纭。现流传最广的一种说法是"仓央嘉措25岁时，被请往内地"。此后，他经打箭炉至内地的峨眉山等地朝山拜佛。然后，又到前后藏、甘肃、五台山、青海、蒙古及印度、尼泊尔等地方云游，讲经说法，广结善缘。据近年来的考古发现证实，仓央嘉措在内蒙古阿拉善地区弘法利生，最后圆寂于此。腾格里沙漠中的承庆寺、昭化寺和贺兰广崇寺就见证了六世达赖这一段生命历程。

仓央嘉措的身世为他的情诗增添了浪漫而神秘的色彩。经典的拉萨藏文木刻版《仓央嘉措情诗》，汇集了他60多首情诗，现已被译成20多种文字，几乎传遍了全世界。而在民间，则流传着仓央嘉措的情诗 200 多首。今天，在布达拉宫内，没有他的塑像，也没有他的灵塔，仓央嘉措留给布达拉宫的，只有永远也诉说不完的故事和一首首火一样燃烧的诗歌。

拉藏汗为消除藏地僧众的不满，于 1707 年立益西嘉措为六世达赖。但西藏和青海、内蒙古等地的蒙、藏之人均不认可，反而更增添了对仓央嘉措的思念之情。后人也一直以仓央嘉措为六世达赖。

"世外桃源"巴松措

巴松措又名措高湖，意为三座岩石下的碧湖，位于林芝地区工布江达县巴河上游的高峡深谷里。湖面海拔 3000 多米，湖面呈长形，湖长 15 公里，湖面最宽处有 2.5 公里，湖面面积 37.5 平方公里，湖水平均深度 60 多米，最深处达 165 米，宛如一轮新月镶嵌在峡谷中。巴松措是宁玛派的著名神湖和圣地。

巴松措四面环山，山顶常年积雪，白雪皑皑，山下森林茂密。湖平如镜，静影沉碧，湖的四周铺青叠翠，奇花异卉，远处雪山的影子横陈在水中，湖光山色美不胜收。巴松措是西藏著名的生态旅游景点，被国际旅游组织列为世界旅游景区（点）。

著名作家马丽华曾这样描述巴松措："一年秋季在措高湖

畔，我怀念了今生所能领略感受的终极之美。夏季里滥觞的湖水复归澄澈，在红黄绿相交织的山野的怀抱里沉醉着。湖心岛童话般地铺设于碧波之中。秋叶婆娑隐现着小小的寺宇、经幡。岛上千年古松挺立，经霜愈益青葱。隔湖望去只有岛心一株巨松通体灿烂，犹如黄金铸成……从此，这湖、这岛、这金松，就成了脑际中最高贵渺远的意境了。"

巴松措有一个美丽绝伦的湖心岛，叫扎西岛。这个岛对整个湖来说，起到了画龙点睛的重要作用。小岛上树木丛生，盛开着五颜六色的鲜花，潺潺泉水晶莹清澈，鸟儿自由飞翔，一片生机勃勃。

小岛中央，有一座初建于唐朝末年的宁玛派寺庙，叫做"错宗工巴"。寺庙面积不足200平方米，距今已经有1500年历史，是藏传佛教中宁玛派具有代表性的寺庙。错宗工巴为土木结构，分上下两层，里面主要供奉着宁玛派先祖莲花生大师的塑像，也有千手观音和金童玉女的塑像。寺庙内的一尊大威德金刚塑像的脚底有两块天然的鹅卵石，石头上有一处凹进去的圆窝。传说格萨尔王曾征战于此，这石头上的圆窝是他追打魔鬼时，英勇的战马留下的脚印。

沿着环岛小路漫步，可以看到诸多神奇的传说遗迹。有树叶自然形成藏文字母的"字母树"，有格萨尔王挥剑于石头上留下的剑痕。最令人叹为观止的是一棵千年桃包松，是由一棵老桃树包着一棵老松树形成的连理树。

在巴松措湖南岸有一条小溪，溪边有一个充满神奇宗教意识的"求子洞"。"求子洞"位于溪边的一块巨石上，洞内有

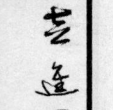

一块圆形突出的石头，状如女性生殖器。传说这个小洞曾被莲花生大师加持过，来此求子非常灵验。

据《错宗圣迹指路明灯》一书介绍，措高湖于公元8世纪由天竺僧人莲花生大师开辟，曾由佛教文殊、金刚手、观世音三位菩萨住持过，昔日格萨尔王在此降魔，是三岩空行母六集之宫。正是由于这些古老的传说，使得巴松措闻名遐迩。

《郑宛达瓦》的故事

《郑宛达瓦》是西藏18世纪的一部长篇小说，作者达普巴·罗桑登白坚参，又名阿旺·罗卓嘉措，是18世纪西藏达普寺第四代活佛，1725年出生于林芝地区。

《郑宛达瓦》是根据流传在林芝一带的民间传说创作的。这是一部演绎佛教人生哲学的喻世小说，说的是印度婆罗那斯国王热旦娶了一位贤德王后，生有一王子取名曲吉朵哇，自幼虔信佛法，深得国王夫妇喜爱，选青年良臣益西增为其侍臣，加意照护。此事引起奸臣严谢的嫉妒，他耍手段排挤益西增，而让与王子年纪相仿的儿子拉朵阿那做王子的侍臣。一天，拉朵阿那陪王子曲吉朵哇出游时，二人将自己的灵魂潜入两只死杜鹃体内，飞到河对岸观赏巨柏、古桑、桃林等百树的风光。中途拉朵阿那偷偷飞回，将自己的灵魂潜入王子的躯壳，而将自己的躯壳扔进河里漂走,回宫冒充王子篡夺了王位。但王子的妻子总觉得可疑,就潜出王宫来到深山老林,寻找真正的王子,途中遇到比丘,她就出家为尼了。

王子被骗后,灵魂附在杜鹃体内,游荡在森林之中,十分凄苦。后来遇到神鸟及智麦班登喇嘛为其解脱,向他传授修静之法,得到修习之果,并取名郑宛达瓦。从此,王子打消了回宫的念头,在林中为鸟兽传经诵法,终其一生。后来高僧智麦班登命一名叫俄旦的杜鹃灵魂前往王宫,潜入王子躯体,而将伪王子拉朵阿那的灵魂逐出,俄旦任用良臣,百姓安居乐业。

这部作品弥漫着浓厚的宗教气息,贯穿"因缘果报"的宿命论思想,宣扬善有善报,恶有恶报,以达到劝善戒恶的目的。故事曲折完整,人物个性鲜明,想象神奇丰富。虽然讲述的是古代印度故事,但因作者生活在林芝地区,是达普寺四世活佛和著名藏学家,所以作品的故事内容、生活环境以及美学追求,无不反映出林芝的地域特征和藏传佛教的理念。

林芝人杰地灵,出现《郑宛达瓦》这样的长篇小说和达普巴·罗桑登白坚参这样的作家绝不是偶然的。

就说地名吧,这林芝不是那灵芝,但巧得很,林芝还真是盛产灵芝的地方。这被誉为"长生不老之药"、千古难觅的"仙山之宝"的灵芝,在林芝、波密、墨脱的深山密林里都有出产。

林芝的神奇,倒不是因为宗教把一切都赋予一种巫术意味而变得神秘,而是它这里随便拿出一样物产,都会令人禁不住称奇叹怪。上述《郑宛达瓦》书中提到的古柏、巨桑、桃花源,都是林芝闻名于世的奇观。

古柏林位于林芝巴结乡尼洋河畔，其面积约有130多亩，数百棵古柏密集分布，遮天蔽日，葱郁苍翠。林间挂满了五彩经幡，进入这梦幻般的古柏林就如同进入了童话世界。这些古柏平均高30多米，胸径约1米，最大的一株高达50多米，直径5.8米，胸围达18米，整整12个人摊开双手才能把它围拢起来。站在这棵巨树下，只见庞大苍劲的树冠气势雄伟，侧枝健壮发达，如沟壑纵横的树枝铭刻着它曾经历过的沧桑岁月。据植物学家鉴定，它至少已有2500年的历史。传说这棵柏树王是苯教先师的生命树，被后人视为神树。每年，来自青海、甘肃、四川等地方的信徒们，都要长途跋涉到这里，匍匐在神树下一遍又一遍地膜拜祈祷，撒糌粑，敬松枝，给古柏树缀上新的经幡，并在神树周围堆起玛尼堆。古柏树寄托着芸芸众生的美好愿望。

从古柏林沿着尼洋河畔下行约10公里，可以看到邦纳村内世界罕见的桑树王。这株桑树为雄性，藏语称"朴欧索薪"；意为"男性灵魂树"。1982年，中国农科院西藏作物品种资源考察队首次发现并报道了这株桑树王，使它名扬海内外。这株桑树王主干高33米，胸围13米，仅主干段的材积就达44立方米。其树冠如蘑菇状，粗壮的树干均匀地向四面八方伸展，各支树干又互相缠绕在一起，是我国发现的最大一株古桑，堪称桑树之王。

桑树王成为邦纳村吉祥兴旺的象征，也是村民们防洪避雨的靠山。每年在夏末秋初的望果节，全村群众都要聚集在桑树下载歌载舞，庆贺丰收。

在林芝八一镇东南5公里处有一个桃花沟，这里满沟满坡生长着一片片野生桃树，被人们誉为雪域高原的"世外桃源"。这些桃树林位于一个宽阔的山沟内，面积达1000多亩。桃花沟三面环山，四周林木葱郁，间有流水，清澈见底。沟内桃林茂密，林中鸟雀啁啾，显得静僻幽雅，使人如陶醉在陶渊明所描绘的"极乐世界"意境之中。

传说，当年唐僧到天竺取经，见这里林密雪深四季无果，就命孙悟空一个跟斗翻到花果山，拔来一株桃树，由唐僧亲自栽下。之后就成了如今桃花盛开、浓香飘溢的桃花沟。

在林芝高山峡谷中，杜鹃花是万紫千红的夺魁者。还有那羽毛丰润美丽的杜鹃，高高地立在绿树枝头，昂首面对雪白山峰，纵情鸣唱。那回荡在山林中的"咯咯咕、咯咯咕"的鸣叫声，不由让人想起《郑宛达瓦》中王子灵魂附在杜鹃体内的孤寂和凄苦。

《郑宛达瓦》那悠长委婉的故事中的种种情状和细节，都能从林芝的人文环境和自然风貌中找到影子。

第十一章 历史跨越

1951年5月23日，西藏历史翻开了崭新的一页。这一天，中央人民政府与西藏地方政府在北京签订了《中央人民政府和西藏地方政府关于和平解放西藏办法的协议》（即十七条协议）。这是一个举世瞩目的伟大日子，作为一个伟大的历史事件被永远地载入了史册。

旧西藏是一个政教合一的封建农奴制度社会。人口不足5%的三大领主（官家、贵族和寺院的上层僧侣）占有95%以上的生产资料，而占人口总数95%以上的农奴、奴隶，没有土地，没有牛羊，甚至没有人身自由。三大领主通过高利贷、乌拉差役、人身依附关系剥削压迫群众，农奴没有人身自由。从封建农奴制一步跨入社会主义，这种跨越是历史的幸运，是西藏饱经磨难的百万农奴长久以来期盼的一天。

1959年3月28日，中央政府宣布由西藏自治区筹备委员会行使西藏地方政府职权，领导西藏各族人民一边平叛，一边进行民主革命。经过民主改革，废除了黑暗的农奴制度，使百万农奴翻身得到解放，开启了人人平等、人民当家作主人的新纪元；废除了政教合一制度，实现了政教分离，使宗教不再左右政治、经济和文化；实现了民族区域自治，党的民族政策、宗教政策得到进一步落实；坚持以经济建设为中心，积极发展经济、文化教育事业，人民生活不断得到改善和提高，取得了社会全面发展进步。特别是改革开放以来，中央政府及各省市区的援藏工作，使西藏经济、文化建设取得巨大成就，改革开放给西藏带来的历史巨变，为世界所瞩目。

新西藏的60年，是在中国共产党领导下，西藏人民当家作主，坚持经济建设，不断改善生活，坚持建设全面进步的60年。

西藏百万农奴解放纪念日

2009年1月19日，西藏自治区人大九届二次会议一致通过决议，决定把每年3月28日设为西藏百万农奴解放纪念日。这是西藏百万农奴翻身解放后设立的首个法定节日，是西藏人民的共同节日。

1959年3月28日，残酷的西藏封建农奴制被废除，百万农奴翻身解放、重获新生，这是世界人权事业的一大进步，是20世纪人类"废奴"史上最辉煌、最壮丽的诗篇。以史为鉴，可以知兴替。对西藏而言，民主改革意味着西藏人权得到保障，意味着社会制度的跨越式进步。西藏百万农奴获得解放实现民主改革的这一天，不仅值得西藏人民纪念，也值得全国各个民族共同纪念。

1959年前的西藏尚处在政教合一的封建农奴制社会。藏传佛教上层僧侣和世俗贵族共同统治着广大农奴和奴隶。农奴和奴隶分为差巴、堆穷、朗生三个阶层，他们对领主有人身依附关系。"差巴"意为种差地的农奴；"堆穷"意为小户，是社会地位比差巴还低、生活较为艰苦的农奴；"朗生"意为"家生养的"，他们没有任何生产、生活资料和人身权利，完全无偿地为领主劳动。农奴主可以把农奴进行赠送、转让、抵押。农奴的子女世代为奴，从属领主。男女农奴结婚，事先要征得双方领主的同意，生下孩子后，男孩归男方领主，女孩归女方领主所有。

农奴们所支应的差役是包括徭役、赋税、地租在内的差税的总称。除差役之外，农奴们还要承担上百种名目繁多的经常性和临时性的税。高利贷是当时三大领主剥削农奴的主要手段之一，通常借钱的年利息在10%、20%甚至30%，借粮的利息是借四还五或借五还六。农奴的债务有子孙债和连保债。子孙债是几辈人也还不清的债，连保债是一户借债，几户作保。

当时的法典把人分为三等九级，规定"人有等级之分，命价有高低不同"，上等上级的人命价为与尸体等重的黄金，下等下级的人命价仅为一根草绳。达赖喇嘛对朝拜者的祝福也是等级分明。他对大官、大贵族用双手摸顶，对中等官员只用一只手摸顶，对小贵族用两根手指，对平民百姓只用一条牛尾巴制成的拂尘，或用一条丝穗在对方头上轻拂一下，甚至用一根木条系一根红丝带，由朝圣者排队按顺序弯腰用头碰一下。

西藏地方政府和农奴主们用严刑酷法对待胆敢不服从管理的农奴，刑罚多达几十种，包括挖眼睛、砍手、跺脚、剥皮、抽筋等等。犯人戴着木枷、脚镣、手铐沿街要饭，自行解决生活问题。我们在西藏博物馆的历史照片中，可以看到封建农奴制的血腥和黑暗：农奴布德被挖去双眼，班德尔被剁去手指，宾奔的鼻子被砍掉半截，扎西双脚的脚筋被抽出……

历时两年的民主改革，彻底摧毁了三大领主政教合一的旧政权，先后建立起西藏人民自己的各级政权机构；废除了生产资料的封建领主所有制，确立了农牧民的个体所有制；废除了农奴和奴隶对三大领主的人身依附，使他们成为拥有完全人身自由的国家主人。著名的歌曲《翻身农奴把歌唱》是电影纪录片《今日西藏》的主题歌。该片以大量事实反映了西藏实行民主改革后的新气象，这首歌则表达了从农奴制的残酷压迫中获得翻身的藏胞对共产党和毛主席的无限感激之情。

民主改革也极大地解放了西藏地区的社会生产力，以农牧业为先导的经济发展取得长足的进步。1965年，西藏地区粮食总产量达到5.8亿斤，比1958年增长88.6%；全区牲畜达1800多万头（只），比1958年增长54.1%。同时，在基础建设、商业供销、文化教育、医疗卫生等各项公益事业方面比民主改革前也取得了大幅度的发展。这些成就充分体现了民主改革的伟大意义。1965年9月1日，西藏自治区正式成立，是西藏地区民主改革彻底完成的里程碑，它标志着西藏各族人民步入了社会主义建设的伟大历程，实现了西藏地区社会制度的历史性跨越。

改革开放给西藏带来的历史巨变

民主改革 50 多年特别是改革开放 30 多年来,西藏社会变革程度之深,社会进步跨度之大,举世瞩目。

党的西藏工作,基本上分为进行民主革命和走社会主义道路两个阶段。第一阶段是从 1949 年到 1965 年,党领导西藏各族人民完成了驱逐帝国主义势力、推翻封建农奴制度两大新民主主义革命的主要任务。第二阶段是从 1965 年西藏自治区成立以后,经过社会主义改造和建设,到实行改革开放,走上了中国特色社会主义发展道路。

第一阶段的民主革命,又分为"前八年、后八年"。"前八年",是指从 1951 年和平解放到 1959 年民主改革之前,主要开展了上层统战、影响群众、修路生产、培养当地干部等工作,为后来民主改革的顺利进行奠定了思想政治基础。"后八年",是指从 1959 年民主改革到 1965 年自治区成立,党领导和发动百万农奴废除封建农奴制,实行民主改革。民主改革完成后,西藏实行了"稳定发展"的方针,史称"第一个黄金时期"。

第二阶段的走社会主义道路,又分为十一届三中全会前后两个时期。从 1966 年到十一届三中全会之前,在"文化大革命"的特殊历史背景下,完成了社会主义改造,开展了社会主义建设。1978年底，党的十一届三中全会召开以后，西藏步入了以经济建设为中心，实行改革开放的社会主义新时期。改革开放给西藏带来了历史巨变，社会生产力得到空前解放和发展，经济社会从加快发展走向跨越式发展；深入发展反分裂斗争，挫败达赖集团的分裂破坏活动，社会局势走向稳定；切实保障和改善民生，人民群众得到实惠，正在向总体小康迈进；社会主义民族关系不断巩固和发展，民族团结进步事业蒸蒸日上。

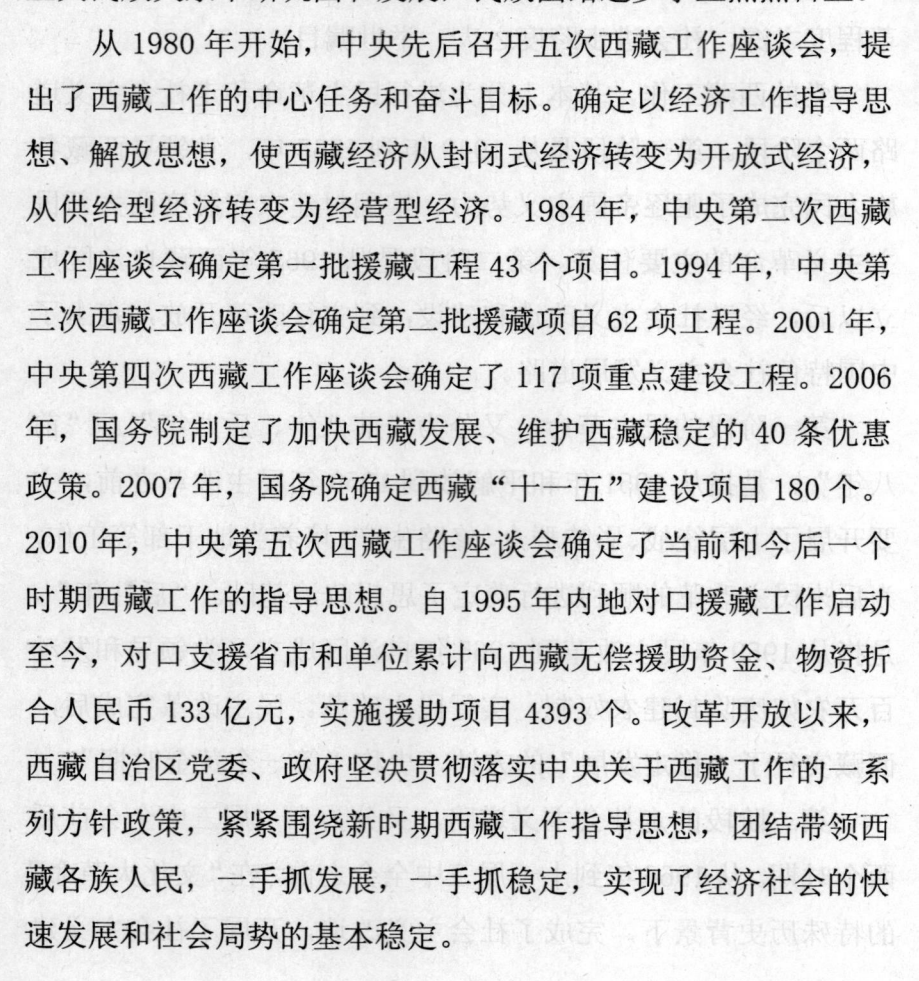

从1980年开始，中央先后召开五次西藏工作座谈会，提出了西藏工作的中心任务和奋斗目标。确定以经济工作指导思想、解放思想，使西藏经济从封闭式经济转变为开放式经济，从供给型经济转变为经营型经济。1984年，中央第二次西藏工作座谈会确定第一批援藏工程43个项目。1994年，中央第三次西藏工作座谈会确定第二批援藏项目62项工程。2001年，中央第四次西藏工作座谈会确定了117项重点建设工程。2006年，国务院制定了加快西藏发展、维护西藏稳定的40条优惠政策。2007年，国务院确定西藏"十一五"建设项目180个。2010年，中央第五次西藏工作座谈会确定了当前和今后一个时期西藏工作的指导思想。自1995年内地对口援藏工作启动至今，对口支援省市和单位累计向西藏无偿援助资金、物资折合人民币133亿元，实施援助项目4393个。改革开放以来，西藏自治区党委、政府坚决贯彻落实中央关于西藏工作的一系列方针政策，紧紧围绕新时期西藏工作指导思想，团结带领西藏各族人民，一手抓发展，一手抓稳定，实现了经济社会的快速发展和社会局势的基本稳定。

据有关资料统计，1952～1958年，西藏地方的财政收入为39290万元，其中中央人民政府提供的财政支持为35717万元，占91%。在中央特殊惠藏政策扶植下，西藏地方财政总财力从1959年的1.33亿元提高到2008年的460亿元。无论从经济总量，还是从经济社会发展速度来看，西藏民主改革这50年的发展已逾千年。

民主改革特别是改革开放以来，在党中央和全国各兄弟省（区、市）的大力支持和无私援助下，经过西藏各族人民的不懈努力，各项建设取得了辉煌成就，各项事业发生了翻天覆地的变化。民主改革初期的1959年，西藏生产总值（GDP）仅为1.74亿元，到2007年增加到342.19亿元。按可比价格计算，增长了59倍，年均增长8.9%。西藏平均每天创造的GDP由1959年的48万元，增加到2007年的9375万元。2010年，西藏实现生产总值507.46亿元，超过500亿。从1994年中央召开第三次西藏工作座谈会以来，西藏GDP每年达到了两位数增长，年均增长高达13%，高于同期全国平均水平3.2个百分点。

随着西藏经济的快速发展，城乡居民收入不断增加，生活水平全面改善，生活质量明显提高，温饱问题已基本解决，一部分人开始向小康迈进。西藏农牧民在民主改革以前基本没有收入，到1978年实现人均纯收入175元，1997年突破1000元大关，2005年跃上2000元大关，2007年为2788元，2009年为3589元，2010年达到4139元，年均增长13%以上，连续8年保持两位数的增长。随着社会主义新农村建设的开展，先后完成了23万户120万农牧民的安居工程，使西藏尚未定居的游牧民基本实现了定居。

　　民主改革以前，西藏农区是庄园经济，牧区是部落经济。强烈的人身依附关系遏制了生产力和经济的发展，生产方式落后，耕作方式粗放，浅耕粗种、刀耕火种广为流行。1951年，西藏粮食平均每亩收成只有80公斤。畜牧业生产落后，逐水草而居，仍停留在原始的自然游牧方式。没有任何现代意义的工业企业，仅有的民族手工业设施极其简陋，生产规模极小。境内没有一条正规公路，运输方式主要是人背畜驮，十分落后。

　　民主改革以来，西藏的现代工业从无到有，从小到大，逐步成长壮大。目前，已初步形成了以优势矿产业、建材业、民族手工业、藏医药业为支柱的包括电力、机械、农机、化工、汽车修造、皮革加工、农畜产品加工、饮食品加工制造等现代工业为主的富有西藏特色的工业生产体系。2007年，西藏工业增加值为25.71亿元，比1959年的0.15亿元，增加25.56亿元。

　　自古以来交通闭塞进藏难的局面也大有改善。如今，西藏已建成以拉萨为中心，以青藏、川藏、新藏、滇藏和中尼公路为骨架的公路网。2004年，公路通车里程达到4.2万公里。已建成拉萨贡嘎、昌都邦达、林芝、阿里等民用机场，开通国内外10多条航线。2006年青藏铁路全线通车，架起青藏高原的"天路"，结束了西藏不通火车的历史。

　　曾经创造过灿烂古代文化的藏民族，在民主改革前，文盲率居然高达95%。1937年，国民政府教育部开办的国家拉萨小学，兴盛时学生也不足300人，办学10多年仅有12人高小毕业。民主改革以来，国家投入了大量资金积极发展教育事业。据统计，仅 2002～2007 年五年间，国家就投资 139.89 亿元发展西藏教育。普遍开展免费义务教育，全区已建各级各类学校 1000 多所，藏语、汉语老师 1.5 万余人，藏语专任教师 1.9 万余人，在校学生达 49.5 万人。小学适龄儿童入学率从旧西藏的 2% 上升至现在的 98.2%，初中入学率达到 90.7%，高中在校学生 3.8 万名，其中少数民族学生占 87%，高中阶段入学率达 36.6%。西藏现有普通高等学校 4 所，在校学生 2 万余人，高等教育毛入学率达 22.4%。目前西藏已建立起幼儿教育、中小学教育、职业技术教育、成人教育、高等教育等具有西藏民族特色的教育体系。旧西藏原仅有 3 个藏医机构及少数私人诊所为贵族服务，广大群众有病根本得不到治疗，只能听天由命，人均寿命只有 35.5 岁，人口增长长期处于静止状态。民主改革以来，全区建有各类各级卫生机构 1326 个，其中医院、卫生院 764 个，妇幼保健院所 55 个，以及其他卫生防疫、疾病预防机构 79 个，广大群众的疾病可及时得到治疗，使广大群众身体健康得到保障。

  现在只要轻击键盘，一行行漂亮的藏文就能够出现在计算机屏幕上。这是中国藏文研究中心研制成功的藏文计算机新字体"藏研体"，与此同时开发的藏文通用转码软件也一并推出，是我国藏文信息化建设方面的又一项重大成果。国家投入 4000 多万元，组织上百名藏文专家，历时 20 余年，在 2009 年全面完成了藏文大藏经《甘珠尔》、《丹珠尔》的对勘出版。

  60 年来，党和政府在合理继承、有效保护、大力弘扬等方面的不懈努力，使西藏文化焕发出蓬勃的生机和活力。1989~1994年，中央政府拨款5500万元和大量黄金、白银对布达拉宫进行大规模维修。2001年起，又拨专款3.3亿元，维修布达拉宫和罗布林卡、萨迦寺三大文物古迹。2006~2010年，中央政府拨款5.7亿元，对西藏22处重点文化保护单位进行维修保护。西藏和平解放60年来，中央政府共拨款13亿元对重点文化保护单位进行维修与保护。

从上世纪70年代开始，西藏文化部门积极组织搜集、整理、研究流传于西藏民间的戏剧、舞蹈、音乐、曲艺、民歌、谚语、故事等文学艺术资料，2003年，启动实施非物质文化遗产保护工程，对濒临失传的遗产进行了有效的保护。大型口头说唱英雄史诗《格萨尔王传》现已录制艺人说唱磁带5000小时，搜集了300余部书稿，整理出版藏文版120部、蒙古版25部、汉译本20多部，并有多部被译成英、日、法等文种出版。同时，藏医药得到前所未有的发展。藏药厂由改革开放前的1家发展到现在的19家藏药生产企业，国家先后投资2亿多元建立现代化藏药厂，藏药生产由手工作坊向现代工业化大生产迈进。2007年，藏药产值达6.6亿元。

改革开放以来，中国藏学事业进入了一个崭新的发展阶段。如今，全国已有中国藏学研究中心等50多个藏学研究机构，近3000名藏学专家学者。藏学研究已成为国家社会科学研究的一个重要学科。藏学学科体系更加完备，成为学科门类比较齐备的中国现代藏学学科体系，取得了令人瞩目的研究成果。据统计，60年来全国共出版藏学图书3000多种，论文和其他

文章约3万篇，培养了为数众多的研究人才，并加强了国内外的学术交流合作。

据统计，西藏现有大型现代图书馆12座，博物馆2座，群众艺术馆6座，各类文化娱乐场所2596家，从业人员1.8万余人。比较完整的公共文化设施网络与旧西藏没有任何面向普通百姓文化设施的状况形成了鲜明对照。各种丰富多彩、带有时代特色的日常文化活动，与藏历新年、望果节、酥油灯节等藏族传统节日上热情参与的人潮，见证了西藏文化在新时代焕发的生机与活力。

旧西藏经济衰退与停滞的主要原因是多方面的，归纳起来，主要有三个方面：腐朽的政治制度、庄园经济和部落经济的剥削制度、帝国主义的经济入侵与摧残。政教合一的政治制度是西藏封建农奴制度的主要内容，其本质是统治者企图通过宗教手段达到其政治目的。1733年时，西藏寺庙数达3584座，达赖、班禅系统僧侣总数达35.6万人，占当时总人口的38%左右。至西藏和平解放时，共有寺庙2711座，僧侣达12万人，约占总人口的10%。以1733年为例，平均260多人就要修建和供养1座寺庙，每2.6人要供养1名僧人，这已超出社会经济、人口的承受力。13世纪后的400年间，西藏社会由奴隶制向封建农奴制社会缓慢过渡，庄园经济制度的出现，使广大农奴丧失了生产资料，生产和生活面临严重的威胁，依附于农奴主的人身关系，严重地阻碍了西藏社会经济的发展。总之，西藏在和平解放前，经济发展极其落后，除了恶劣的地理自然环境外，更有其深刻的社会根源。

西藏和平解放以来，沐浴着社会主义祖国大家庭的阳光，西藏大地焕发生机，人民当家作主，实现了从专制走向民主、从落后走向进步、从贫穷走向富裕、从愚昧走向文明、从封闭走向开放的历史跨越。

日喀则地区江孜县江孜镇班久伦布村76岁的老大妈边巴贡觉，回忆起暗无天日的旧西藏，心情十分沉重："那时的庄园，一边是农奴主的楼房，堆满酥油和糌粑的仓库；另一边是农奴和奴隶住的破烂不堪的低棚小屋，有的奴隶不得不世世代代住在牛棚、马圈或领主的屋檐下，住在野狗群集的臭水坑旁，每天还要起早摸黑地为农奴主干活。我就出生在臭气冲天的牛棚里。如今，我家住上了宽敞明亮的套房。我们从身边发生的变化中，深切感受到没有中国共产党就没有班久伦布村的今天。"

西藏首府拉萨解放前的3万居民中，有近四分之一的人是乞丐，全城都是土屋。在崎岖狭窄的街道上，土屋、帐篷杂乱无章，只有商人带着骡马往来，农牧民赶着小毛驴进出，除了少数铁匠、木匠和裁缝铺等手工业外，几乎没有工业可言。1936年，英国使团成员斯潘塞·查普曼著在《圣域拉萨》一书中写道："当时的拉萨是这个世界上最保守的城市，街道脏又泥泞，而且臭气冲天，到处是垃圾、流浪狗，乞丐成群，令人难以形容。人民穿着褴褛，妇女穿着脏兮兮的家织长袍及油腻腻的围裙，头发蓬乱。过去天花经常发生，近期（1925年）仅在拉萨就有7000人死于天花灾祸。"

西藏和平解放后，拉萨从此获得新生。经过民主改革，特别是改革开放后，拉萨市区面貌焕然一新，20多公里长的柏油马路宽敞而整齐，马路两边矗立着一排排高楼大厦，有邮局、银行、百货、医院、图书馆、博物馆、体育馆、群众艺术馆及各种饭店餐馆、文化娱乐场所等现代建筑。拉萨经济有了迅猛发展，已逐步建立起现代机械、农机、煤炭、化工、钢铁、汽车修造、皮革、建材、制糖、玻璃、地毯等工业体系。公路、铁路、航空有了长足的发展，进一步扩大了西藏和祖国各地的联系。

历史和现实雄辩地证明，没有中国共产党就没有西藏的和平解放和民主改革，就没有新生的人民政权和西藏日新月异的变化。中国特色社会主义道路是西藏经济发展、民族团结、社会进步、人民幸福的必由之路。

后　记

　　走进西藏是古今中外许多人的梦想，因为它总是让心怀梦想的人怦然心动。其实走进西藏并不需要理由，仅仅是西藏这个名字本身，就足以让人魂牵梦系。

　　走进西藏，面对地球上最高的苍茫大地，人们怎么也想象不出从前这里竟是一片汪洋大海。这不可思议的变迁，就如同神话一般使人迷惑而又略感沧桑。

　　走进西藏，举目辽阔，江山壮丽。冰峰雪山气势磅礴，苍茫草原一望无际，原始森林挺拔苍翠，万顷湖水清澈辽阔。浓郁的宗教气氛使得这里的一方山水变得神圣无比，远古美妙的神话，波澜起伏的历史画卷，博大玄妙的佛学哲理，独树一帜的雪域民俗文化……读不尽的西藏，总给人不尽的惊喜和启示。

　　藏民族是我们伟大的中华民族中具有悠久的历史和灿烂文化的民族之一，藏族祖先以辛勤的劳动开拓了西藏高原，创造了闻名于世的西藏古老文化，为祖国绚丽的文化宝库增添了光辉。

　　西藏的魅力在于丰富和壮阔。它的迷人之处，一半是自然风光的神奇雄伟，一半是独特神秘的人文宗教。那里的蓝天白云、神山圣湖、美丽的藏传佛教寺庙、遍地的玛尼堆、空中飘扬的五彩经幡，永久铭刻在我的脑海中。

　　西藏给人许多启迪和深思。我虽然不信宗教，但在西藏浓郁的宗教氛围里，"佛性"却不觉间从心底深处油然腾升，让我的心灵得到净化，坦然看淡人生。西藏给了我一种信念、一种精神，那里的物质生活远不及内地优越，但那里人们的精神世界却是富足的。

　　1996年，当我第一次踏上西藏大地的那一刻，就深深地被西藏所吸引。这是我生命中一次庄严的拜访，使我感受到心灵和自然的一种融合，让我感动不已。源于对西藏的浓浓情缘，也源于许多朋友的期盼，为让更多的朋友认识西藏、热爱西藏，我在收集资料、查阅文献及两次进藏游览考察的基础上，编写了这本概述西藏的普及读物。在西藏这个历史悠久、文化灿烂的浩瀚大海中，这本书的内容仅为沧海一粟。由于水平有限，书中缺点错误在所难免，望读者不吝赐教。

　　本书稿历时将近一年，均在夜间由手写完成。这种传统的在稿纸上爬格子，虽然费事但却很有滋味，可让我细细重温在西藏的美好时光，加深对西藏的心灵感悟，是一种极为惬意的感受。

　　衷心感谢西藏人民出版社的编辑对本书出版的倾心付出。本书成书期间，得到了西藏自治区人民检察院、福建省人民检察院、福建省邮政公司等单位的热情支持和帮助，尤其是福建省书法家协会主席陈奋武老师为本书题写书名，《中篇小说选刊》杂志社副社长刘伏宝同志为本书修定并作序。帮助本书编写出版的还有西藏自治区人民检察院副检察长赤列晋美，最高人民检察院援藏干部、西藏自治区人民检察院副检察长罗庆东、办公室主任周惠永，西藏自治区高级人民法院副院长宋康宁，西藏林芝地区人民检察院检察长陈宏东，福建省人民检察院援藏干部、林芝地区人民检察院副检察长王永东，以及黄建计、陈毓本、林豪、肖凝、程国雄、李建明、卢涛、王丹、郑雯昕、林章霖、王向明等同志，在此一并表示深切的感谢。没有各方领导的关心与支持，没有众多朋友的辛勤付出，就没有这本书，所以我十分感谢他们，在此向他们道一声："扎西德勒！"（藏语意为"吉祥如意）"。

本书主要参考书目有：《旧唐书》、《中国通史简编》、《红史》、《王统世系明鉴》、《西藏通史》、《西藏地方通述》、《西藏地方近代史》、《藏族简史》、《青藏高原》、《唐蕃古道》、《西藏地理》、《雪域的宗教》、《西藏宗教概况》、《活佛转世及其历史定制》、《西藏的寺庙与僧侣》、《藏传佛教故事》、《松赞干布传记》、《六世达赖仓央嘉措》、《西藏与西藏人》、《拉萨旧事》、《西藏风土志》、《雪域西藏风情录》、《西藏魅力》、《藏北游历》、《西行阿里》、《灵魂象风》、《藏东红山脉》、《最后的秘境》、《圣城拉萨》（英）、《喇嘛王国的覆灭》（美）、《消失的地平线》（英）等著作，以及西藏有关地区的地方志和《中国国家地理》等刊物，在此向有关作者表示深深的致意。

祝愿祖国的西藏明天更美好！